KB195624

위대한 개츠비

The great gatsby
By F.Scott Fitsgerald

일러두기

1 번역 대본은 매슈 J. 브루콜리(Matthew J. Bruccoli)가 1991년에 편집한 케임브리지 대학교 출판부의 비평판이다.
2 인명, 지명 등 외국어의 우리말 표기는 국립국어원 외래어표기법에 따르되, 일부 예외를 두었다.
3 주석은 모두 옮긴이의 것이다.

위대한 개츠비

클래식 라이브러리　017
The Great Gatsby

F. 스콧 피츠제럴드
임종기 옮김

arte

다시 젤다에게

황금 모자를 써라.

그래서 그녀의 마음을 움직일 수만 있다면.

그녀를 위해 높이 뛰어올라라.

그렇게 할 수만 있다면.

그녀가 이렇게 외칠 때까지.

"내 사랑, 황금 모자를 쓰고

높이 뛰어오르는 내 사랑이여,

내가 당신을 차지하고 말 테야!"

— 토머스 파크 딘빌리어스*

* 피츠제럴드의 첫 장편소설 『낙원의 이쪽This Side of Paradise』에 등장하는 인물.

차례

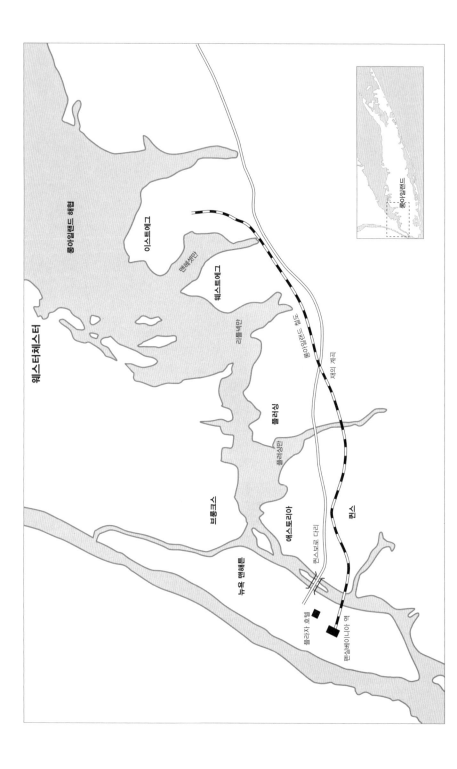

웨스터체스터

롱아일랜드 해협

이스트에그

웨스트에그

맨해셋만

리틀넥만

플러싱

플러싱만

브롱크스

애스토리아

뉴욕 맨해튼

퀸스보로 다리

퀸스

재미이카 계곡

롱아일랜드 철도

플라자 호텔

펜실베이니아 역

롱아일랜드

1장

지금보다 쉽게 상처받던 어린 시절에 아버지는 내게 충고 한마디를 해주셨는데, 나는 지금까지도 그 말을 마음 깊이 새기고 있다.

"남을 비판하고 싶은 마음이 생길 때는 이 말을 꼭 명심해라. 이 세상 모든 사람들이 너처럼 유리한 상황에 있지는 않단다."

아버지는 그 이상은 말씀하지 않으셨지만, 우리 부자는 늘 이상할 만큼 말없이도 서로 통했기 때문에 나는 아버지의 그 짧은 말에 훨씬 많은 뜻이 함축되어 있다는 것을 알고 있었다. 그 이후로 나는 어떤 일에 대해서든 판단을 유보하는 습관이 몸에 뱄고, 그 때문인지 별의별 유별난 성격을 지닌 사람들이 마음을 터놓고 내게 다가왔다. 때로는 아주 따분하기 짝이 없는 사람들에게 몹시 시달리기도 했다. 정상적인 사람에게서 나처럼 판단을 유보하는 속성이 엿보이면, 비정상적인 사람들은 잽싸게 알아채고는 들러붙게 마련이다. 그래서 나는 대학 시절에 정치적인 인간이라는 부당한 비난을 받기도 했다. 어떤 놈인지 잘 알려지지 않은 껄렁한 녀석들의 비밀스러운 슬픈 사연마저도 알고 있었기 때문이었다. 그 비밀스러운 사연은 대부분 굳이 알려고 해서 알게 된 것이 전혀 아니었다. 상대방이 은밀한 속내를 털어놓을 기색이 확실하다 싶으면, 나는 자는 척하거나 무엇인가에 몰두해 있는 척하거나 심지어 일부러 매몰차게 대하기도 했다.

사실, 젊은이들의 내밀한 고백이나 그들이 털어놓는 고백의 말투란 대개 남의 말을 그대로 옮기는 것이고, 그 사실을 애써 숨기려다 보니 허점이 드러나기 일쑤다. 판단을 유보하면 무한한 희망이 생긴다. 아버지가 고상한 척하며 해주셨던 말씀을 나 역시도 고상한 척하며 되풀이하자면, 사람이 갖춰야 할 기본적인 품위란 것은 날 때부터 사람마다 다르게 마련이다. 이 사실을 잊는다면 무언가를 놓치고 말 것이라는 불안한 생각이 든다.

이렇듯 나는 관대한 태도를 자랑했지만, 관대함에도 한계가 있다는 사실을 시인할 수밖에 없었다. 인간의 행위란 단단한 바위나 축축한 습지에라도 근거할 수 있을 테지만, 일정한 시점이 지나고 나면 나는 행위의 근거 따위에 대해서는 관심을 접는다. 지난가을 동부에서 돌아왔을 때, 나는 이 세상이 제복을 입고 영원히 도덕적인 '차렷' 자세를 취했으면 좋겠다고 생각했다. 이제 더 이상 특권이라도 지닌 듯한 시선으로 인간의 마음을 이리저리 탐사하는 방종한 짓은 하고 싶지 않았다. 단, 이 책의 제목이 된 인물인 개츠비만은 이런 반발심에 있어서 예외적인 존재였다. 개츠비는 내가 대놓고 경멸하는 모든 것을 대변하는 인물이었다. 그러나 개성이 일련의 성공적인 제스처라면, 그에겐 남다르게 비범한 면이 있었다. 마치 1만 6,000킬로미터 밖에서 발생한 지진도 감지하는 정교한 지진계와 연결되어 있기라도 한 듯, 삶의 가능성을 감지하는 고도의 감성을 지니고 있었던 것이다. 이 같은 민감성은 '창조적 기질'이라는 이름으로 미화되는 김빠진 감성과는 전혀 달랐다. 그것은 희망을 품을 줄 아는 비범한 재능이자, 지금껏 그 누구에게서도 보지 못했고 앞으로도 다시는 보지 못할 낭만적인 감응력이었다. 결국, 개츠비가 옳았다. 인간이 겪는 좌절의 슬픔과 숨 가쁠 정도로 들뜬 환희에 잠시나마 내가 흥미를 잃었던 까닭은 개츠비를 삼켜버린 것, 그의 꿈이 지나간 자리에 떠도는 더러운 먼지 때문이었다.

우리 가문은 중서부 도시에서 3대에 걸쳐 살아온 꽤 명망 있고 부유한 집안이다. 캐러웨이 가문은 뼈대 있는 집안으로 버클루 공작[1]의 후손이라는 말이 전해오지만, 우리 가문의 실질적인 시조는 할아버지의 형님이다. 이분은 1851년에 이곳으로 이주했고, 남북전쟁이 발발하자 다른 사람을 대신 전쟁터로 내보내고는 철물 도매업을 시작했다. 이후 아버지가 그 사업을 이어받아 지금까지 해오고 있다.

큰할아버지를 직접 본 적은 없지만, 내가 그분을 닮았다고들 한다. 아버지 사무실에 걸려 있는, 무뚝뚝한 인상의 큰할아버지 초상화를 보면 더욱 그래 보인다. 나는 아버지가 졸업한 지 꼭 25년 뒤인 1915년에 뉴헤이븐에 있는 대학[2]을 졸업했고, 그로부터 얼마 지나지 않아 제1차 세계대전으로 알려진 때늦은 게르만족의 대이동

---

1 영국 왕 찰스 2세의 서자. 왕위 계승을 노리고 반란을 일으켰으나 실패했다.
2 미국 코네티컷주 뉴헤이븐에 있는 예일대학교를 가리킨다.

에 참가했다. 미국의 반격에 지나치게 환호한 나머지, 나는 고향으로 돌아와서도 쉽게 마음의 안정을 찾을 수 없었다. 중서부 지방은 이제 세계의 활기찬 중심지가 아니라 우주의 최변방처럼 보였다. 그래서 나는 동부로 가서 증권업을 배우기로 마음먹었다. 내가 알고 있는 사람들은 모두 증권업에 종사하고 있었으므로, 업계에서 독신남 하나쯤은 더 받아들일 수 있으리라는 생각이었다. 친척 어른들은 너나 할 것 없이 적당한 사립 고등학교라도 골라주듯 증권업 종사에 대해 이러쿵저러쿵 의논하더니, 마침내 매우 진지한 표정으로 마지못해 "그래…, 괜찮겠지."라고 말했다. 아버지는 1년간 생활비를 대주기로 했다. 그 후 이런저런 일들로 여러 차례 연기하다가, 1922년 봄에 마침내 나는 아예 눌러살 작정을 하고 동부로 향했다.

시내에 방을 구하는 편이 나았을 테지만 따뜻한 계절이었고 넓은 잔디밭과 정든 숲이 있는 고향 시골을 막 떠나온 터라, 회사 동료인 젊은 친구가 통근할 만한 거리에 있는 변두리에 집을 한 채 얻어서 같이 사는 것이 어떻겠느냐고 했을 때 그 말이 아주 그럴듯하게 들렸다. 그는 비바람의 고초를 겪은 낡고 허름한, 월세 80달러짜리 방갈로를 구했다. 하지만 막상 이사할 때가 되자 그가 워싱턴으로 발령을 받는 바람에, 나는 혼자 그 집으로 들어가야만 했다. 나는 거기서 개 한 마리(며칠 뒤에 도망가버리고 말았지만), 낡은 닷지 자동차 한 대, 그리고 핀란드인 가정부와 함께 지냈다. 그녀는 잠자리를 봐주고 아침 식사를 차려주었으며, 때로는 전기난로를 쬐며 핀란드 속담을 중얼중얼 들려주곤 했다.

하루 이틀쯤 외롭게 지내던 어느 날 아침, 나보다 늦게 이사 온 누군가가 길에서 나를 불러 세웠다.

12

"웨스트에그로는 어떻게 갑니까?"

그가 난감한 표정으로 물었다.

나는 그에게 길을 가르쳐주고 계속 걸어갔다. 그러다 보니 더이상 외롭지 않았다. 나는 안내자이자 길잡이이며 토박이었던 것이다. 뜻하지 않게 그 사람이 내게 주민 의식을 심어주었다.

그래서일까. 나는 마치 고속 촬영된 영상처럼 어느새 무서운 속도로 자라나 순식간에 돋아난 나뭇잎을 바라보며, 쏟아지는 햇빛 속에서 여름과 함께 삶이 다시 소생하고 있다는, 왠지 친숙한 확신에 사로잡혔다.

우선 읽어야 할 책이 너무 많았고, 맑은 공기를 마시며 건강도 챙겨야 했다. 나는 은행업, 신용 대출, 증권 투자에 관한 책을 열 권 넘게 샀다. 조폐국에서 갓 찍어낸 화폐처럼 붉은빛과 황금빛으로 번쩍이며 서가에 꽂혀 있는 책들은 오직 미다스 왕[3]과 모건[4]과 마이케나스[5]만이 알고 있는 눈부신 비밀을 펼쳐 보여주겠다고 약속하는 듯 했다. 그 밖의 책들도 많이 읽기로 마음먹었다. 대학 시절, 나는 문학에 꽤 심취했던 편이었다. 어느 해엔《예일 뉴스》에 아주 진지하고 명쾌한 칼럼을 연재하기도 했다. 그리고 그 모든 것을 내 삶 속에 되살려 전문가 중에서도 극히 드문 '균형 잡힌 사람'이 되려 했다. 인생이란 결국 단 하나의 창을 통해 볼 때 훨씬 잘 보이는 법이다. 이것

---

3 그리스 신화에 나오는 프리기아의 왕. 디오니소스 신에게 소원을 빌어서 손에 닿는 모든 것을 황금으로 변하게 하는 능력을 얻었다.
4 J. P. Morgan, 1837~1913. 미국의 금융 자본가.
5 Maecenas, 기원전 70~기원전 8. 고대 로마의 정치가. 베르길리우스와 호라티우스 같은 문인들을 후원했다.

은 단순히 경구에 지나지 않는 말이 아니었다.

내가 북아메리카 대륙에서 가장 특이한 동네 중 한 곳에 집을 구하게 된 것은 순전히 우연이었다. 그 집은 뉴욕의 정동향으로 뻗은, 길쭉한 모양의 소란스러운 섬에 자리 잡고 있었는데, 섬에는 기이한 자연 현상처럼 보이는 특이한 지형을 가진 두 지역이 있었다. 뉴욕에서 30킬로미터 정도 떨어져 있는 두 지역은 거대한 한 쌍의 달걀 모양으로 외형이 똑같았고, 만이라고 부르기도 민망할 정도로 작은 만을 사이에 두고 나뉘어 있었다. 그리고 서반구에서 가장 많이 개발된, 거대한 롱아일랜드 해협의 축축한 안마당 쪽으로 튀어나와 있었다. 이 두 지역은 완벽한 타원형은 아니었지만(콜럼버스의 달걀처럼 서로 접촉하고 있는 끝이 양쪽 다 짓눌린 듯 납작했다.) 모양새가 너무 닮아서 그 위를 날고 있는 갈매기들도 헷갈렸을 것이다. 사실 날개가 없는 인간의 눈에 훨씬 흥미로운 현상은 두 지역이 모양과 크기를 빼면 모든 면에서 다르다는 점이었다.

내가 살던 웨스트에그는 상류사회 분위기가 덜한 쪽이었다. 물론 이는 두 지역 간의 기이하고 다소 불길한 차이를 표현하기에는 지극히 피상적인 꼬리표에 지나지 않지만 말이다. 롱아일랜드 해협에서 불과 50미터 정도밖에 떨어져 있지 않은, 달걀 모양 지역의 끝 지점에 위치한 내가 살던 집 양편으로는 한철 임대료가 1만 2,000달러에서 1만 5,000달러나 되는 거대한 저택들이 떡하니 버티고 서 있었다. 오른쪽에 있는 저택은 어느 모로 보나 엄청난 대저택이었다. 노르망디 시청을 그대로 본뜬 건물로, 가느다란 수염 같은 야생 담쟁이덩굴로 뒤덮인 갓 세운 듯한 탑과 대리석 수영장 그리고 16만 제곱미터가 넘는 잔디밭과 정원이 딸려 있었다. 바로 개츠비의 대저택이었다. 아니, 그때는 개츠비를 몰랐으니, 그런 이름을 가진 신사가 살고 있는 대저택이라고 해야 맞겠다. 내가 살고 있는 집은 흉물스러워서 눈엣가시였을 테지만, 워낙 작아서 눈감아주었을 것이다. 그곳에 사는 덕에 나는 바다와 이웃집 잔디밭 일부를 바라볼 수 있었고, 백만장자들의 이웃이 된 듯한 위안도 느낄 수 있었다. 고작 한 달에 80달러로 말이다.

작디작은 만 맞은편에는 상류층 지역인 이스트에그의 궁전 같은 하얀 대저택들이 해변을 따라 반짝이고 있었다. 그해 여름의 이야기는 내가 톰 뷰캐넌 부부와 식사를 하기 위해 그곳으로 차를 몰고 간 저녁부터 시작된다. 데이지는 먼 친척 여동생뻘이었고, 톰과는 대학 시절부터 알고 지내던 사이였다. 전쟁 직후, 시카고에서 그들과 함께 이틀을 보낸 적이 있었다.

데이지의 남편 톰은 몸으로 하는 일이라면 무엇이든 잘했는데, 특히 예일 대학교 미식축구 역사상 가장 뛰어난 엔드[6] 중 한 명이었다. 미국 전역에서 어느 정도 유명세를 탔지만, 이미 스물한 살 때 최정상의 기량을 보인 이후에는 내리막길뿐인 듯 보이는 그런 부류의 인물이었다. 그의 집안은 엄청난 부자였다. 대학 시절에는 돈을 거리낌 없이 마구 써대는 통에 사람들로부터 심한 험담을 들을 정도였다. 그런 그가 시카고를 떠나서 누가 봐도 기겁할 만한 모양새로 동부에 나타난 것이다. 예컨대 그는 레이크포레스트[7]에서 폴로 경기용 말을 한 떼나 데려왔다. 내 또래가 그런 짓을 할 만큼 부유하다는

---

6 타이트 엔드(Tight End), 미식축구에서 오펜시브(공격) 라인 끝에 위치한 포지션으로 블로킹과 패스, 리시브를 모두 담당한다.
7 시카고 북쪽, 미시간호 연안에 위치한 부유층이 사는 도시.

사실이 쉽게 믿기지 않았다.

　나는 그들이 왜 동부로 왔는지 모른다. 그들은 별다른 이유 없이 프랑스에서 1년을 보냈고, 그 후로는 부자들이 폴로 경기를 하는 곳이라면 어디든 정신없이 찾아다니며 즐겼다고 한다. 데이지는 전화로 이번이 마지막 이사라고 말했지만 나는 믿지 않았다. 데이지의 속마음은 알 수 없지만, 나는 톰이라면 다시는 경험하지 못할 미식축구 경기의 드라마틱하고 격정적인 순간을 동경하며 영원히 떠돌 것이라는 느낌이 들었다.

　그리하여 따스한 바람이 부는 어느 날 저녁, 나는 잘 알지 못하는 두 옛 친구를 만나러 이스트에그로 차를 몰았다. 그들의 저택은 예상보다 훨씬 공들여 지은 집이었다. 붉은색과 흰색이 조화를 이룬 상쾌한 조지 왕조 양식의 식민지풍 대저택은 만이 내려다보이는 곳에 우뚝 서 있었다. 해변에서 시작된 잔디밭은 현관 쪽으로 400미터나 이어지며 해시계와 벽돌을 깐 산책길, 불타는 듯한 정원을 뛰어넘어 마침내 저택에 이르러서는 밝은 빛깔의 덩굴을 이루며 집 옆을 타고 올라갔다. 저택 정면에 한 줄로 나란히 이어진 프랑스식 창문들은 햇빛에 반사되어 금빛으로 반짝이며 오후의 따스한 바람을 향해 활짝 열려 있었다. 승마복 차림의 톰 뷰캐넌은 두 다리를 벌린 채 현관에 서 있었다.

　톰은 뉴헤이븐 시절에 비해 많이 변했다. 그는 다소 냉정해 보이는 입매와 거만한 태도에 밀짚 같은 머리칼을 지닌, 서른 살의 억센 남자가 되어 있었다. 얼굴 전체를 압도하는, 거만하게 번득이는 두 눈 때문에 늘 공격적인 자세로 몸을 앞으로 내밀고 있는 듯한 인상을 주었다. 승마복의 여성적인 우아함마저도 육체에서 풍기는 괴력을 숨기지 못했다. 반짝이는 부츠는 빈틈없이 맨 위쪽까지 팽팽하게 조여져 있었고, 얇은 외투 밑으로는 어깨가 움직일 때마다 옹골진 근육이 꿈틀거리는 것이 보였다. 거대한 지렛대라 할 만큼 우악스러운 체격이었다.

몹시 거칠고 높은 톤의 허스키한 음성은 더욱 성마른 인상을 풍겼다. 톰의 목소리에는 좋아하는 사람들조차 권위적인 태도로 경멸하는 듯한 기색이 어려 있어서, 뉴헤이븐에는 그의 뻔뻔함이 몹시 싫다는 사람도 많았다.

톰은 이렇게 말하는 듯했다.

"이 문제와 관련해서, 내가 너희보다 힘세고 남자답다고 해서 꼭 내 의견을 따르라는 것은 아니야."

우리는 4학년 때 같은 클럽에 속해 있었다. 친하게 지내지는 않았지만, 그는 늘 나를 인정하며 거칠고 도발적이면서도 특유의 동경 어린 시선으로 내가 자신을 좋아해주길 바라는 눈치였다.

우리는 햇빛이 환히 비치는 현관에서 잠시 이야기를 나누었다.

"근사한 위치를 잡았지." 톰이 초조한 듯 주위를 이리저리 둘러보며 말했다.

톰은 한쪽 팔로 내 몸을 돌려세우더니, 큼지막하고 넓적한 손으로 눈앞에 펼쳐진 풍경을 가리켰다. 2,000제곱미터에 달하는 면적에 짙은 향기를 풍기는 장미가 무성히 자란 이탈리아식 침상 정원과 저쪽 바닷가에 출렁이는 물결로 흔들리는, 앞이 들창코 모양인 모터보트가 눈에 들어왔다.

"이 집은 석유 재벌 드메인의 저택이었지."

톰은 정중하지만 갑작스럽게 나를 다시 돌려세웠다.

"안으로 들어가지."

우리는 천장이 높은 복도를 지나서 양 끝으로 난 프랑스식 창문 덕에 위태롭게 집에 붙어 있는 밝은 장밋빛 공간으로 들어갔다. 살짝 열린 창문들은 마치 집 안으로 들어온 듯 자란 푸른 잔디와 대조되어 하얗게 반짝이고 있었다. 방 안으로 파고드는 산들바람에 커튼 한끝은 안으로, 다른 한끝은 밖으로 얇은 빛깔의 깃발같이 나부끼며 하얀 웨딩 케이크처럼 천장을 향해 소용돌이쳤다. 그러고는 마치 바다에 바람이 불듯이, 포도주 빛깔의 양탄자 위에 잔물결을 일으키며 그림자를 드리웠다.

방 안에서 전혀 움직이지 않는 물건은 엄청나게 큰 소파뿐이었다. 소파에는 젊은 여자 둘이 앉아 있었는데, 마치 열기구에 탄 듯이 둥실 떠 있는 것만 같았다. 흰옷을 입고 있던 두 여자의 드레스가 열기구를 타고 잠시 집 근처를 비행하다가 방금 들어오기라도 한 것처럼 잔물결을 일으키며 펄럭였다. 나는 커튼이 펄럭거리는 소리와 벽에 걸린 그림이 덜걱거리는 소리를 들으며 잠시 그대로 서 있었다. 그러자 어느 순간, 톰 뷰캐넌이 쾅 하고 뒤쪽 창문을 닫는 소리가 들렸다. 방 안에 갇힌 바람이 가라앉자, 커튼과 양탄자, 열기구를 타는 것 같던 두 젊은 여자도 바닥으로 천천히 내려앉았다.

둘 중 어린 쪽은 처음 보는 여자였다. 그녀는 소파 한쪽 끝에서 온몸을 쭉 뻗은 채 꼼짝도 하지 않고 있었다. 턱을 조금 추켜올리고 있는 모습이 자칫하면 떨어질 것 같은 물건을 턱 위에 올려놓고 균형을 잡고 있는 것 같았다. 그녀는 곁눈질로 나를 보았을 테지만, 전혀 내색하지 않았다. 나는 불쑥 들어와 방해해서 미안하다고 얼떨결에 작은 소리로 사과할 뻔했다.

또 다른 한 사람, 데이지가 의자에서 일어서려고 했다. 그녀는 순진한 표정으로 몸을 앞으로 살짝 기울이며 조금은 어색하지만 매력적인 미소를 지어 보였다. 나 역시 미소를 지으며 방 안으로 들어갔다.

"너무 행복해서 몸이 마, 마비될 지경이야."

데이지는 아주 재치 있는 말이라도 한 듯 또다시 웃으며 잠시 내 손을 잡고는, 이 세상에 당신만큼 보고 싶었던 사람은 없다고 다짐이라도 하는 표정으로 내 얼굴을 빤히 쳐다보았다. 그녀는 늘 이런 식이었다. 데이지는 균형을 잡고 있는 저 여자의 성이 베이커라고 귓속말로 나지막이 말했다.(데이지가 귓속말로 속삭이는 이유가 상대방이 자신에게 몸을 기울이게 하려는 속셈이라는 말을 들은 적이 있다. 터무니없는 험담이지만, 그렇다고 해도 그 속삭임의 매력이 줄어드는 것은 아니었다.) 어쨌든 미스 베이커는 입술을 실룩거리며 거의 알아차릴 수 없을 정도로 슬쩍 고개를 끄덕이고는 재빨리 머리를 뒤로 젖혔다. 균형을 잡고 있던 물체가 살짝 흔들려서 불안감을 느꼈는지 좀 놀라는 기색이었다. 나는 또다시 미안하다고 내뱉을 뻔했다. 이렇듯 완벽하게 자기만족을 드러내는 사람을 보면, 나는 절로 찬사를 보내게 된다.

나는 다시 친척 여동생인 데이지에게로 시선을 돌렸다. 데이지는 나지막이 떨리는 목소리로 이런저런 질문을 던지기 시작했다. 그녀의 목소리는 말 하나하나가 다시는 연주될 수 없는 음표를 배열해놓은 것 같아서, 하나도 놓치지 않고 음의 고저에 귀 기울여야만 했다. 그녀의 얼굴은 반짝이는 눈동자와 빛나는 정열적인 입술, 눈부신 표정 때문에 슬프고도 사랑스럽게 보였다. 하지만 데이지의 목소리에는 그녀를 좋아했던 남자라면 잊기 힘든, 어딘지 모르게 자극적인 것이 깃들어 있었다. 노래하고픈 충동, "들어봐요."라는 속삭임, 그리고 방금 즐겁고 신나는 일을 했듯 앞으로도 계속 즐겁고 신나는 일이 생기리라는 징조가 숨어 있었다.

나는 동부로 오는 길에 시카고에 들러 하룻밤을 머물렀는데, 그때 열 명도 넘는 사람들이 데이지의 안부를 전해달라고 부탁했다. 그래서 나는 그대로 그녀에게 전했다.

"그들이 나를 보고 싶어 한다고?"

데이지가 감격한 듯 몹시 들뜬 목소리로 소리쳤다.

"온 시내가 삭막해. 차란 차는 하나같이 왼쪽 뒷바퀴를 장례 화환처럼 검게 칠하고 다니고, 노스쇼어[8] 어디에서든 통곡 소리가 밤새도록 그치질 않아."

"정말 끝내주네! 톰, 우리 돌아가, 내일 당장!"

이렇게 말하곤 그녀는 엉뚱하게 한마디를 덧붙였다.

"우리 아기를 봐야지."

"그래, 나도 보고 싶어."

"지금 자고 있어. 세 살인데, 아직 본 적 없지?"

"본 적 없지."

"그럼, 꼭 봐야지. 그 애는…."

방 안을 자꾸 서성이던 톰 뷰캐넌이 걸음을 멈추고 내 어깨에 손을 얹었다.

"닉, 요즘 무슨 일 해?"

---

8 미시간호 인근의 시카고 거리.

"증권업계에서 일해."

"누구랑?"

나는 동료의 이름을 말해주었다.

"처음 들어보는데?" 톰이 단호하게 말했다. 그의 말에 은근히 화가 났다.

"동부에서 계속 머문다면 곧 알게 될 거야." 내가 짤막하게 대답했다.

"아, 난 계속 동부에 있을 테니 걱정 마."

톰이 무엇을 경계하듯 데이지를 힐끗 쳐다보더니, 다시 내게 눈길을 돌리며 말했다.

"정말 바보가 아니고서야 딴 데서 살 이유가 없잖아."

이때 미스 베이커가 느닷없이 "그렇고말고요!"라고 말하는 바람에 나는 깜짝 놀라고 말았다. 내가 그 방에 들어온 후로 그녀가 처음 내뱉은 말이었다. 하품을 하다가 날랜 동작으로 벌떡 일어선 것으로 보아, 그녀도 나만큼이나 놀란 것이 분명했다.

미스 베이커가 투덜댔다.

"온몸이 뻐근해. 저 소파에 얼마나 오랫동안 누워있었는지 몰라."

"날 쳐다보지 마. 나는 오후 내내 뉴욕에 가자고 했잖아."

데이지가 항의하듯 말했다. 미스 베이커가 주방에서 막 내온 넉 잔의 칵테일을 쳐다보며 말했다.

"안 마실래요. 지금 최대한 자제하는 중이거든요."

집주인 톰은 믿기지 않는다는 듯이 그녀를 빤히 쳐다보았다. 그리고 잔 밑바닥에 술이 한 방울밖에 남지 않은 듯이 칵테일을 단숨에 쭉 들이켰다.

"그렇지! 당신 같은 여자가 어떻게 그런 일을 해냈는지 도통 모르겠어."

나는 미스 베이커를 쳐다보면서 그녀가 '해낸' 일이 무엇인지 궁금해했다. 그녀를 바라보고 있자니 기분이 좋아졌다. 날씬하고 가슴이 작은 그녀는 젊은 사관생도처럼 어깨를 뒤로 쫙 펴고 있어 꼿꼿한 자세가 더욱 도드라져 보였다. 그녀는 햇빛 때문에 잿빛 눈을 찡그린 채 나를 쳐다보았다. 창백하고 매력적이지만 불만 섞인 표정에는 예의상 내비치는 호기심이 어려 있었다. 그제야 어디에선가 그녀를 만난 적이 있거나, 적어도 사진이라도 본 적이 있다는 생각이 문득 떠올랐다.

미스 베이커가 얕보듯 말했다.

"웨스트에그에 산다고요. 거기 내가 아는 사람이 살아요."

"난 아는 사람이 한 명도…."

"개츠비는 알 텐데요."

"개츠비라고? 어떤 개츠비 말이야?" 데이지가 물었다.

개츠비란 사람이 이웃에 산다고 미처 대답하기도 전에 저녁 식사가 준비됐다고 알려왔다. 톰 뷰캐넌은 억센 팔을 내 팔 사이로 끼워 넣더니, 체스판에서 말을 옮기듯 억지로 나를 끌고 나갔다.

두 젊은 여자는 손을 엉덩이에 살짝 얹은 채 여리고 나른한 걸음으로, 석양을 향해 열려 있는 장밋빛 베란다 쪽으로 앞장서서 걸어갔다. 베란다의 식탁 위에 놓인 네 개의 촛불이 잦아든 바람에 흔들리고 있었다.

"웬 촛불이야?"

데이지가 인상을 찌푸렸다. 그녀는 재빨리 손가락으로 촛불을 껐다.

"2주만 지나면 1년 중 낮이 가장 긴 날이라고." 그리고 밝은 얼굴로 우리 모두를 바라보았다. "1년 내내 기다리다가 막상 그날이 오면 깜빡 잊고 놓치지 않아? 나는 항상 그날을 기다리다가 지나쳐 버려."

"그러면 계획을 세워야지."

미스 베이커가 곧 잠자리에 들 것처럼 하품을 하며 식탁 앞에 앉았다.

"좋아. 어떤 계획을 세울까?" 데이지가 난감한 표정으로 내게 시선을 돌렸다. "다른 사람들은 어떤 계획을 세우지?"

내가 미처 대답하기도 전에 데이지는 겁먹은 표정으로 새끼손 가락에 시선을 던졌다.

"이것 봐! 손가락을 다쳤어."

우리 모두의 시선이 데이지의 새끼손가락으로 향했다. 손가락 마디가 시퍼렇게 멍들어 있었다. 그녀는 비난조로 말했다.

"톰, 당신 때문이야. 일부러 그러지 않았다는 건 알지만, 당신이 이런 거야. 이게 다 짐승 같은 남자와 결혼한 탓이지. 무지막지하게 덩치만 큰, 뭐랄까⋯."

톰이 인상을 찌푸리며 퉁명스럽게 말했다.

"무지막지한 덩치라는 말 따위 듣기 싫어. 아무리 농담이라도."

"덩치가 큰 건 맞잖아." 데이지는 고집을 꺾지 않았다.

미스 베이커와 데이지는 가끔 둘이서 살짝 이야기를 나눴는데, 맥락 없이 주고받는 시시껄렁한 대화라 잡담이라고도 할 수 없

위대한 개츠비

을 정도였다. 대화는 그들의 하얀 옷과 욕망이라곤 눈곱만큼도 엿보이지 않는 무심한 시선처럼 차가웠다. 자리를 지키고 있던 그들은 톰과 나를 맞아서 환대하고 환대받기 위해 겸손하고 유쾌한 척 애쓰고 있을 뿐이었다. 두 여자는 곧 저녁 식사가 끝날 테고, 조금 있으면 저녁 시간도 끝나고, 그러면 모든 것이 그저 그렇게 지나가리라는 것을 알고 있었다. 서부는 전혀 달랐다. 서부의 저녁 시간은 한 단계, 한 단계, 그 끝을 향해 훌쩍 지나가버리고 만다. 마음에서 떠나지 않는, 끝나는 순간에 대한 아쉬운 예감 혹은 초조한 두려움 속에서.

"데이지, 너하고 같이 있으니 왠지 내가 야만인이 된 기분이 들어." 나는 코르크 냄새가 나지만 꽤 괜찮은 적포도주를 두 잔째 마시면서 솔직히 말했다. "농작물이나 뭐 그런 이야기를 해보는 건 어때?"

특별한 의도가 있는 말은 아니었는데, 이것이 엉뚱하게 받아들여졌다.

갑자기 톰이 격분한 목소리로 말을 내뱉었다.

"문명은 허물어지고 있어. 난 지독한 비관주의자가 됐어. 고더드라는 사람이 쓴 『유색 인종 제국의 발흥』[9]이라는 책, 읽어봤어?"

"아니, 못 읽어봤는데." 나는 톰의 말투에 다소 놀라 대답했다.

"음, 좋은 책이야. 모두가 읽어봐야 할 책이지. 우리가 조심하지 않으면 백인종이 완전히, 정말 완전히 멸종하고 만다는 내용이야. 전

9 미국의 우생학자 로스롭 스토더드(Lothrop Stoddard, 1883~1950)의 『유색의 밀물(The Rising Tide of Color)』을 연상시키기 위해 지어낸 저자와 제목.

부 과학적인 이야기야. 증명된 거라고."

"톰은 갈수록 아주 심각해지고 있어." 데이지가 슬픈 표정으로 별생각 없이 말했다.

"이 사람은 어려운 말이 잔뜩 있는 심각한 책만 읽어. 그게 무슨 단어였더라. 우리가…?"

"글쎄, 모두 과학 서적이라니까."

톰이 조바심이 나는 듯 그녀를 힐끗 쳐다보면서 자기주장을 내뱉었다.

"고더드라는 친구가 모든 걸 밝혔어. 지배 인종인 우리가 정신을 바짝 차려야 한다는 거야. 그러지 않으면 다른 인종들이 세상을 지배하게 될 테니."

"다른 인종은 싹 쓸어버려야 해."

데이지가 뜨거운 태양빛이 눈부신 듯, 두 눈을 심하게 깜박이며 나지막이 말했다.

"두 사람은 캘리포니아에서 살아야겠어요."

미스 베이커가 막 말을 꺼내는데, 톰이 의자에서 육중한 몸을 고쳐 앉으며 그녀의 말을 가로막았다.

"이 책에 따르면, 우리는 북유럽 인종이야. 나도, 당신도, 너도, 그리고…." 톰은 일순간 주저하더니 고개를 끄덕여, 데이지까지 포함시켰다. 그러자 데이지는 다시 두 눈을 깜빡이며 내게로 시선을 던졌다. "문명을 이룬 것들은 전부 우리가 만들어냈어. 아, 과학과 예술, 그 모든 것들을 말이야. 알아듣겠어?"

예전보다 더 심해진 자만심도 더 이상 충분하지 않은 듯, 톰의 열변에는 어딘지 모르게 애처로운 구석이 있었다. 바로 그때 전화벨

위대한 개츠비

이 울렸고, 집사가 곧 베란다를 나갔다. 그 틈을 놓치지 않고 데이지가 내 쪽으로 몸을 기울였다. 그리고 흥거운 듯이 속삭였다.

"우리 집 비밀 하나를 말해줄게. 집사의 코에 관한 이야기야. 들어볼래?"

"오늘 밤 바로 그 이야기를 들으러 왔잖아."

"실은, 저 사람은 원래 집사가 아니었어. 뉴욕에서 은그릇 닦는 일을 했는데, 그를 고용한 사람들이 세척하게 한 은그릇이 200명분이나 되었나 봐. 아침부터 밤까지 그릇을 닦다가 결국 그의 코에 해를 끼치기 시작해서…."

미스 베이커가 끼어들었다.

"상태가 점점 나빠졌구나."

"그랬지. 코의 이상 증상이 점점 악화돼서 결국엔 일을 그만둘 수밖에 없었대."

곧 사라질 마지막 석양빛이 잠시 낭만적인 애정으로 붉게 상기된 데이지의 얼굴을 비추었다. 그녀의 목소리에 귀를 기울였더니, 나도 모르게 숨을 죽이게 되고 그쪽으로 끌려갔다. 어둠이 깔리는 순간이 되면 흥겹게 놀다가 거리를 떠나는 아이들처럼, 석양빛이 못내 아쉬운 듯 그녀의 얼굴에서 머뭇거리다가 서서히 떠나갔다.

집사가 돌아와 톰의 귀에 입을 바짝 대고 뭐라고 속삭였다. 그러자 톰은 인상을 찌푸리며 의자를 뒤로 밀치고 일어나서는, 아무 말도 없이 안으로 들어갔다. 톰이 자리에 없는 것이 심중의 무엇인가를 자극했는지, 데이지는 다시 앞으로 몸을 기울이고는, 달뜬 목소리로 노래하듯 말했다.

"닉, 이렇게 만나 우리 집에서 함께 식사할 수 있어서 정말 좋

아. 닉을 보면… 한 송이 장미, 순수한 장미가 생각나. 안 그러니?"

데이지는 동의를 구하려고 미스 베이커에게 고개를 돌렸다.

"순수한 장미 같지?"

데이지의 말은 사실이 아니었다. 내게는 장미와 닮은 구석이 전혀 없었다. 즉흥적으로 한 말이었지만, 그녀에게서는 남을 감동시키는 따스함이 흘러나왔다. 마치 그녀의 심장이 숨 가쁘게 떨리는 말 한마디에 숨은 채 밖으로 나오려는 듯했다. 그러다가 갑자기 그녀는 냅킨을 식탁 위에 던지더니, 미안하다고 말하고는 집 안으로 들어가버렸다.

한순간, 미스 베이커와 나는 의미 없는 시선을 의식적으로 주고받았다. 내가 막 말을 꺼내려 하자 그녀가 재빨리 자세를 바로잡더니, 경고하듯 "쉿!" 하며 주의를 주었다. 저쪽 방에서 흥분한 감정을 애써 가라앉힌 듯한 목소리가 나지막이 들려오자, 미스 베이커는 부끄러운 줄도 모르고 몸을 앞으로 기울이고는 엿들으려 했다. 나지막한 목소리는 뚝뚝 끊어질 듯 떨리다가 가라앉는가 싶더니, 갑자기 격앙된 목소리로 높아지다가 어느 순간 뚝 그치고 말았다.

"말씀하신 개츠비 씨는 이웃집에 살아요." 내가 입을 열었다.

"가만 있어봐요. 무슨 일인지 들어보게요."

"무슨 일이 있는 겁니까?"

내가 천연덕스럽게 물었다. 미스 베이커는 정말 놀란 듯했다.

"정말 모르는 거예요? 모두들 아는 줄 알았는데."

"난 모릅니다."

미스 베이커가 머뭇거리며 입을 열었다.

"그러니까… 뉴욕에 톰의 여자가 있어요."

"여자가 있어요?"

내가 멍하니 그녀의 말을 반복했다. 미스 베이커가 고개를 끄덕였다.

"그 여자, 예의라는 걸 안다면 저녁 식사 땐 전화하지 말아야죠. 안 그래요?"

미스 베이커의 말뜻을 미처 깨닫기도 전에 옷이 펄럭이는 소리와 가죽 부츠의 저벅거리는 소리가 들리더니, 톰과 데이지가 다시 식탁으로 돌아왔다.

"어쩔 수 없는 사정이 있어서!" 데이지가 애써 명랑한 척하며 큰 소리로 말했다.

데이지는 자리에 앉자마자 미스 베이커의 눈치를 힐끗 살폈다. 곧 내 눈치도 살피고는 말을 이었다.

"잠시 바깥 풍경을 내다보니까 아주 낭만적이더라. 잔디밭에 새가 한 마리 앉아 있는데, 분명 커나드나 화이트스타 라인의 배를 타고 온 나이팅게일일 거야. 그 새가 노래를 불러대는데…." 데이지의 목소리가 노랫소리 같았다. "정말 낭만적이야. 톰, 안 그래?"

"정말 낭만적이지." 톰은 이렇게 대답하고는 침울한 표정으로 내게 말했다. "저녁을 먹고 난 후에도 날이 환하면 마구간을 구경시켜주지."

그때, 전화벨이 요란하게 울렸다. 데이지가 톰을 향해 단호하게 고개를 젓자, 마구간에 관한 이야기뿐만 아니라 사실상 모든 화제가 허공으로 사라지고 말았다. 식탁에서 마지막 5분 사이에 일어난 몇 가지 단편적인 일 중에 쓸데없이 촛불을 다시 켰던 것이 지금도 생생히 기억난다. 나는 모두를 똑바로 쳐다보고 싶은 마음과 함께, 모두의 시선을 피하고 싶은 마음이 동시에 들었다. 톰과 데이지가 무슨 생각을 하고 있는지 짐작조차 할 수 없었다. 아무리 회의적인 상황이라도 잘 통제할 수 있을 것만 같던 미스 베이커조차 다급하게 울려대는 다섯 번째 불청객의 날카로운 금속성 외침을 머릿속에서 완전히 비우기는 어려웠을 것이다. 기질적으로 이런 상황에 흥미를 느끼는 사람도 있을 테지만, 나는 본능적으로 당장 경찰을 부르고 싶은 심정이었다.

말할 필요도 없이 마구간에 관한 이야기는 다시 거론되지 않았다. 톰과 미스 베이커는 서로 몇 발자국 거리를 두고 석양빛을 받으며, 서재로 어슬렁어슬렁 걸어 들어갔다. 마치 생생한 시체 옆에서 하룻밤을 보내러 가는 사람들처럼 말이다. 반면에 나는 애써 즐거운 기색으로 귀가 잘 안 들리는 척하며, 데이지를 따라서 이어진 베란다를 돌아 정문 현관으로 향했다. 짙어가는 어둠 속에서 우리는 고리버들로 만든 긴 의자에 나란히 앉았다.

데이지는 아름다운 얼굴 윤곽을 직접 느껴보려는 듯 두 손으로 자신의 얼굴을 감싸더니, 벨벳처럼 부드러운 어스름 쪽으로 서서히 시선을 옮겼다. 그녀가 격한 감정에 사로잡혀 있는 것이 눈에 보였기에, 마음을 가라앉혀주고 싶은 생각에서 어린 딸에 관해 물었다.

데이지가 불쑥 말을 꺼냈다.

"닉, 우린 서로를 잘 몰라. 친척인데도 말이야. 내 결혼식에도 안 왔잖아."

"전쟁터에서 돌아오기 전이었잖아."

"맞아, 그랬지."

데이지는 머뭇거렸다.

"음, 닉, 난 그동안 너무 힘들었어. 그래서 모든 일에 아주 냉소적인 인간이 되어버렸어."

그럴 만한 이유가 있는 것이 분명했다. 나는 데이지가 더 이야기해주길 기다렸지만, 그녀는 더 이상 아무 말도 하지 않았다. 잠시후에 나는 좀 무력하게, 다시 그녀의 딸에 대한 이야기로 화제를 돌렸다.

"이젠 말도 하고… 밥도 먹고, 못하는 게 없겠군."

데이지는 멍하니 나를 쳐다보았다.

"그럼. 닉, 그 애를 낳았을 때 내가 어떤 말을 했는지 들려줄게. 들어볼래?"

"좋지."

"그 이야기를 들으면 지금 내 심정을…, 내가 왜 이 모양, 이 꼴인지를 알게 될 거야. 글쎄, 애를 낳고 한 시간도 안 지났는데, 톰이 도대체 어디 있는지 알 수가 없는 거야. 마취에서 깨어났는데, 완전히 버림받은 기분이 들었어. 당장 간호사에게 그 애가 아들인지 딸인지 물어봤더니, 간호사가 딸이라고 하더라. 그래서 난 고개를 돌리고 울었어. 난 말했지. '그래, 딸이라서 좋아. 그럼 이 애는 커서 바보가 됐으면 좋겠어. 여자아이는 이런 세상에선 바보가 되는 게 최고야. 아름답고 귀여운 바보.' 내가 모든 일이 끔찍하다고 생각하는 이유를 알겠지."

데이지가 확신에 찬 목소리로 말을 이었다.

"사실 모두 그렇게 생각하잖아. 가장 진보적인 사람들도 그렇게 생각하지. 난 알아. 안 가본 데라곤 없고, 못 본 것도 없고, 안 해본 것도 없거든."

순간, 데이지는 톰처럼 도전적인 눈빛을 번득이며 주변을 둘러보더니, 섬뜩할 만큼 냉소적으로 조소를 토해냈다.

"닳고 닳았어. 젠장, 난 닳고 닳았다고!"

더 이상 내 주의를 끌거나 신뢰를 얻을 생각이 없는 듯 데이지가 갑자기 말문을 닫았고, 나는 순간 그녀가 지금까지 한 말이 근본적으로 진실하지 못하다는 생각이 들었다. 오늘 저녁의 모든 것이 내게 모종의 공감을 얻으려는 속임수 같아서 마음이 편치 않았다. 조금 기다렸더니, 아니나 다를까 데이지는 이내 귀여운 표정으로 아주 능청스럽게 웃으며 나를 빤히 쳐다보았다. 마치 아주 유명한 비밀 단체에 자신과 톰이 정회원으로 속해 있음을 밝히기라도 한 듯이.

방 안으로 들어서니, 진홍색 방은 불빛으로 환했다. 톰과 미스 베이커는 긴 소파의 양 끝에 앉아 있었다. 미스 베이커가 톰에게《새터데이 이브닝 포스트》를 큰 소리로 읽어주고 있었다. 억양의 변화 없이 중얼거리는 말이 달래는 듯한 어조로 쭉 이어졌다. 톰의 부츠는 밝게, 미스 베이커의 낙엽처럼 노란 머리카락은 흐릿하게 비추던 램프의 불빛이, 그녀가 가녀린 팔근육을 실룩거리며 책장을 넘길 때마다 종이 위에 반사되어 반짝였다.

데이지와 내가 들어서자, 미스 베이커가 손을 들어 잠시 가만히 있으라고 했다.

"다음 호에 계속."

미스 베이커는 이렇게 말하고는 잡지를 테이블 위에 던졌다. 그리고 불편한 듯 무릎을 들썩이더니, 자리에서 벌떡 일어섰다.

"10시네." 미스 베이커는 천장에 걸린 시계를 봤는지 이렇게 말했다. "착한 아가씨는 잠자리에 들 시간이에요."

"조던은 내일 경기가 있어, 웨스트체스터에서." 데이지가 설명했다.

"아, 당신이 바로 그 조던 베이커로군요."

그제야 그녀의 얼굴이 왜 그리 낯익었는지 깨달았다. 유쾌하면서도 남을 깔보는 듯한 그 표정을 애슈빌과 핫스프링스, 팜비치에서 선수로 생활하던 시절에 찍은 사진들에서 본 적이 있었다. 그녀에 대한 험담과 좋지 않은 소문도 들은 적이 있었지만, 너무 오래전 일이라서 어떤 내용이었는지는 잊어버렸다.

미스 베이커가 부드럽게 말했다.

"잘 자. 8시에 깨워줘. 알았지?"

"깨워서 일어나면."

"일어날게. 캐러웨이 씨, 그럼 잘 가요. 또 만나요."

데이지가 단호하게 말했다.

"물론 또 보게 될 거야. 실은 내가 중매를 서려 하거든. 닉, 자주 놀러 와. 음, 내가 두 사람을 엮어볼 테니. 알지? 별안간 두 사람을 옷장에 가둬버린다든가, 보트에 태워 바다로 보낸다든가 해서 말이야…"

미스 베이커가 계단에서 소리쳤다.

"잘 자. 아무 말도 못 들은 걸로 할게."

잠시 후에 톰이 말했다.

"좋은 집안 딸이야. 이렇게 시골을 떠돌게 해선 안 되는데."

"누가 그래선 안 된다는 거야?"

데이지가 냉담하게 물었다.

"가족들이지."

"가족이래야 천 살 먹은 늙은 숙모가 전부야. 그건 그렇고, 앞으로 조던 좀 돌봐줄래, 닉? 올여름에 조던은 우리 집에서 주말을 거의 보낼 거야. 저 애한테 가족적인 분위기가 아주 좋은 영향을 주겠지."

데이지와 톰은 잠시 말없이 서로 쳐다보았다. 내가 재빨리 물었다.

"저 아가씨는 뉴욕 출신이야?"

"루이빌 출신이야. 우린 순수했던 소녀 시절을 그곳에서 함께 보냈어. 아름답고 순수했던…."

"당신, 베란다에서 닉한테 속마음을 털어놓기라도 한 거야?"

톰이 갑자기 물었다. 데이지가 나를 쳐다보았다.

"내가? 기억은 잘 안 나지만 북유럽 인종에 관해 이야기한 것 같은데. 맞아, 그랬어. 그 인종이 우리에게 슬금슬금 다가왔으니, 당신이 우선 아는 게…."

"닉, 무슨 말을 듣든 믿지 마." 톰이 내게 충고했다.

나는 아무 말도 듣지 못했다고 간단히 말했다. 그리고 잠시 후, 집에 가려고 일어섰다. 그들은 현관 앞까지 따라 나와서 영롱한 불빛 아래 나란히 섰다. 내가 차에 시동을 거는 순간, 데이지가 단호하게 "잠깐만!" 하고 소리쳤다.

"물어볼 것이 있었는데 깜박 잊었어. 중요한 거야. 닉, 서부에 있을 때 어떤 아가씨와 약혼했다고 하던데?"

"맞아. 네가 약혼했다는 소리를 들었어." 톰이 친절하게도 데이지의 말을 확인해주었다.

위대한 개츠비

"헛소문이야. 그럴 돈도 없어."

데이지는 자기 생각을 고집스럽게 꺾지 않으며, 다시 꽃처럼 환한 얼굴로 나를 놀라게 했다. "하지만 분명히 들었다니까. 세 사람한테 들었으니, 분명 사실일 텐데."

물론 나는 그들이 무슨 이야기를 하는지 알고 있었지만, 약혼 흉내조차 내본 적이 없었다. 실은 교회에서 결혼 예고를 했다는 소문이 나돈 적이 있었고, 그것도 내가 동부로 온 이유 중 하나였다. 소문이 무서워서 오랜 친구와 관계를 끊을 수도 없는 노릇이었고, 그렇다고 소문 때문에 결혼할 수도 없었다.

그들의 관심에 나는 조금 감동했고, 그들이 가까이 다가갈 수 없을 만큼 엄청난 갑부는 아니라는 생각이 들었다. 그런데도 차를 몰고 돌아가는 동안 마음이 혼란스러웠고 역겨운 기분이 들었다. 내 생각에 데이지가 해야 할 일은 당장 아이를 안고 그 집에서 뛰쳐나오는 것이지만, 그녀는 그럴 마음이 추호도 없을 것이다. 톰으로 말하자면 '뉴욕에 여자가 있다.'라는 사실보다도 그가 책 따위 때문에 우울해졌다는 사실이 더욱 놀라웠다. 강인한 육체에 대한 자만심이 더 이상 그의 독단적인 마음을 지탱해주지 못하는 것처럼, 무엇 때문인지 그는 진부한 생각의 가장자리를 갉아먹고 있었다.

도로변 여관의 지붕에도, 붉은색 새 주유기가 환환 불빛 속에 자리 잡고 있는 길가 주유소 앞에도 이미 여름이 한창이었다. 나는 웨스트에그에 있는 집에 도착해서, 차를 차고에 넣고 나서 마당에 버려진 잔디 롤러 위에 한동안 걸터앉아 있었다. 어디선가 불어오는 바람에 나뭇가지들이 부대끼며 요란한 소리를 냈고 한껏 부풀었던 대지의 풀무가 개구리들에게 생명력을 불어넣자 오르간 소리가 그칠 줄 모르고 울려대며 환한 밤을 가득 채웠다. 지나가던 고양이의 그림자가 달빛에 어른거렸다. 나는 녀석을 보려고 고개를 돌리고서야 혼자가 아니라는 것을 알았다. 15미터 정도 떨어진 이웃집의 그림자 속에서 나타난 어떤 사람의 형체가 두 손을 호주머니에 찌른 채 은빛 후춧가루 같은 별들을 바라보고 서 있었다. 어딘지 모르게 여유로워 보이는 동작과 잔디를 밟고 선 안정된 자세로 보아, 우리 지역 하늘 중 어디까지가 자신의 몫인지 확인하러 나온 개츠비임을 짐작할 수 있었다.

나는 그를 불러보기로 마음먹었다. 미스 베이커가 저녁 식사 중에 그에 관한 이야기를 들려주었으니 그 구실로 인사를 나누면 될 것 같았다. 하지만 나는 그를 부르지 않았다. 갑자기 그가 혼자 있고 싶어 할 거라는 암시를 받았기 때문이다. 그는 기묘한 자세로 어두운 바다를 향해 두 팔을 뻗었는데, 멀리 떨어져 있어도 그가 부르르 몸을 떨고 있는 것을 분명히 볼 수 있었다. 나도 모르게 바다 쪽으로 시선이 갔다. 저 멀리, 부두 끝자락에서 조그맣게 반짝이는 초록 불빛 하나 말고는 특별해 보이는 것이 아무것도 없었다. 다시 한 번 개츠비를 향해 시선을 던졌을 때, 그는 어느새 사라지고 없었다. 소란스러운 어둠 속에서 나는 다시 혼자였다.

2장

웨스트에그와 뉴욕의 중간쯤에는 황량한 지역을 피하기 위해 성급하게 차도가 철로와 만나 400미터가량 나란히 쭉 이어지는 장소가 있다. 이곳이 바로 재의 계곡이다. 재가 밀처럼 자라서 산마루와 언덕과 기괴한 정원을 형성하는 환상적인 농장이다. 이곳에서 재는 집과 굴뚝, 피어오르는 연기 모양을 이루다가, 마침내 비상한 노력 끝에 잿빛 인간이 되어서는 어렴풋이 움직이고, 이내 부서지며 먼지가 되어 대기에 흩어져버린다. 가끔 보이지 않는 길을 따라 잿빛 차들이 일렬로 줄 지어 기어가다가 소름 돋는 끽 소리를 내면서 멈춰 선다. 그러면 금세 잿빛 인간들이 납으로 된 삽을 들고 몰려들어 앞을 볼 수 없을 정도로 뿌연 먼지 구름을 일으키고, 먼지 구름은 그들의 알 수 없는 작업을 시야에서 완전히 가려버린다.

그러나 잠시 후, 잿빛 땅과 그 위를 끊임없이 떠도는 음산한 먼지 소용돌이 너머로 닥터 T. J. 에클버그의 두 눈이 보인다. 닥터 T. J. 에클버그의 눈은 푸르고 거대하다. 망막의 수직 직경만 1미터에 달

한다. 얼굴 없는 두 눈이 존재하지 않는 코에 걸린 거대한 노란 안경 너머로 이쪽을 바라보고 있다. 어느 익살맞은 안과 의사가 퀸스 자치구에 개업한 후 환자를 끌어모으려고 이 광고판을 설치하고 나서, 정작 자신의 눈이 영영 멀어버렸거나 아니면 이것을 까맣게 잊고 이사를 가버린 것이 틀림없다. 오랜 세월이 흐르는 사이 페인트도 새로 칠하지 않고 햇빛과 비에 시달린 탓에 색이 좀 바랬지만, 그 눈은 골똘히 생각에 잠긴 듯이 장엄한 재의 계곡을 내려다보고 있다.

재의 계곡은 한쪽으로 작고 더러운 강과 접해 있어서, 화물선이 지나가도록 도개교가 올라갈 때면 멈춰 선 기차의 승객들이 그 황량한 풍경을 30분 동안이나 바라볼 수밖에 없었다. 그곳에선 적어도 1분간은 기차가 늘 정차하게 마련인데, 내가 처음 톰 뷰캐넌의 정부(情婦)를 만난 것도 바로 그 때문이었다.

톰에게 정부가 있다는 사실은 그가 알려진 곳이라면 어디에서든 화제였다. 톰의 지인들은 그가 인기 있는 레스토랑에 정부와 함께 나타나, 그녀를 테이블에 앉혀둔 채 기웃거리다가 아는 사람만 보면 누구든 붙잡고 잡담을 늘어놓는다는 사실에 분개했다. 나는 톰의 정부가 궁금하긴 했지만, 만나고 싶은 마음은 없었다. 하지만 결국은 그녀와 만나게 되었다. 어느 날 오후, 나는 톰과 함께 기차를 타고 뉴욕에 가고 있었는데, 기차가 재의 계곡에서 멈춰 서자 톰이 자리에서 벌떡 일어나더니 내 팔을 붙잡고 막무가내로 기차에서 내리게 했다.

"여기서 내리자. 내 애인을 소개해주고 싶거든." 톰이 고집을 부렸다.

그가 점심 식사 때 술을 지나치게 많이 마신 것 같다는 생각이 들었다. 나를 데려가겠다는 그의 결단은 폭력에 가까웠다. 나 따위에게 일요일 오후에 별달리 할 일이 있겠느냐고 제멋대로 단정한 모양이었다.

나는 백색 도료를 바른 낮은 철로 변 담장을 넘어서 톰을 따라갔다. 우리는 계속 닥터 에클버그의 시선을 받으며 길을 따라 100미터쯤 되돌아갔다. 눈에 띄는 건물이라고는 황무지 끝에 서 있는 조그만 노란색 벽돌 건물뿐이었다. 그곳이 일종의 작은 중심가 역할을 하고 있는 듯했지만, 주변에는 아무것도 없었다. 건물에는 세 개의 상점이 있었는데, 하나는 비어 있었고, 재의 계곡 쪽에 있는 다른 하나는 밤새 영업하는 음식점이었으며, 세 번째 상점은 자동차 정비소였다. 그곳에는 '자동차 정비, 조지 B. 윌슨. 차 사고팝니다.'라고 쓰인 간판이 걸려 있었다. 나는 톰을 따라 정비소 안으로 들어갔다.

정비소는 장사가 잘 안되는지 썰렁했다. 자동차라고는 어두운 구석에 처박힌 채 먼지를 뒤집어쓰고 있는 부서진 포드 한 대뿐이었다. 정비소의 칙칙한 분위기는 눈속임일 뿐이고 2층에는 호화롭고 낭만적인 분위기의 방이 숨어 있을지도 모른다는 생각이 뇌리를 스치는 순간, 주인이 헝겊 조각으로 손을 닦으며 사무실 문 앞에 나타났다. 금발에 빈혈이라도 있는 듯 생기 없는 얼굴이었지만, 그런대로 미남 축에 들었다. 우리를 보자 그의 연푸른색 눈동자에 어렴풋이 희망의 빛이 솟아났다.

톰이 활기차게 그의 어깨를 툭 치며 말했다.

"어이, 윌슨, 잘 있었어? 장사는 잘되고?"

"그저 그래요. 차는 언제 파실 거죠?" 윌슨이 힘없이 대답했다.

"다음 주. 지금은 우리 정비사를 시켜서 손 좀 보게 했거든."

"꽤 더디군요. 안 그래요?"

톰이 냉담하게 대답했다.

"아니, 그렇지 않아. 그렇게 생각한다면 다른 데 파는 게 낫겠군."

윌슨이 재빨리 변명했다.

"그런 뜻은 아니에요. 난 다만…."

윌슨은 결국 말끝을 흐리고 말았다. 톰은 조바심이 나는 듯 정비소 안을 이리저리 훑어보았다. 그때 계단을 내려오는 발소리가 들리는가 싶더니, 이내 살집 있는 여자가 사무실 문밖으로 새어 나오는 빛을 가로막고 섰다. 30대 중반으로 좀 뚱뚱했지만, 일부 여성들만이 보일 수 있는, 풍만한 몸을 놀리는 폼이 육감적이었다. 검푸른 색의 물방울무늬가 있는 얇은 비단 크레이프 드레스를 걸친 그녀의 얼굴에선 예쁜 구석을 전혀 찾아볼 수 없었다. 하지만 온몸의 신경이 끊임없이 불을 지피고 있는 것처럼 누구라도 즉시 알아볼 수 있을 만큼 생기를 발산했다. 그녀는 슬며시 미소를 짓고는, 남편이 유령이기라도 하듯 슬쩍 지나쳐서는 톰을 똑바로 쳐다보며 그와 악수했다. 그러곤 입술을 축이며 남편을 돌아보지도 않은 채, 낮고 거친 목소리로 말했다.

"의자 좀 가져오지그래? 앉으시게 해야지."

"아, 그렇지."

윌슨은 서둘러 맞장구를 치고는 작은 사무실로 걸어가더니, 곧 벽의 시멘트 빛깔과 섞였다. 희뿌연 재가 주변 모든 것을 가려버리듯이, 윌슨의 검은 양복과 윤기 없는 머리카락에도 뽀얗게 내려앉아 그 모습을 감췄다. 하지만 아내의 몸에는 재가 묻어 있지 않았다.

그녀가 톰에게 가까이 다가섰다. 톰이 들뜬 목소리로 말했다.

"보고 싶어. 다음 기차를 타."

"알았어."

"지하의 신문 가판대에서 만나."

그녀는 고개를 끄덕였고, 조지 윌슨이 사무실에서 의자 두 개를 가지고 나오자 톰에게서 떨어졌다.

우리는 길 아래쪽으로 내려가, 눈에 띄지 않는 곳에서 그녀를 기다렸다. 7월 4일 독립 기념일을 며칠 앞두고 있어서 그런지, 창백하고 야윈 이탈리아계 아이 하나가 철로를 따라 폭죽을 한 줄로 쭉 세워놓고 있었다.

"끔찍한 곳이야. 안 그래?" 톰이 닥터 에클버그와 찌푸린 표정을 주고받으며 말했다.

"정말 끔찍해."

"이곳을 벗어나는 게 그 여자에게도 좋아."

"남편이 반대하지 않아?"

"윌슨? 그자는 자기 마누라가 뉴욕에 사는 여동생을 만나러 가는 줄로만 알아. 자기가 살아 있는지도 모르는 멍청이라고."

이렇게 톰 뷰캐넌과 그의 여자와 나는 함께 뉴욕으로 갔다. 정확히 말하면 '함께'라고는 할 수 없었다. 윌슨 부인이 눈치껏 다른 칸에 탔기 때문이다. 톰은 행여 같은 기차에 탔을지도 모르는 이스트에그 사람들의 감정을 그 정도까지는 존중했던 것이다.

그녀는 갈색 무늬 모슬린 드레스로 갈아입었는데, 톰의 부축을 받아 뉴욕 역의 플랫폼에서 내릴 때 그 옷이 큼지막한 엉덩이에

착 달라붙어 팽팽해 보였다. 그녀는 신문 가판대에서 《타운 태틀》[10]과 영화 잡지를 한 부씩 샀고, 역내 약국에서는 콜드크림과 작은 향수 한 병을 샀다. 지상으로 올라온 그녀는 차 소리가 요란스레 메아리치는 차도에서 택시를 네 대나 그냥 보내고 나서야, 라벤더색 최신형 택시를 잡아탔다. 회색 시트가 깔린 택시에 몸을 실은 우리는 혼잡한 역을 빠져나와 햇빛이 눈부시게 반짝이는 거리로 들어섰다. 하지만 곧 그녀는 재빨리 창에서 시선을 돌리더니 머리를 앞으로 숙이고는 앞 유리를 두드렸다.

"저기 있는 개를 한 마리 갖고 싶어요. 아파트에서 기를 만한 녀석으로. 기를 수 있으면 정말 좋겠어요." 그녀가 진지하게 말했다.

우리는 후진해서, 존 D. 록펠러[11]를 어설프게 닮은 백발 노인 쪽으로 갔다. 노인의 목에 걸린 광주리 안에는 품종을 알 수 없는 갓 태어난 강아지 열두 마리가 웅크리고 있었다.

"무슨 종이죠?" 노인이 택시 창문으로 다가오자 윌슨 부인이 들뜬 목소리로 물었다.

"온갖 종이 다 있어요. 부인, 어떤 종을 원하세요?"

"경찰견 한 마리를 갖고 싶어요. 그런 종은 없는 것 같은데요?"

노인은 미심쩍은 표정으로 광주리를 들여다보더니, 손을 넣어 발버둥 치는 강아지 한 마리의 목덜미를 잡아 올렸다.

"그놈은 경찰견이 아니잖아요." 톰이 말했다.

노인은 실망한 목소리로 답했다.

---

10 허구의 잡지로, 주로 가십을 다루는 대중지가 연상되는 이름이다.
11 John D. Rockefeller, 1839~1937. 스탠더드오일사를 설립한 미국의 거부.

"네, 꼭 경찰견이라고 할 수는 없지만, 에어데일[12]에 가깝죠."

노인은 갈색 수건 같은 개의 등을 쓰다듬었다.

"이 녀석 털 좀 보세요. 이렇게 탐스러운 털을 지녔으니, 감기에 걸려 귀찮게 할 일은 없을 겁니다."

"예뻐요. 얼마죠?" 윌슨 부인이 몹시 들뜬 목소리로 말했다.

"이놈이요? 10달러면 됩니다." 노인은 감탄한 듯이 강아지를 바라보며 대답했다.

발이 유난히 하얗기는 했지만, 녀석이 에어데일종인 것은 분명해 보였다. 강아지는 새로운 주인인 윌슨 부인의 손에 넘겨져 그녀의 무릎에 편히 앉았다. 그녀는 추위를 타지 않는다는 녀석의 털을 황홀해하며 쓰다듬었다.

"남자아이인가요, 여자아이인가요?" 그녀가 좀 더 자세히 물었다.

"그놈이요? 남자아이입니다."

"암캐야." 톰이 잘라 말했다. "자, 여기 돈 있어요. 그 돈이면 딴 데서는 열 마리는 더 살걸."

우리는 택시를 타고 5번가로 달렸다. 한여름 일요일 오후는 목가적이라고 할 만큼 따뜻하고 부드러워서, 거대한 흰 양 떼가 모퉁이를 도는 모습을 본다 해도 놀랍지 않았을 것이다.

"차 세워줘. 난 여기에서 내릴게." 내가 말했다.

"아니, 안 돼. 네가 아파트까지 가지 않으면 머틀이 몹시 서운해할 거야. 안 그래, 머틀?" 톰이 재빨리 끼어들었다.

12 털 색깔이 짙고 덩치가 큰 테리어종 개.

"같이 가요. 전화해서 동생 캐서린을 부를게요. 주변 사람들에게 굉장한 미인이라는 소리를 듣는 애거든요."

머틀이 졸라댔다.

"음, 가고 싶지만…."

이번에는 센트럴파크를 지나 웨스트 100번대 거리를 향해 계속 달렸다. 158번가에 이르자 택시는 하얀 케이크 모양으로 길게 늘어선 아파트 단지 중 한 동 앞에 멈춰 섰다. 궁전에 돌아온 여왕처럼 이웃을 훑어보면서, 윌슨 부인은 개와 구입한 다른 물건들을 들고 거만하게 안으로 들어갔다.

엘리베이터를 탔을 때 머틀이 말했다.

"맥키 부부를 부를까 해요. 물론 제 동생한테도 전화해서 오라고 할 거예요."

아파트는 맨 위층에 있었다. 작은 거실과 식당, 침실과 욕실이 하나씩 있었다. 거실에는 태피스트리로 꾸민 가구 한 벌이 문간까지 꽉 들어차 있었는데, 거실에 비해 어찌나 큰지 이리저리 움직이다 보면 태피스트리 속 장면, 즉 베르사유 궁전의 정원에서 그네를 타고 있는 부인들에게 걸려 넘어질 것만 같았다. 벽에 걸린 사진이라곤 흐릿한 바위 위에 앉아 있는 수탉을 지나치게 확대한 사진 하나뿐이었다. 그러나 멀리에서 보니, 그 수탉은 보닛[13] 모양으로 바뀌었다가 어느새 살찐 노부인의 얼굴이 방 안을 향해 활짝 웃고 있는 것처럼 보였다. 테이블 위에는 『베드로라 불리는 시몬』[14] 한 권과 묶은 《타

13 밑에서 끈을 매는 챙 없는 모자로, 여자나 아이가 주로 쓴다.
14 로버트 키블(Robert Keable, 1887~1927)이 1921년 출간한 대중소설. 피츠제럴드는 이 소설을 '부도덕'하다고 평했다.

운 태틀》 몇 부, 그리고 브로드웨이의 유치한 스캔들이 실린 잡지 몇 부가 놓여 있었다. 윌슨 부인은 처음에는 강아지에게 온 정신을 빼앗겼다.

엘리베이터 보이는 마지못해 짚을 가득 채운 상자와 우유를 사러 갔다가, 시키지도 않은 크고 딱딱한 개 비스킷 한 통도 사 왔다. 비스킷은 우유 속에 빠진 채 오후 내내 흐물흐물 물러졌다. 그 사이에 톰은 잠가둔 옷장 문을 열고 위스키 한 병을 꺼내 왔다.

나는 평생 술에 취한 적이 딱 두 번뿐인데, 두 번째가 바로 그날 오후였다. 8시가 넘도록 방 안에는 싱그러운 햇살이 가득했지만, 그날의 기억은 전부 희미하고 몽롱할 뿐이다. 윌슨 부인은 톰의 무릎에 앉아 몇 사람에게 전화를 걸었다. 그때 나는 담배가 떨어져서 길모퉁이에 있는 약국으로 담배를 사러 나갔다. 돌아와 보니 두 사람은 없었다. 그래서 조용히 거실에 앉아 『베드로라 불리는 시몬』을 읽었다. 내용이 형편없어서인지, 위스키에 취해 제정신이 아니어서인지 모르겠지만, 무슨 이야기인지 도통 알 수가 없었다.

톰과 머틀(첫 잔을 마신 후부터 윌슨 부인과 나는 서로 이름을 불렀다.)이 다시 나타나자, 뒤이어 손님들이 아파트에 하나둘씩 도착하기 시작했다.

머틀의 여동생 캐서린은 날씬한 몸매에 속물 같은 여자로, 서른쯤 되어 보였다. 숱이 많은 붉은 단발머리에 얼굴은 하얗게 분을 발랐는지 우윳빛으로 뽀얬다. 눈썹을 뽑고 더 멋지게 그렸지만 원래 있던 자리에서 눈썹이 다시 자라나는 바람에 인상이 좀 칙칙해 보였다. 그녀가 움직일 때마다 양팔에 낀 헤아릴 수 없이 많은 도기 팔찌가 위아래로 흔들리며 짤랑거렸다. 주인인 양 성급하게 들어와서

44

자기 집 가구를 보듯 둘러보기에, 나는 그녀가 이 집에 살고 있는 건 아닐까 하는 생각이 들었다. 하지만 내가 여기서 사느냐고 물었더니 그녀는 한바탕 크게 웃고 나서, 내 질문을 큰 소리로 되풀이하고는 자신은 여자 친구와 함께 호텔에 산다고 말했다.

아래층에서 올라온 맥키 씨는 창백한 얼굴의 여성스러운 남자였다. 광대뼈에 흰 비누 거품 자국이 남아 있는 것으로 보아 방금 면도한 모양이었다. 그는 아주 정중하게 방에 있는 사람들 모두에게 인사했다. 그는 '예술적인 일'을 한다고 말했는데 나중에야 그가 사진사라는 사실을 알고, 벽에 걸려 심령 분위기를 풍기는 머틀 어머니의 희미한 확대 사진을 만든 장본인이란 것을 짐작할 수 있었다. 그의 아내는 날카로운 목소리에 생기가 없어 보였고, 예쁘기는 하지만 아주 재수 없는 여자였다. 그녀는 결혼한 후 남편이 자기 사진을 127번이나 찍어주었다고 자랑했다.

방금 옷을 갈아입었던 윌슨 부인은 이번에는 섬세한 크림색 시폰 야회복을 입고 있었다. 옷으로 방 안을 쓸고 다닐 때마다 계속 부스럭거리는 소리가 났다. 옷을 갈아입으니 성품마저 달라 보였다. 자동차 정비소에서 그토록 눈에 띄던 강렬한 생기가 아주 거만한 태도로 변했다. 머틀의 웃음, 몸짓, 말투는 시시각각 더욱 억지스러워졌다. 그렇게 방 안을 쓸고 다니며 설칠수록 그녀의 주변이 점점 좁아지는 것만 같았다. 그러다가 결국에는 자욱한 담배 연기 속에서 시끄럽게 삐걱거리는 회전축을 따라 빙빙 돌고 있는 것처럼 보였다. 머틀은 점잔을 빼며 높고 큰 목소리로 여동생에게 말했다.

"얘, 그런 사람들은 늘 사기를 쳐. 오로지 돈만 생각한다고. 지난주엔 내 발을 좀 봐달라고 어떤 여자를 불렀는데, 어땠는지 알아?

위대한 개츠비

그 여자가 내민 청구서를 보면 내가 맹장 수술이라도 받은 줄 알 거야."

"그 여자 이름이 뭐죠?" 맥키 부인이 물었다.

"에버하트 부인이에요. 집집마다 돌아다니면서 사람들의 발을 봐주는 일을 하죠."

"입은 옷, 멋지군요. 정말 근사해요."

윌슨 부인은 경멸스러운 듯, 눈썹을 추켜올리며 상대방의 칭찬을 묵살했다.

"구닥다리 헌 옷이에요. 가끔 외모에 신경 쓰지 않아도 될 때 걸치죠."

"내 말이 무슨 뜻인지 알 테지만, 아주 멋져 보이는걸요. 체스터가 당신의 그런 포즈를 잡아낸다면 멋진 작품이 나올 거예요."

우리는 모두 말없이 윌슨 부인을 바라보았다. 그녀는 머리카락 한 올을 눈 위로 쓸어 올리고는 밝은 미소를 지으며 우리를 쳐다보았다. 맥키 씨가 한쪽으로 고개를 돌린 채 그녀를 빤히 바라보다가, 자신의 얼굴 앞에서 한 손을 앞뒤로 천천히 움직여 보였다.

잠시 후, 맥키 씨가 입을 열었다.

"조명을 바꿔야겠어요. 이목구비의 입체감을 살리고 싶어요. 뒤쪽 머리카락도 전부 잡아낼 거예요."

맥키 부인이 소리쳤다.

"조명 바꿀 생각은 안 했는데. 내가 보기에는…."

그녀의 남편이 "쉿!" 하고 말을 끊자, 우리는 모두 다시 모델을 쳐다보았다. 바로 그때, 톰 뷰캐넌이 소리 내어 하품을 하며 자리에서 일어났다.

"맥키 부부가 마실 음료가 있을 텐데. 머틀, 모두 잠들기 전에 얼음하고 탄산수 좀 더 가져와."

머틀은 하류층 사람들의 게으름에 지쳤다는 듯이 눈썹을 추켜올렸다.

"심부름꾼한테 얼음을 가져오라고 시켰는데. 하여간 저런 부류들은! 꼭 잔소리를 해야 한다니까."

머틀은 나를 쳐다보면서 의미 없는 미소를 지었다. 그러곤 강아지에게 달려가 열렬히 입을 맞추더니, 열두 명의 요리사가 자신의 명령을 기다리고 있다는 듯이 서둘러 부엌으로 갔다.

"롱아일랜드에서 훌륭한 사진을 좀 찍었어요." 맥키 씨가 단언했다.

톰이 멍하니 맥키 씨를 쳐다보았다.

"그중 두 개는 액자로 만들어 아래층에 걸어놨어요."

"두 개라니?" 톰이 물었다.

"두 작품 말이에요. 하나는 '몬턱 포인트-갈매기' 다른 하나는 '몬턱 포인트-바다'라고 제목을 붙였지요."

머틀의 여동생 캐서린이 내 옆 소파에 앉더니 물었다.

"당신도 롱아일랜드에 살아요?"

"웨스트에그에 삽니다."

"정말요? 한 달 전에 그곳에서 열린 파티에 갔는데. 개츠비라는 사람의 집이었죠. 혹시 그 사람 알아요?"

"바로 옆집에 살아요."

"그 사람이 빌헬름 황제의 조카인가, 사촌인가, 그렇다면서요. 그 사람 돈이 다 거기서 나온다던데."

위대한 개츠비

"정말인가요?"

캐서린이 고개를 끄덕였다.

"난 그 사람이 무서워요. 그 사람의 관심은 털끝만큼도 받고 싶지 않아요."

그때 맥키 부인이 갑자기 캐서린을 가리키는 바람에, 내 이웃에 관한 흥미로운 정보는 중단되고 말았다.

"체스터, 내 생각엔 이분이라면 당신이 괜찮은 작품을 만들 수 있을 것 같은데."

맥키 부인이 불쑥 말을 꺼냈지만, 맥키 씨는 귀찮은지 그저 고개만 끄덕이고는 톰에게 시선을 돌렸다.

"난 할 수만 있다면 롱아일랜드에서 더 일하고 싶어요. 시작할 수 있는 기회만 주어진다면요."

윌슨 부인이 쟁반을 들고 들어오자, 톰이 큰 소리로 웃음을 터뜨리며 말했다.

"머틀에게 부탁해봐요. 이 여자가 당신에게 소개장을 써줄 겁니다. 머틀, 안 그래?"

"뭘 써준다고?" 머틀이 놀라서 물었다.

"맥키를 당신 남편에게 알리는 소개장을 써주라고. 당신 남편을 모델로 작품을 찍을 수 있게 말이야." 톰은 사진의 제목을 떠올리는 동안 입술을 잠시 조용히 움직였다.

"'주유기 앞의 조지 B. 윌슨'이나, 뭐 그런 제목이면 좋겠지."

캐서린은 내 쪽으로 몸을 기울이더니 귓속말로 속삭였다.

"둘 다 자신의 배우자를 못마땅하게 여겨요."

"그래요?"

"견딜 수 없대요." 캐서린은 머틀을 바라보고는 톰 쪽으로 시선을 옮겼다.

"내 말은요, 배우자를 못 견뎌 하면서 왜 계속 함께 사느냐는 거예요. 나라면 당장 이혼하고 둘이 결혼할 텐데 말이죠."

"윌슨 부인도 윌슨을 싫어하나요?"

이 물음에 대한 대답은 예상치 못한 사람의 입에서 나왔다. 그 물음을 어쩌다 들은 머틀이 직접 그렇다고 대답한 것이다. 그 내용은 과격하면서 외설적이었다.

"봤죠?" 캐서린은 의기양양하게 소리쳤다. 그리고 다시 목소리를 낮췄다.

"두 사람을 계속 떼어놓고 있는 건 실은 톰의 아내예요. 그 여자는 가톨릭 교도인데, 가톨릭은 이혼을 인정하지 않잖아요."

데이지는 가톨릭 교도가 아니었다. 나는 그럴듯한 거짓말에 좀 충격을 받았다.

"두 사람은 결혼하면 잠잠해질 때까지 한동안 서부로 가서 살 거래요." 캐서린이 말을 이었다.

"유럽으로 가는 편이 더 현명할 텐데요."

"아, 유럽 좋아해요? 얼마 전에 몬테카를로에서 돌아왔어요."

캐서린이 깜짝 놀란 표정으로 소리쳤다.

"그랬군요."

"바로 작년에요. 친구와 함께 갔죠."

"오래 있었어요?"

"아뇨, 몬테카를로에만 갔다가 바로 돌아왔어요. 마르세유를 경유해서 갔죠. 우리는 출발할 때 1,200달러 넘게 갖고 갔는데, 사설 도박장에서 이틀 만에 몽땅 날렸어요. 돌아올 때 얼마나 고생했던지. 아, 그 도시만 생각하면 몸서리가 나요!"

늦은 오후의 하늘이 잠시 지중해의 푸른 바다처럼 창문에 반짝 비쳤다. 그 순간 맥키 부인의 날카로운 목소리가 들려왔고, 그래서 다시 방 안으로 시선을 돌렸다.

맥키 부인이 열띤 목소리로 말했다.

"나도 하마터면 실수할 뻔했어요. 몇 년 동안이나 나를 쫓아다니던 작달막한 유대인 놈과 결혼할 뻔했거든요. 그 인간이 나보다 못난 놈이란 걸 알았죠. 모두들 나에게 이렇게 말했어요. '루실, 그 남자는 너에 비해 너무 못났어!' 하지만 체스터를 못 만났더라면, 분명 그놈이 나를 차지했을 거예요."

"그래요. 하지만 들어봐요. 적어도 당신은 그 남자와 결혼하진 않았잖아요." 머틀 윌슨이 위아래로 고개를 끄덕이며 말했다.

"네, 결혼은 안 했죠."

"그런데 난 결혼했어요. 그게 당신과 나의 다른 점이에요." 머틀이 모호하게 말했다.

"언니, 그러면 왜 결혼한 거야? 아무도 결혼을 강요하지 않았잖아." 캐서린이 물었다.

머틀이 생각에 잠기는 듯하다가 다시 입을 열었다.

"그 사람이 신사인 줄 알았거든. 교양 있는 사람이라고 생각했는데, 알고 보니 내 신발을 핥을 자격도 없었어."

"언니는 한동안 그 사람에게 미쳤었잖아." 캐서린이 말했다.

"그 사람에 미쳤다고!" 머틀은 믿을 수 없다는 듯이 소리쳤다.

"내가 그 사람에게 미쳤다고 누가 그래? 저기 저 남자에게 미치지 않은 것처럼, 그 사람에게도 미친 적 없어."

머틀이 갑자기 나를 가리켰다. 그러자 모든 사람들이 비난 어린 눈초리로 나를 쳐다보았다. 나는 그녀의 과거와 아무런 상관이 없다는 표정을 지어 보였다.

"내가 미쳤던 건 막 결혼했을 때뿐이야. 하지만 곧 실수했다는 걸 깨달았지. 그 인간은 결혼식 때 다른 사람의 예복을 빌려 입고도 내겐 한마디 말도 없었어. 그런데 어느 날 그 인간이 외출했을 때, 옷 주인이 그 예복을 찾으러 온 거야. '아, 그게 당신 양복이라고요? 처음 듣는 말이에요.'라고 했지. 난 어쩔 수 없이 양복을 그에게 내주고는 오후 내내 드러누워 엉엉 울었어."

캐서린이 다시 내게 말했다.

"언니는 진즉 형부와 헤어졌어야 해요. 두 사람은 정비소에서 11년이나 살았어요. 그리고 톰은 언니의 첫 애인이죠."

이제 마시지 않아도 마신 것처럼 기분이 좋다는 캐서린 말고 방에 있는 다른 사람들은 계속 위스키를 찾았다. 벌써 두 번째 병이었다. 톰은 벨을 눌러 심부름꾼을 부른 뒤 저녁 식사거리가 될만한 어떤 유명한 샌드위치를 사오라고 시켰다. 나는 밖으로 나가서 동쪽 공원을 향해 부드러운 황혼 속을 거닐고 싶었다. 하지만 나가려고 할 때마다 마치 밧줄로 잡아끌어 의자에 다시 주저앉히는 것 같은, 귀에 거슬리는 거친 논쟁에 휘말리곤 했다. 그러나 도시 상공에 높이 줄지어 있는 노란 창문들은 어두워지는 거리에서 무심결에 올려다보는 사람에게 인간의 비밀을 나눠주고 있을 게 분명했다. 나 역시도 상공을 올려다보며 궁금해하는 사람이었다. 나는 안에 있으면서 동시에 밖에 있었다. 무궁무진할 정도로 다양한 삶에 매혹되기도 하고 몸서리치기도 하면서.

머틀은 내 쪽으로 의자를 가까이 끌고 오더니, 갑자기 더운 입
김을 내뿜으며 톰과 처음 만났을 때의 이야기를 털어놨다.

"기차엔 언제나 마지막까지 남는 자리가 있어요. 서로 마주보
는 비좁은 자리 두 개였는데, 우리는 그곳에서 처음 만났어요. 나는
여동생을 만나서 함께 밤을 보내려고 뉴욕으로 가는 길이었어요. 저
사람은 신사복에 에나멜가죽 구두를 신고 있었는데, 저이에게서 눈
을 뗄 수 없었죠. 하지만 저 사람이 날 쳐다볼 때마다 저이 머리 위
에 있는 광고를 보는 척했어요. 역에 도착했을 때, 저 사람이 내 곁
에 와서는 흰 셔츠 앞가슴으로 내 팔을 누르는 거예요. 그래서 내가
경찰을 부르겠다고 했지만, 저 사람은 거짓말이라는 걸 알았어요.
얼마나 흥분했던지, 함께 택시를 타고서도 지하철을 탄 줄로만 알았
어요. 그때 내가 반복해서 줄곧 생각한 것은 이것뿐이었어요. '넌 영
원히 살 수 없는걸. 넌 영원히 살 수 없어.'"

머틀은 맥키 부인 쪽으로 돌아섰다. 곧 그녀의 입에서 터져 나
온 가식적인 웃음이 방 안 가득 울렸다. 머틀이 소리쳤다.

"이봐요. 이 옷 벗는 대로 당신에게 줄게요. 나는 내일 또 한 벌
사면 되니까. 살 물건들을 모두 적어놔야겠어요. 마사지 기구, 파마
기구, 개 목걸이, 스프링 달린 작고 예쁜 재떨이, 그리고 여름 내내
어머니의 무덤을 지킬 검은 실크 리본 화환. 잊어버리지 않게 구입
할 물건 목록을 써놓을 거예요."

9시였다. 그 후 얼마 안 지나 시계를 들여다봤더니, 벌써 10시
가 되어 있었다. 맥키 씨는 움직이다 찍힌 사진 속 인물처럼, 의자에
앉아 꽉 쥔 두 주먹을 무릎에 올려놓은 채 잠들어 있었다. 나는 손

수건을 꺼내어 오후 내내 신경 쓰였던 그의 뺨에 말라붙은 비누 거품 자국을 닦아주었다.

강아지는 테이블에 앉아서, 자욱한 담배 연기 때문에 잘 보이지도 않는 눈으로 방 안을 둘러보며 가끔 나지막이 끙끙거렸다. 사람들은 사라졌다가 다시 나타나는가 하면, 어디론가 갈 계획을 세우다가 서로를 잃어버리고 찾아다니다가 몇 걸음 떨어지지 않은 곳에서 도로 찾아내곤 했다. 곧 자정을 앞두고 있던 시각에, 톰 뷰캐넌과 윌슨 부인은 얼굴을 맞대고 서서 윌슨 부인에게 데이지의 이름을 언급할 권리가 있는지를 놓고 열띤 말다툼을 벌이고 있었다.

"데이지! 데이지! 데이지! 부르고 싶으면 언제든 부를 거야! 데이지! 데이…." 윌슨 부인이 소리쳤다.

순간, 톰 뷰캐넌이 손바닥으로 그녀의 코를 능숙하게 후려쳤다. 곧 욕실 바닥에 피 묻은 수건들이 널브러졌고, 여자들이 비난하는 소리가 들렸다. 그리고 이런 소란보다 훨씬 큰 소리로 고통에 겨워 울부짖는 소리가 오랫동안 들렸다. 맥키 씨는 잠에서 깨어나더니, 어리둥절해하며 문 쪽으로 향했다. 그렇게 반쯤 가더니 돌아서서 방 안에서 벌어지고 있는 광경을 쳐다보았다. 그의 아내와 캐서린은 구급약을 들고서 비좁은 가구 사이에서 이리저리 비틀거리며 비난하거나 위로하고 있었고, 소파에 앉은 머틀은 절망 어린 표정으로 피를 철철 흘리면서도, 베르사유 풍경을 짜넣은 태피스트리를 더럽히지 않으려는 듯 그 위에 《타운 태틀》을 펼치고 있었다. 뒤돌아 걷던 맥키 씨는 문밖으로 향했다. 샹들리에에 걸어둔 모자를 집어 들고는 나도 따라나섰다.

"언제 점심이나 하죠?" 엘리베이터를 타고 한숨 돌리고 있을 때 맥키 씨가 제안했다.

"어디서요?"

"어디서든요."

"레버에 손대지 말아요." 엘리베이터 보이가 딱 잘라 말했다.

"미안해요. 만지고 있는 줄 몰랐습니다." 맥키 씨가 위엄 있게 대꾸했다.

"좋습니다. 기꺼이." 나는 맥키 씨의 점심 초대에 응했다.

나는 그의 침대 옆에 서 있었고, 그는 속옷만 입은 몸을 시트로 가리고 양손에 커다란 작품집을 든 채, 침대에 똑바로 앉아있었다.

"'미녀와 야수'… '고독'… '식료품점의 늙은 말'… '브루클린 다리'…"

어느새 나는 펜실베이니아 역의 추운 지하 대합실에 누워서, 비몽사몽간에 조간신문 《트리뷴》을 보며 새벽 4시 기차를 기다리고 있었다.

3장

　여름 내내 밤마다 이웃집에서 음악 소리가 흘러나왔다. 개츠비의 푸른 정원에서는 남자들과 여자들이 사람들의 속삭임과 샴페인, 반짝이는 별들 사이를 나방처럼 오갔다. 오후의 만조 때가 되면 나는 그의 손님들이 다이빙대에서 다이빙을 하거나 해변의 뜨거운 모래사장에서 일광욕을 즐기는 모습을 지켜보았다. 그사이에 모터보트 두 대가 폭포와 같은 물거품 위로 수상스키를 끌고 달리며 해협의 물살을 갈랐다. 주말이면 그의 롤스로이스는 아침 9시부터 자정이 훌쩍 지나도록 시내와 파티장을 오가는 손님들을 실어 나르는 전용 버스가 되었고, 그의 스테이션왜건은 기차로 오는 손님들을 맞이하기 위해 노란 딱정벌레처럼 바쁘고 분주히 달렸다. 그리고 월요일이면 특별히 고용한 정원사를 포함하여 여덟 명의 하인들이 걸레, 세탁솔, 망치, 전지가위 따위를 들고 지난밤에 망가진 곳을 온종일 손보았다.

　매주 금요일에는 뉴욕에 있는 과일 가게에서 오렌지와 레몬이

다섯 상자씩 배달되어 왔다. 그리고 월요일이 되면 오렌지와 레몬은 알맹이 없이 껍질만 반으로 쪼개진 채 뒷문 밖에 피라미드처럼 쌓였다. 주방에는 주스를 짜내는 기계가 있어서, 집사가 엄지손가락으로 작은 버튼을 200번 누르면 30분 만에 200잔의 오렌지 주스가 만들어졌다. 적어도 2주에 한 번꼴로 파티 진행 요원들이 수백 미터짜리 천막과 온갖 색상의 전구를 가져와서 개츠비의 거대한 정원에 크리스마스트리를 장식했다. 화려한 전채 요리로 꾸민 뷔페 테이블에는 알록달록 다채로운 빛깔의 샐러드와 밀가루를 입혀 튀긴 돼지고기와 노르스름하게 구운 칠면조 요리를 배경으로 양념구이 햄이 그득히 차려졌다. 중앙 홀에는 진짜 청동 레일을 갖춘 바가 있어서 진과 코디얼을 비롯한 다양한 술이 준비되었다. 코디얼은 잊힌 지 너무 오래된 술이라, 대부분의 젊은 여자 손님들은 뭐가 뭔지 잘 분간하지 못했다.

7시 무렵엔 오케스트라가 도착했다. 5인조로 구성된 시시한 악단이 아니라 오보에, 트롬본, 색소폰, 비올라, 코넷, 피콜로, 저음과 고음의 드럼까지 갖춘 완벽한 오케스트라였다. 마지막까지 수영하던 사람들은 그제야 해변에서 돌아와 위층에서 옷을 갈아입었다. 뉴욕에서 온 차들은 저택 내 도로 깊숙이까지 다섯 줄로 주차되었고, 홀과 살롱과 베란다는 이미 화려한 원색으로 눈부셨으며, 최신 유행의 기묘한 헤어스타일에 카스티야산(産)도 따르지 못할 최고급 숄을 두른 여자들로 북적거렸다. 바의 열기가 한창 무르익고 칵테일의 물결이 돌고 돌아 바깥 정원까지 이어지자, 떠들썩한 잡담과 웃음소리, 그 자리에서 잊힐 만한 가벼운 빈정거림과 각자에 대한 소개 그리고 서로 이름도 모르는 여자들끼리 모여 떠드는 열띤 수다로 분위기가 한껏 고조되었다.

　지구가 태양으로부터 기울면 불빛이 더욱 밝아진다. 이제 오케스트라는 선정적인 라운지 음악을 연주하고, 사람들의 목소리는 오페라의 고음처럼 한층 높아진다. 시간이 흐를수록 흥겨운 말 한마디에 왁자지껄한 웃음이 쉽게 터져 나온다. 사람들 무리는 새로 도착하는 손님들로 더욱 빨리 바뀌기도 하고 늘기도 하며, 흩어졌다가 금세 다시 모이기도 한다. 벌써 배회하는 사람이 있는가 하면 여간해선 취하지 않는, 술이 센 사람들 사이를 휘젓고 다니는 자신만만한 여성들도 있다. 그들은 짜릿하고 흥겨운 순간을 맞아 그룹의 중심이 되었다가 어느새 승리감에 취해 기분이 한껏 고조되어, 쉴 새 없이 바뀌는 불빛 아래 확확 달라지는 얼굴과 목소리와 색깔 사이를 미끄러지듯 누빈다.

　찰랑이는 오팔로 치장한 집시 같은 여자 중 하나가 갑자기 공중에서 칵테일 잔을 잡아채더니 용기를 내기 위해 술을 단숨에 들이키고는, 프리스코[15]처럼 두 손을 움직이며 천막 무대 위에서 홀로 춤을 춘다. 일순간 침묵이 흐른다. 오케스트라 지휘자가 친절하게 그녀의 춤에 맞춰 리듬을 바꾼다. 그녀가 「시사 풍자극」에 등장하는 질다 그레이[16]의 대역 배우라는 헛소문이 퍼지자, 갑자기 술렁인다. 파티가 시작된 것이다.

　개츠비의 집을 처음 방문한 날 밤, 나는 정식으로 초대받은 몇 안 되는 손님 중 한 명이었을 것이다. 사람들은 초대받지 않고도 그

15　Joe Frisco, 1889~1958. 미국의 코미디언이자 댄서.
16　Gilda Gray, 1901~1959. 폴란드계 미국인 배우이자 댄서.

냥 그곳에 왔다. 어쩌다 롱아일랜드로 데려다주는 자동차를 타고서, 여하튼 개츠비 저택의 문 앞까지 오게 된 것이다. 그곳에서 개츠비를 아는 누군가가 소개해주면 그들은 놀이공원의 행동 규칙을 따르듯이 행동하기만 하면 됐다. 때로는 개츠비를 만나지 않고 그냥 갔는데, 그런 단순한 마음이야말로 파티의 초대권이었던 것이다.

나는 정식으로 초대를 받았다. 토요일 이른 아침, 개똥지빠귀 알 같은 청록색 제복을 입은 운전기사가 자기 주인의 공식 깜짝 초대장을 들고 우리 집 잔디밭으로 건너왔다. 초대장에는 그날 밤 그의 '조촐한 파티'에 참석해준다면 무한한 영광이겠다고 적혀 있었다. 개츠비는 나를 몇 번 본 적이 있으며, 오래전부터 우리 집에 방문하고 싶었지만 사정상 그러지 못했다고 했다. 초대장 맨 끝에는 위엄 있는 필체로 '제이 개츠비'라고 서명되어 있었다.

나는 흰 플란넬 양복을 입고, 7시가 조금 지나서 그의 잔디밭으로 건너갔다. 그러곤 이리저리 정신없이 오가는 낯선 사람들 틈바구니에서 좀 거북해하며 서성였다. 간혹 통근 열차에서 본 듯한 얼굴들이 눈에 띄기는 했지만 말이다. 곧 나는 곳곳에 젊은 영국인들이 꽤 많은 것을 보고 무척 놀랐다. 모두 번듯하게 옷을 차려입었지만 허기져 보였던 그들은 실속 있고 부유한 미국인들에게 낮고 진지한 목소리로 이야기를 하고 있었다. 아마도 증권이든 보험이든 자동차든, 뭔가를 팔고 있었을 것이다. 그들은 적어도 코앞에 눈먼 돈이 있다는 사실을 너무나 잘 알고 있었고, 몇 마디 말만 잘하면 그 돈이 자기 것이 되리라고 확신하고 있었다.

도착하자마자 나는 집주인을 찾으려 했다. 두세 사람에게 그가 어디에 있느냐고 물어보았지만 깜짝 놀란 표정으로 나를 빤히 쳐다보며 모른다고 딱 잘라 말하기에, 나는 칵테일 테이블 쪽으로 슬그머니 꽁무니를 뺐다. 이 정원에서 외톨이가 할 일 없어 보이거나 혼자라는 것을 들키지 않고도 죽치고 있을 수 있는 유일한 장소였다.

난처한 기분을 없애볼까 싶어서 거나하게 술에 취하려던 순간, 조던 베이커가 집 안에서 나오더니 대리석 계단 꼭대기에 서서 몸을 조금 뒤로 젖힌 채, 경멸과 호기심이 뒤섞인 눈초리로 정원을 내려다보았다.

나는 지나가는 사람에게 인사말이라도 건네려면, 상대방이 좋아하든 말든 먼저 다가서야 한다는 사실을 알았다.

"안녕하세요!"

나는 조던 쪽으로 다가가면서 소리쳤다. 정원을 가로지르는 내 목소리는 부자연스러울 정도로 컸을 것이다.

"여기 올지도 모른다고 생각했어요. 옆집에 산다는 것이 기억나서요…." 내가 다가가자 조던은 멍한 표정으로 대답했다.

조던은 당장에 나를 돌봐주겠다고 약속이라도 하듯 기계적으로 내 손을 잡더니, 계단 아래 서 있는, 똑같이 노란 드레스를 입은 두 여자의 말에 귀를 기울였다.

"안녕하세요! 우승을 못 했다니 유감이에요." 두 여자가 함께 소리쳤다.

골프 경기를 두고 하는 말이었다. 조던은 지난주에 벌어진 결승전에서 패했다.

"우리가 누군지 모를 테지만, 한 달 전쯤에 여기서 조던 씨와 만난 적이 있어요." 노란 드레스를 입은 한 여자가 말했다.

"그 후로 머리 염색을 했군요." 조던이 말했다.

내가 막 발걸음을 옮기려는데, 여자들이 무심코 걸어가버리는 바람에 그녀의 말은 마치 출장 요리업체의 음식 바구니에서 꺼내놓기 무섭게 사라지는 만찬 요리처럼, 너무 일찍 떠오른 달을 향해 내뱉은 꼴이 되어버렸다. 어느 순간, 황금빛으로 그을린 조던의 날씬한 팔이 내 팔짱을 꼈다. 그렇게 우리는 계단을 내려가서 정원을 산책했다. 칵테일 쟁반이 황혼 사이로 우리에게 전해졌고, 우리는 노란 드레스를 입은 두 여자와 저마다 멈블 씨[17]라고만 자기를 소개한 세 남자와 함께 식탁에 앉았다.

"이런 파티에 자주 와요?" 조던이 옆에 있는 여자에게 물었다.

"조던 씨를 만났던 파티가 마지막이었어요." 여자가 빈틈없고 자신만만한 목소리로 대답했다. 그러곤 친구를 향해 돌아섰다.

"루실, 너도 그렇지 않니?"

루실도 그렇다고 했다.

"난 이런 파티에 오는 걸 좋아해요. 행동에 신경을 쓸 필요가 없으니 늘 즐거워요. 지난번에 이곳에 왔을 때 의자에 걸려 가운이 찢어졌는데, 그분이 내 이름과 주소를 묻더니만 일주일도 안 되어 크루아리에 의상실의 새 이브닝드레스를 소포로 보내주더군요."

"그걸 받았나요?" 조던이 물었다.

"물론이죠. 오늘 밤 그 옷을 입으려 했지만, 가슴 부분이 너무 커서 줄여야 했어요. 연보라색 구슬이 달린 푸른색 드레스예요. 가

---

17 Mumble은 중얼거린다는 뜻으로 'Mr. Mumble'은 '중얼중얼 씨' 정도의 의미다.

격이 265달러나 돼요."

"그렇게까지 하다니, 그 사람 참 웃긴데요. 그 사람은 누구하고도 말썽을 일으키지 않으려는 거예요." 다른 여자가 좀 흥분한 목소리로 말했다.

"누구 말인가요?" 내가 물었다.

"개츠비 씨요. 누구 말로는…."

두 여자와 조던은 허물없이 바짝 붙어 앉았다.

"누구 말로는 사람을 죽인 적도 있다더군요."

우리 모두는 일순간 소름이 돋았다. 세 남자, 멈블 씨들도 몸을 앞으로 기울이고는 열심히 들었다.

"난 그렇게까지는 생각 안 해. 그가 전쟁 중에 독일 스파이였다는 말이 더 맞는 것 같아." 루실이 의심스러운 눈초리로 말했다. 세 남자 중 한 명이 루실의 말을 확인해주기라도 하듯 고개를 끄덕였다.

"나는 독일에서 함께 자라서 그에 관해서라면 모르는 것이 없는 사람에게서 그 이야기를 들었어요." 그가 단호하게 말했다.

첫 번째 여자가 말했다.

"아, 아니에요. 그럴 리가 없어요. 그 사람은 전쟁 중에 미군이었거든요." 우리가 솔깃해하며 그녀의 말에 관심을 보이자, 그녀는 흥이 나서 몸을 앞으로 기울였다.

"가끔 주변에 자신을 쳐다보는 시선이 없다고 생각할 때 그의 표정을 유심히 봐요. 틀림없이 사람을 죽였을 거예요."

그녀는 눈살을 찌푸리며 몸서리쳤다. 루실도 몸서리쳤다. 우리는 모두 개츠비를 찾아보려고 고개를 돌리며 주변을 살폈다. 수군거리는 일을 꺼리는 사람들조차 그에 관해 수군거린다는 것은 그가 세상 사람들에게 낭만적인 억측을 불러일으킨다는 증거였다.

이제 첫 만찬이 나왔다. 자정 이후에 한 번 더 만찬이 나올 것이다. 조던은 정원의 다른 쪽 테이블에 있는 자신의 일행과 함께 식사하자며 나를 초대했다. 그쪽에는 세 쌍의 부부와 조던을 에스코트한 남자가 있었는데, 걸쭉하게 빈정거리는 고집 센 대학생인 그는 조던이 조만간 어떤 식으로든 자신에게 굴복하리라고 확신하는 듯했다. 이 일행은 이리저리 기웃거리지 않고 한결같이 품위를 유지하면서 그 지역의 고상한 기품을 대변하는 역할을 하고 있는 것처럼 느껴졌다. 이스트에그 사람들은 웨스트에그 사람들에게 겸손하게 굴면서도 현란하기 그지없는 쾌락을 조심스럽게 경계했다.

쓸데없이 거북살스럽게 30분이나 보낸 뒤에 조던이 속삭였다.

"나가죠. 내가 있기엔 너무 점잖은 자리 같아요."

우리는 일어섰다. 조던은 대학생에게 집주인을 찾아보겠다고 말했다. 내가 개츠비를 본 적이 없어서 만나보려는 것이라고 했는데, 그 말에 불편한 기분이 들었다. 대학생은 냉소적이고 침울한 표정으로 고개를 끄덕였다.

우리가 맨 먼저 둘러본 바는 사람들로 붐볐지만, 개츠비는 없었다. 계단 꼭대기에도, 베란다에도 그의 모습은 보이지 않았다. 어쩌다가 우리는 인상적인 모양의 문을 열고 천장이 높은 고딕식 서재로 들어가게 되었다. 영국산 참나무 조각으로 사방을 두른 서재는 외국의 유적을 고스란히 옮겨놓은 것만 같았다.

커다란 올빼미 눈 같은 안경을 낀 건장한 중년 남자가 술에 조금 취한 채 커다란 테이블 끝에 앉아서, 게슴츠레한 눈빛으로 서가를 응시하고 있었다. 우리가 들어서자 그는 몸을 휙 돌리더니 조던을 머리끝에서 발끝까지 훑어보았다.

"어떻게 생각합니까?" 그가 불쑥 물었다.

"뭘 말이죠?"

그가 서가를 향해 손을 흔들었다.

"저것들에 대해서. 실은 당신이 굳이 확인해볼 필요는 없습니다. 내가 이미 확인해봤으니. 저것들은 진짜예요."

"저 책들 말인가요?"

그가 고개를 끄덕였다.

"완벽한 진짜예요. 속 페이지를 비롯해서 모든 것이 완벽해요. 난 튼튼한 마분지로 만든 장식용 가짜 책일 거라고 생각했어요. 그런데 완벽한 진짜 책입니다. 속 페이지도…. 자! 보여줄게요."

우리가 당연히 의심하리라고 생각한 듯, 그는 책장으로 달려가 『스토더드 강연집』[18] 1권을 들고 왔다.

그는 의기양양하게 소리쳤다.

"봐요! 이건 진짜 인쇄물이에요. 처음엔 깜빡 속았지요. 한데 알고 보니, 이 집 주인은 벨라스코[19] 같은 자였어요. 엄청난 위업입니다. 이토록 완벽할 수가! 대단한 리얼리즘이지! 어느 정도에서 그만두어야 할지도 알고…. 페이지들을 자르지도 않았어. 그런데 뭘 더 바라겠어? 도대체 뭘 기대해?"

---

18 미국의 저술가 존 L. 스토더드(John L. Stoddard)가 1897년부터 출간한 15권짜리 강연집.

19 David Belasco, 1853~1931. 미국의 극작가이자 연극 연출가. 사실주의적인 무대 연출로 유명했다.

그는 내게서 책을 낚아채더니, 단 한 권이라도 빠지면 서재 전체가 무너질 수도 있다고 투덜대며 급히 서가에 다시 꽂았다.

"당신들은 누가 데려온 거죠? 아니면 그냥 온 건가? 난 누군가를 따라왔는데. 다들 그렇게 따라왔더군요." 그가 물었다.

조던은 아무 대답 없이 즐거운 표정을 지으며, 경계하는 눈빛으로 그를 쳐다보았다. 그가 말을 이었다.

"난 루스벨트라는 여자를 따라왔어요. 클로드 루스벨트 부인 말입니다. 그 여자를 아나요? 지난밤 어딘가에서 그 여자를 만났지. 나는 오늘까지 일주일 내내 술에 취해 있었습니다. 음, 서재에 앉아 있으면 술이 좀 깨지 않을까 싶어서."

"그래서 술이 좀 깼나요?"

"조금 깬 것 같아요. 아직은 잘 모르겠지만. 여기에 온 지 한 시간밖에 안 됐거든. 내가 저 책들 이야기를 했던가? 저 책들은 진짜예요. 저 책들은…"

"이미 말했어요."

우리는 그와 공손하게 악수를 하고 다시 밖으로 나왔다.

이제 정원의 천막에서는 춤판이 벌어지고 있었다. 늙은 남자들은 품위 없이 계속 원을 그리느라 젊은 여자들을 뒤로 밀어냈고, 춤을 잘 추는 커플들은 구석에서 비틀거리면서도 부드럽게 서로의 손을 맞잡고 멋지게 춤을 췄다. 그리고 파트너가 없는 많은 여자들은 혼자서 춤을 추거나, 잠시 오케스트라 대신 밴조를 치고 타악기를 두드려서 단원들의 부담을 덜어주었다. 자정이 되자, 흥겨운 분위기가 한층 고조되었다. 유명한 테너 가수가 이탈리아 노래를 불렀고, 악명 높은 콘트랄토 가수가 재즈풍의 노래를 불렀다. 노래 사이

사이에 정원 곳곳에서 사람들이 '묘기'를 부리는가 하면, 어디에선가 행복하면서도 공허한 웃음소리가 터져 나와 여름 하늘로 솟아올랐다. 무대 위엔 '쌍둥이'들이 올라와서 걸맞은 무대 의상을 입고 어린애 흉내를 내고 있었는데, 알고 보니 좀 전에 본 노란 드레스를 입은 두 아가씨였다. 그 순간, 핑거볼보다 더 큰 잔에 샴페인이 담겨 나왔다. 더욱 높이 떠올라서 마치 세모꼴의 은비늘처럼 해협에 떠 있는 달은 잔디밭에서 나지막이 흐르는 밴조 소리에 맞춰 조금씩 흔들리고 있었다.

나는 여전히 조던 베이커와 함께 있었다. 우리는 내 또래의 남자와 작은 체구에 호들갑스러운 여자와 한 테이블에 앉아 있었다. 그 여자는 아주 사소한 이야기에도 주체하지 못하고 폭소를 터뜨리곤 했다. 이제는 나도 즐겁게 시간을 보내고 있었다. 핑거볼 두 잔 분량의 샴페인을 마시고 나니, 눈앞에서 벌어지는 광경이 아까와는 달리 의미 있고 본질적이며 심오한 것처럼 느껴졌다.

소란스러운 파티 분위기가 잠시 잠잠해졌을 때, 그 남자가 나를 쳐다보며 미소를 지었다.

"낯익은 얼굴이군요. 혹시 전쟁 중에 3사단에 있지 않았나요?" 그가 정중히 물었다.

"아, 네. 제9기관총 대대에 있었죠."

"나는 1918년 6월까지 제7보병대에 있었어요. 전에 어디선가 본 분 같더니만."

우리는 한동안 프랑스의 습하고 우중충한 작은 마을에 관해 이야기를 나눴다. 내일 아침, 얼마 전에 구입한 수상비행기를 타볼까 한다고 말하는 것으로 보아 이 근처에 사는 모양이었다.

위대한 개츠비

"같이 타볼래요, 친구? 이 근처 바닷가에서."

"몇 시에요?"

"언제든 그쪽이 편할 때."

그의 이름을 막 물어보려는 찰나, 조던이 돌아보며 미소를 지었다.

"이젠 즐거운가 보군요?" 그녀가 물었다.

"훨씬 나아졌어요." 나는 막 알게 된 남자에게로 시선을 돌렸다. "이런 파티에 익숙하지 않아서요. 아직 주인도 만나보지 못했답니다. 나는 저 건너에 살아요." 나는 손을 휘둘러 저 멀리 보이지 않는 울타리를 가리켰다. "이 집의 개츠비라는 분이 운전기사를 통해 초대장을 보냈더군요."

내 말을 못 알아들은 듯, 그는 잠시 나를 빤히 쳐다보았다.

"내가 바로 개츠비입니다." 그가 불쑥 말했다.

"뭐라고요! 이런, 실례했군요." 나는 소리쳤다.

"아는 줄 알았어요, 친구. 내가 주인 노릇을 제대로 못한 것 같군요."

그가 전부 이해한다는 듯한 미소를 지었다. 아니, 그 이상의 의미를 담은 미소를 지었다. 영원히 변치 않는 확신의 성질을 띠는, 평생에 너댓 번밖에는 볼 수 없는 보기 드문 미소였다. 일순간 완전한 외부 세계를 대면했거나 거의 대면한 듯한 경험을 한 이후에, 당신을 불가항력으로 좋아할 수밖에 없으며 당신에게 집중하고 있다는 미소였다. 당신이 이해받고 싶어 하는 만큼 당신을 이해하고, 당신이 스스로를 믿고 싶어 하는 만큼 당신을 믿으며, 당신이 전해주고 싶어 하는 가장 호의적인 인상을 정확히 전달받았다는 것을 보증해주는 미소였다.

바로 그 순간, 미소가 사라졌다. 어느새 나는 서른한두 살쯤 되어 보이는 우아하면서도 거친 젊은이를 바라보고 있었다. 애써 공들여 격식을 차린 그의 말투는 겨우 우둔한 모양새를 면한 수준이었다. 그는 얼마간 신중하게 단어를 고르고 나서야 비로소 자신을 소개할 수 있게 됐다는 인상을 강하게 풍겼다.

개츠비 씨가 자신의 정체를 밝힌 직후 집사가 서둘러 다가오더니, 시카고에서 전화가 왔다고 전했다. 그는 우리에게 일일이 살짝 고개를 숙이며 실례하겠다고 말했다.

"필요한 게 있으면 뭐든 말해요, 친구. 그러면 실례할게요. 나중에 또 보죠." 그가 힘주어 말했다.

개츠비 씨가 자리를 뜨자, 나는 즉시 조던에게 시선을 돌렸다. 내가 얼마나 놀랐는지 그녀에게 확인시켜줘야 할 것 같았다. 나는 개츠비 씨가 혈색 좋고 뚱뚱한 중년 남성일 거라 생각했던 것이다.

"저 사람, 대체 어떤 사람이죠? 아는 거라도 있어요?" 내가 물었다.

"그냥 개츠비라는 사람이죠."

"어디 출신이냐고요, 하는 일은요?"

"이제 당신도 그 주제에 착수했군요. 글쎄요…. 언젠가 자기 입으로 옥스퍼드 대학 출신이라고 하더군요." 조던이 힘없이 미소를 지으며 대답했다.

그의 모호한 배경이 비로소 형체를 갖추는 듯했지만, 이어지는 조던의 말로 그 형체는 사라져버렸다.

"하지만 난 믿지 않아요."

"왜요?"

"잘 모르겠어요. 그냥 그곳을 다녔을 리 없다는 생각이 들어요." 조던이 주저하지 않고 단호히 말했다.

조던의 말투는 "사람을 죽였을 거예요."라고 했던 다른 여자의 말을 연상시켰고, 이 말을 듣자 호기심이 일었다. 개츠비가 루이지애나주의 습지대 출신이거나 뉴욕의 로어 이스트사이드 출신이라고 하면 의심하지 않고 믿었을 것이다. 그럴듯한 이야기였다. 하지만 젊은 사람이 어딘지 모르는 곳에서 태연하게 흘러 들어와서 롱아일랜드 해협에 궁전 같은 저택을 살 리는 없다. 적어도 내 미천한 경험으로 보건데, 그런 일은 없을 것 같다.

시시콜콜 따지는 걸 싫어하는 도시 사람답게 조던은 화제를 돌렸다.

"어쨌든 성대한 파티를 열잖아요. 난 성대한 파티가 좋아요. 아주 은밀한 분위기가 있잖아요. 작은 파티엔 프라이버시라는 게 없으니까."

그때 베이스 드럼이 쾅 하고 울리더니, 갑자기 오케스트라 지휘자의 우렁찬 목소리가 울려 퍼지며 정원의 웅성거림을 잠재웠다. 지휘자가 소리쳤다.

"신사 숙녀 여러분. 개츠비 씨의 요청에 따라 블라디미르 토스토프[20]의 최신작을 연주해드리겠습니다. 이 작품은 지난 5월에 카네기홀에서 연주되어 큰 주목을 받았습니다. 신문을 본 분이라면, 이 작품이 얼마나 큰 센세이션을 일으켰는지 알 겁니다." 그는 정중

20 작가가 지어낸 가상의 작곡가.

한 태도로 유쾌하게 웃더니 덧붙였다. "엄청난 센세이션이었죠!"

이 말에 다들 웃음을 터뜨렸다.

"바로 블라디미르 토스토프의 「세계 재즈의 역사」라는 곡입니다." 그가 활기찬 목소리로 말을 맺었다.

토스토프의 음악은 귀에 잘 들어오지 않았다. 연주가 시작되는 순간, 개츠비의 모습이 내 눈을 사로잡았기 때문이다. 개츠비는 대리석 계단 위에 혼자 서서, 곳곳에 모여 있는 사람들을 흐뭇한 시선으로 바라보고 있었다. 적당히 햇볕에 그을린 피부는 보기 좋게 팽팽했고, 짧은 머리는 매일 빗는지 아주 단정해 보였다. 나는 그에게서 어떤 사악한 점도 발견할 수 없었다. 술을 마시지 않는다는 사실 말고는 손님들과 특별히 다른 점이 없는 것 같았다. 그래서인지 손님들의 취흥이 더해갈수록 그는 더욱 엄정해 보였다. 「세계 재즈의 역사」 연주가 끝나자, 여자들은 강아지마냥 들뜬 기분으로 남자들의 어깨에 머리를 기대기도 하고, 누군가 받쳐주리라 생각하고는 장난스럽게 졸도하듯 남자들의 팔로 쓰러지기도 하고, 심지어 사람들 무리로 몸을 던지기도 했다. 하지만 누구도 개츠비에게는 몸을 맡기지 않았고, 프랑스식 단발머리를 한 여자들 중 누구도 개츠비의 어깨는 건드리지 않았으며, 노래를 부르는 사람들도 자기 무리에 개츠비를 끼워 넣으려 하지 않았다.

"실례합니다."

개츠비의 집사가 불쑥 우리 옆에 나타나더니 물었다.

"미스 베이커이신가요? 죄송하지만, 개츠비 씨가 단둘이 이야기를 나누고 싶다고 하십니다."

"나하고요?" 조던이 놀란 듯이 소리쳤다.

"네, 그렇습니다."

조던은 깜짝 놀란 듯 나를 향해 눈썹을 추켜올리고는, 천천히 일어나 집사를 따라 집 쪽으로 향했다. 나는 그제야 조던이 이브닝 드레스를 입고 있다는 사실을 깨달았는데, 무슨 옷을 입어도 꼭 운동복을 입은 것 같았다. 맑고 상쾌한 아침, 처음 골프장에 나가서 골프를 배우는 사람처럼 조던의 동작은 경쾌했다.

나는 혼자였고, 거의 2시가 다 되어가고 있었다. 얼마 동안 테라스 위쪽, 창문이 많은 기다란 방에서 호기심을 자극하는, 소란스러운 소리가 들려왔다. 조던을 에스코트한 대학생이 코러스 걸 두 명과 함께 산부인과에 관한 이야기에 열중하다가 내게 함께 어울리자며 매달렸지만, 나는 그를 피해 집 안으로 들어갔다.

커다란 방은 사람들로 가득 차 있었다. 노란 드레스를 입은 여자 중 하나가 피아노를 치고 있었고, 유명 합창단 출신의 붉은 머리에 키가 큰 젊은 부인이 그녀 옆에 서서 노래를 부르고 있었다. 샴페인을 꽤 많이 마신 모양인지, 노래를 부르는 동안 세상만사가 아주, 아주 슬프다고 어쭙잖게 결론을 내렸다. 그녀는 노래만 부르는 게 아니라 흐느끼기도 했다. 노래를 잠시 멈출 때마다 숨이 차서 흑흑거리며 흐느끼다가, 다시 떨리는 소프라노로 노래를 이어나갔다. 눈물이 그녀의 두 뺨에 흘러내렸다. 그렇다고 주르륵 흘러내린 건 아니었다. 짙게 화장한 속눈썹에 닿아 화장이 잉크처럼 번지면서 눈물은 검은 실개천처럼 천천히 흘러내렸다. 얼굴에 그려진 악보대로 노래하는 것 같다고 누군가가 농담하자, 그녀는 양손을 번쩍 들어 올리며 의자에 풀썩 주저앉더니, 술이 취해 깊은 잠에 빠져들었다.

"저 여자는 자기가 저 여자 남편이라고 말하는 어떤 남자하고 싸웠어요." 내 곁에 있는 한 여자가 설명해주었다.

　나는 주위를 둘러보았다. 지금 남아 있는 여자들은 대부분 남편이라는 자와 싸우고 있었다. 조던의 일행인 이스트에그에서 온 두 쌍의 부부조차 말다툼 끝에 떨어져 있었다. 한 남자가 지나친 호기심에 젊은 여배우에게 말을 걸자, 남자의 아내는 처음에는 대수롭지 않다는 듯 품위 있게 웃어넘기는가 싶더니, 돌연 발끈하며 남편을 몰아세웠다. 그녀는 말이 끊어진 틈을 타서, 날선 다이아몬드처럼 갑자기 남편 옆에 나타나 그의 귀에 대고 이렇게 소리쳤다.

　"이런 짓 하지 않겠다고 약속했잖아!"

　집에 가기 싫어하는 사람은 제멋대로인 남자들뿐만이 아니었다. 지금 홀은 안타깝게도 술에 취하지 않은 두 남자와 몹시 화가 난 그들의 아내가 점령하고 있었다. 아내들은 격앙된 목소리로 서로를 위로하고 있었다.

　"내가 재밌어하는 걸 보기만 하면, 남편은 집에 가려고 안달이라니까요."

　"그렇게 이기적인 말은 난생처음 들어봐요."

　"우리는 늘 맨 먼저 자리를 뜬다니까요."

　"우리도 그래요."

　두 남자 중 하나가 멋쩍어하며 말했다.

　"음, 오늘 밤은 우리가 거의 마지막까지 남은 손님이잖아. 오케스트라도 벌써 30분 전에 떠났어."

　그렇게 심보 고약한 말을 하다니 정말 믿을 수 없다며 아내들은 입을 모았지만 말다툼은 짧은 실랑이로 끝났고, 결국 두 아내는 들쳐 업힌 채 발버둥치며 어둠 속으로 끌려 나갔다.

홀에서 내 모자를 가져다주기를 기다리고 있자니, 서재 문이 열리고 조던 베이커와 개츠비가 함께 걸어 나왔다. 개츠비가 그녀에게 뭔가 마지막 말을 하려고 했지만 몇 사람이 그에게 작별 인사를 하려고 다가오는 바람에, 열정에 차 있던 태도가 돌연 딱딱하게 격식을 차린 모습으로 변하고 말았다.

현관에서 조던의 일행이 조바심이 나는 듯 성급하게 그녀를 부르고 있었지만, 조던은 악수를 하느라 잠시 머뭇거렸다.

"방금 정말 놀라운 이야기를 들었어요. 우리가 그곳에 얼마나 있었죠?" 그녀가 속삭였다.

"글쎄요. 한 시간 정도."

"아…. 정말 놀라운 이야기예요." 조던은 멍한 표정으로 반복해서 말했다.

"하지만 말하지 않겠다고 맹세했으니, 당신이 애가 타도 어쩔 수 없어요." 그리고 내 얼굴 앞에서 우아하게 하품했다.

"꼭 놀러 와요. 전화번호부에서… 시고니 하워드 부인 이름을 찾아… 우리 이모예요…."

조던은 이 말을 남기고 서둘러 걸음을 옮겼다. 그러곤 가무잡잡한 손을 흔들어 쾌활하게 인사하면서 문간에 서 있는 일행 속으로 모습을 감췄다.

나는 처음 참석한 파티에서 이렇게 늦게까지 남아 있는 것이 좀 겸연쩍었지만, 마지막까지 개츠비를 둘러싸고 있던 손님들 틈에 끼었다. 초저녁부터 그를 찾아다녔다고 설명하고, 정원에서 알아보지 못해 미안하다고 사과하고 싶었다. 그가 열띤 목소리로 말했다.

"천만에, 그럴 수도 있죠. 미안하게 생각하지 말아요, 친구."

'친구'라는 친근한 표현보다도 나를 안심시키려는 듯이 내 어깨를 가볍게 토닥이는 그의 손길이 더욱 친밀하게 느껴졌다.

"그리고 내일 아침 9시에 수상비행기 타기로 한 약속, 잊지 말고요."

그때 개츠비의 어깨 너머로 집사가 보였다.

"필라델피아에서 전화가 왔습니다."

"알았어. 곧 갈게. 곧 간다고 전해…. 그럼, 잘 가요."

"잘 있어요."

"잘 가요." 개츠비가 미소를 지었다. 문득 그가 바라던 대로 내가 마지막까지 남아줘서 정말 기쁘다는 의미를 담고 있는 미소처럼 느껴졌다.

"잘 가요, 친구. 잘 가요."

하지만 계단을 내려가면서 나는 밤이 아직 끝나지 않았다는 것을 알게 됐다. 문에서 15미터쯤 떨어진 곳에서 10여 개의 헤드라이트가 기이하고 소란스러운 광경을 비추고 있었다. 개츠비 저택의 차도를 벗어난 지 2분도 안 되었을 법한 신형 쿠페 승용차가 길가 도랑에 처박혀 있었다. 다행히 뒤집히지는 않았지만 바퀴 하나가 완전히 떨어져 나간 상태였다. 돌출된 벽의 뾰족한 부분에 부딪치며 바퀴가 빠진 모양인데, 호기심 많은 운전자 대여섯 명이 사건 현장에서 눈을 떼지 못하고 있었다. 그러나 그들이 차를 세우고 길을 가로막고 있었기에, 뒤에 있는 차들이 한동안 날카로운 경적을 요란하게 울려댔다. 그 바람에 이미 혼란스러운 광경이 더욱 혼란스러워졌다.

부서진 승용차에서 내린 한 남자가 긴 먼지 방지 외투를 걸치고 길 한복판에 서서, 차와 타이어, 타이어와 구경꾼을 당황스러우

　　　　　　위대한 개츠비

면서도 즐겁다는 표정으로 번갈아 쳐다보았다.

"이것 봐! 차가 도랑에 빠졌잖아." 그가 소리쳤다.

눈앞에 벌어진 상황에 그는 무척 놀라워했다. 처음에는 그저 놀라는 모습이 유별나다고 생각하며 바라봤지만, 곧 그가 누구인지 알아보았다. 아까 개츠비의 서재에서 만났던 손님이었다.

"어찌 된 일이죠?"

그는 어깨를 으쓱했다.

"난 기계에 대해서 전혀 몰라요." 그가 딱 잘라 말했다.

"어쩌다 이렇게 됐죠? 벽으로 달려들었나요?"

"내게 묻지 마시죠. 난 운전도 거의 할 줄 모르니까. 아예 할 줄 모른다고 할 수 있지. 아무튼 상황이 이렇게 됐고, 그게 내가 아는 전부예요." 사건에 대한 모든 책임을 회피하며 올빼미 눈이 대답했다.

"아, 운전할 줄 모르면 밤에 운전을 하지 말았어야죠."

"난 운전할 마음이 없어요. 그럴 마음은 전혀 없다고!" 그가 버럭 화를 냈다.

겁먹은 구경꾼들은 조용해졌다.

"자살하고 싶었던 겁니까?"

"바퀴 하나만 빠진 게 천만다행이에요! 운전도 못하는 사람이 운전하려 들면 어떡합니까!"

"상황을 이해 못하는군. 내가 운전한 게 아니에요. 차 안에 다른 사람도 있단 말입니다." 사건 당사자가 해명했다.

이 말에 모두들 충격을 받은 듯했다. 바로 그때 쿠페 승용차의 문이 천천히 열리면서 "아아아!" 하는 긴 신음 소리가 들렸다. 군중은(이젠 정말 군중이라 불러도 좋을 만큼 많은 사람이 모여 있었다.) 무의식적으로 뒤로 물러섰고, 승용차 문이 활짝 열렸을 때는 유령이라도 본 듯이 순간 멈칫했다. 이윽고 웬 창백한 얼굴을 한 사람 하나가 부서진 차에서 비틀거리며 천천히 걸어 나왔다. 그는 발에 맞지 않는 커다란 댄스슈즈를 시험해보기라도 하듯 한 발 한 발 땅을 내디뎠다.

눈부신 헤드라이트 빛 때문에 앞을 제대로 보지 못하고, 계속 요란하게 울려대는 경적 소리 때문에 정신을 차리지 못하던 그는 유령 같은 몰골로 한동안 비틀거리며 서 있다가 비로소 먼지 방지 외투를 걸친 사람을 알아보았다.

"무슨 일이지? 기름이 떨어진 거야아?" 그가 작은 소리로 물었다.

"저기 좀 봐요!"

대여섯 사람이 떨어져 나간 바퀴를 가리켰다. 그는 잠시 바퀴를 빤히 바라보더니, 그것이 하늘에서 떨어진 것이 아닌가 의심하듯 하늘을 쳐다보았다.

"바퀴가 빠진 거예요." 누군가가 설명해주었다.

그가 고개를 끄덕였다.

"처음에는 차가 멈춘 걸 모올라써요."

잠시 침묵. 이윽고 그는 심호흡하며 어깨를 펴더니 결연한 목소리로 말했다.

"주유우소가 어디 있는지 아시는 분 이써요?"

적어도 10여 명의 사람들이(그들 중에는 유령 몰골을 한 그 사람보다 나을 것이 없는 사람도 있었지만) 바퀴가 더 이상 차에 붙어 있지 않다고 말해주었다.

"뒤로 빼보죠. 후진해봐요." 잠시 후 그가 제안했다.

"바퀴가 빠졌다니까요!"

그는 머뭇거렸다.

"한번 해본다고 손해 볼 건 없잖아요." 그가 말했다. 빵빵거리는 경적 소리가 점점 더 커졌다. 나는 그만 뒤돌아서서 잔디밭을 가로질러 집으로 향했다. 그러다가 한 번 뒤를 돌아보았다. 웨이퍼 과자 같은 달이 개츠비의 저택을 비추고 있었다. 전처럼 밤하늘을 멋지게 꾸며주던 달빛은 여전히 환한 정원의 웃음소리와 말소리보다도 더 오래 살아남아 있었다. 그때 갑자기 창문과 커다란 현관문에서 공허감이 흘러나와서, 현관에 서서 한 손을 흔들며 정중하게 작별 인사를 하는 집주인의 모습에 완전한 고독을 부여했다.

지금까지 내가 쓴 글을 읽고 있자니, 몇 주 간격으로 일어난 그 삼 일 밤의 사건이 내 마음을 온통 사로잡은 듯한 인상을 준다는 것을 깨달았다. 그러나 그 사건들은 실은 번잡한 여름에 우연히 일어난 일에 지나지 않는다. 그 뒤로 한참 동안 내가 열중해 있던 개인적인 일에 비하면 아주 사소한 사건들이었다.

나는 대부분의 시간을 일하며 보냈다. 이른 아침에 프로비티 신탁 회사를 향해 뉴욕시 남쪽의 흰 건물들 사이로 서둘러 내려갈 때면 태양이 서쪽으로 내 그림자를 드리웠다. 나는 다른 사무원들이나 젊은 증권업자들과 서로 이름을 부를 만큼 친해져서, 그들과 함께 사람들로 북적대는 어두운 식당에서 작은 돼지고기 소시지와 으깬 감자와 커피로 점심을 때웠다. 저지시티에 살면서 회계과에서 일하는 한 아가씨와 잠깐 사귀기도 했지만 그녀의 오빠가 나를 탐탁지 않게 여기기 시작하는 바람에 그녀가 7월에 휴가를 떠날 때 조용히 관계를 정리했다.

나는 주로 예일 클럽에서 저녁을 먹었다. 어떤 이유에서인지 그때가 하루 중 가장 우울한 시간이었다. 저녁을 먹고 나면 위층 도서실로 올라가 한 시간 동안 투자와 유가증권에 대해 열심히 공부했다. 주변에는 보통 시끄럽게 떠드는 녀석들이 몇 명 있게 마련이지만 도서실로 들어오는 일은 없었기에, 공부하기에는 딱 좋은 장소였다. 그 후, 밤에 날씨가 좋으면 매디슨가를 따라 어슬렁어슬렁 걸어 내려가서, 유서 깊은 머리힐 호텔을 지나 33번가 너머의 펜실베이니아 역으로 걸어갔다.

나는 뉴욕이 좋아지기 시작했다. 활기 넘치고 모험으로 가득한 밤의 분위기가, 끊임없이 나타났다 사라지는 남자들과 여자들과 자동차들이 가만있지 못하고 움직이는 눈동자에 안겨주는 만족감이 좋아졌다. 나는 5번가를 걸어 올라가 군중 속에서 로맨틱한 여성들을 고르고, 몇 분 만에 그들의 삶 속으로 들어가는 상상을 즐겼다. 그렇다고 누가 알거나 비난할 리 없었다. 때로는 그 여자들을 으슥한 거리의 모퉁이에 있는 아파트까지 뒤따라가서 그들이 뒤돌아 내게 미소 짓고는 문을 열고 따뜻한 어둠 속으로 사라지는 모습을 상상하기도 했다. 대도시에 매혹적인 황혼이 깃들면 가끔 떨쳐내기 힘들 만큼 고독감을 느끼기도 했고, 타인에게서 그런 기분을 감지하기도 했다. 쇼윈도 앞을 서성이며 식당에서 외로이 저녁 때울 시간을 기다리는 가난하고 젊은 회사원들, 어스름 속에서 밤과 삶의 가장 강렬한 순간들을 낭비하는 젊은 회사원들에게서 말이다.

또다시 8시, 40번가의 어두운 골목에 극장가로 향하는 택시

위대한 개츠비

들이 부릉거리며 다섯 줄로 늘어서 있을 때면, 나는 가슴이 내려앉는 듯한 기분이 들었다. 택시 안에서 희미하게 비친 담뱃불로 사람들 몸짓의 어렴풋한 윤곽을 볼 수 있었다. 택시 안의 형체들은 출발하기를 기다리며 서로 몸을 기대거나 노래를 부르거나 들리지 않는 농담을 주고받으며 웃음을 터뜨렸다. 나도 즐거움을 찾아서 서둘러 가고 있다고 상상하면서, 그들의 은밀한 흥분을 공유하며 그들의 행복을 빌었다.

한동안 조던 베이커를 보지 못하다가 한여름이 되어서야 다시 만났다. 처음에는 조던과 여기저기 돌아다니면 우쭐한 기분이 들었다. 조던은 이름을 모르는 사람이 없는 골프 선수였기 때문이다. 그러다가 어느 순간, 그것이 전부가 아니게 되었다. 그녀를 사랑하는 건 아니었지만, 일종의 애정 어린 호기심을 느꼈다. 세상사가 따분하다는 듯한 조던의 거만한 얼굴에는 무언가가 감추어져 있었다. 처음부터 숨길 생각은 없더라도 결국에 대부분의 가식이란 무엇인가 숨기게 마련이다. 어느 날, 나는 그것이 무엇인지 알게 되었다. 워릭에서 열린 하우스 파티에 함께 갔을 때, 조던은 빌려 온 차의 지붕을 열어놓은 채 빗속에 세워두고는 그 일에 대해 거짓말을 했다. 그때 문득, 데이지의 집에 갔던 날 밤에는 생각해내지 못했던 소년에 관한 이야기가 떠올랐다. 그녀가 처음 참가했던 큰 골프 대회에서 신문에까지 날 뻔한 소동이 일어났다. 준결승 때 조던이 치기 까다로운 위치에 떨어진 공을 다른 곳으로 옮겨놓았다는 혐의를 받았던 것이다. 그 일은 추문으로 번지는가 싶더니 결국 잠잠해지고 말았다. 캐디가 진술을 번복했고, 유일한 다른 목격자는 자신이 잘못 봤을 수도 있다고 시인했던 것이다. 하지만 그 사건은 그녀의 이름과 함께 내 뇌리에 남아 있었다. 조던 베이커는 영리하고 약삭빠른 사람을 본능적으로 피했다. 이제 와서 생각해보니, 조던은 규범에서 벗어나는 짓을 전혀 할 수 없다고 생각하는 환경에서 훨씬 편안함을 느끼기 때문이었다. 조던은 구제할 수 없을 만큼 부정직했다. 불리한 입장에 처하는 걸 참지 못했고, 마뜩잖은 상황이면 세상을 향해 차갑고 오만한 미소를 계속 지어 보이기 위해, 또한 활기 넘치는 튼튼한 육체의 욕구를 충족시키기 위해 아주 어렸을 때부터 속임수를 쓰기 시작했을 것이다.

어떻든 간에 나와는 상관없는 일이었다. 여자의 '부정직함'이란 심하게 비난할 일도 아니다. 나는 한순간 실망했지만, 이내 잊어버렸다. 우리는 워릭의 하우스 파티에서 차 운전에 관해 기이한 대화를 나누기도 했다. 조던이 지나가는 노동자들 곁으로 바싹 붙여서 차를 모는 바람에 우리 차의 흙받기가 어떤 사람의 외투 단추를 슬쩍 건드렸고, 이것이 원인이 되어 대화가 시작됐다. 내가 나무라듯 말했다.

"운전 솜씨가 형편없군요. 좀 더 조심하든가 아니면 아예 운전을 하지 말아요."

"조심하고 있어요."

"아니, 조심하지 않고 있어요."

"그러면 다른 사람들이 조심하겠죠." 조던이 태연하게 말했다.

"그게 무슨 말이죠?"

"다른 사람들이 날 피해 갈 거라고요. 사고라는 건 양측이 내는 거예요." 조던은 고집을 꺾지 않았다.

"당신처럼 부주의한 사람을 만날 수도 있다고 생각해봐요."

위대한 개츠비

"그럴 일이 없기를 바라야죠. 조심성 없는 사람들은 질색이에요. 실은 그 때문에 내가 당신을 좋아하는 거예요."

눈부신 햇빛에 지친 그녀의 잿빛 눈은 정면을 응시하고 있었지만, 조던은 의도적으로 우리의 관계를 변화시켰고 한순간 나는 그녀를 사랑한다고 생각했다. 하지만 나는 생각이 느리고, 욕망에 브레이크를 거는 내면의 규칙도 많은 데다, 우선 과거 고향에서 있었던 애매한 여자 문제를 확실히 매듭짓는 일이 먼저라는 사실을 알고 있었다. 나는 일주일에 한 번씩 '사랑하는 닉'이라고 서명한 편지를 그 여자에게 보냈지만, 그때마다 생각나는 것이라고는 그녀가 테니스를 칠 때 윗입술에 콧수염처럼 살짝 맺히던 땀방울뿐이었다. 그 정도에 그쳤더라도, 이 애매한 관계를 현명하게 정리하지 않고서는 자유로워질 수 없었다.

사람은 누구나 기본적인 덕목 중에 적어도 하나는 가지고 있으리라 생각하는데, 내게도 그런 덕목이 하나 있다. 내가 알고 있는 몇 안 되는 정직한 사람 중 하나가 나 자신이라는 것이다.

4장

　일요일 아침, 해변 마을에 교회 종소리가 울려 퍼지는 동안 세상 사람들과 그 연인들은 개츠비의 저택으로 돌아와 들뜬 기분으로 환하게 잔디밭을 노닐고 있었다.

　젊은 부인들이 칵테일 바와 꽃밭 사이를 오가며 말했다.

　"그 사람은 밀주업자예요. 언젠가 자신이 폰 힌덴부르크[21]의 조카이자 악마와 육촌지간이란 사실을 알아낸 사람을 죽였대요. 여보, 장미 한 송이 줄래? 그리고 저 크리스털 잔에 마지막 한 방울까지 따라줘."

　언젠가 나는 기차 시간표의 여백에 그해 여름 개츠비의 저택에 왔던 사람들의 이름을 적은 일이 있었다. 위쪽에 '이 시간표는 1922년 7월 5일까지 유효함.'이라고 적힌 낡은 기차 시간표는 이제

21　Paul von Hindenburg, 1847~1934. 독일의 군인이자 정치가로, 제1차 세계대전에 참전했고 바이마르공화국 2대 대통령을 지냈다.

　위대한 개츠비

접힌 부분이 닳아 해졌다.

하지만 지금도 희미하게 남아 있는 그 이름들을 알아볼 수는 있다. 내가 그들에 대해 대략적으로 말하는 것 그 이름들 자체가 개츠비의 환대를 받고도 그에 대해 전혀 모른다는 식으로 그를 칭찬하기를 피한 사람들에 대해서 훨씬 명확한 인상을 줄 것이다.

이스트에그에서는 체스터 베커 부부, 리치 부부, 예일 대학교 시절에 알고 지낸 번슨이라는 남자, 그리고 지난여름 메인주에서 익사한 웹스터 시벳 박사가 왔다. 혼빔 부부와 윌리 볼테어 부부, 그리고 늘 구석에 모여 있다가 누가 가까이 다가오기라도 하면 마치 염소처럼 코를 벌름거리던 블랙벅 일가도 있었다. 또한 이즈메이 부부, 크리스티 부부(좀 더 정확히 말하면, 휴버트 아우어바흐와 크리스티 씨의 부인이라 해야 할 것이다.), 그리고 사람들 말로는 어느 겨울 오후에 아무 이유도 없이 머리카락이 솜처럼 하얗게 세버렸다는 에드거 비버가 왔다.

내 기억으로는 클래런스 엔다이브도 이스트에그에서 온 사람이었다. 그는 흰색 니커보커 바지[22] 차림으로 딱 한 번 왔다가, 정원에서 에티라는 건달과 싸움을 벌였다. 롱아일랜드의 먼 지역에선 치들 부부, O. R. P. 슈레이더 부부, 조시아 출신의 스톤월 잭슨 에이브럼스 부부, 피시가드 부부, 리플리 스넬 부부가 왔다. 스넬은 교도소에 가기 사흘 전에 그곳에 왔다가, 몹시 술에 취해 자갈 깔린 차도에서 뻗는 바람에 율리시스 스웨트 부인의 자동차에 오른손을 깔리고 말았다. 댄시 부부도 왔고, 예순을 훌쩍 넘긴 S. B. 화이트베이트, 모

---

22 무릎 근처에서 졸라맨, 품이 넓고 느슨한 반바지.

리스 A. 플링크와 해머헤드 부부, 담배 수입업자인 벨루가와 그의 딸들도 왔다.

　웨스트에그에서는 폴 부부와 멀레디 부부, 세실 로벅과 세실쇼 언, 주 의회 상원의원인 굴릭, 영화사 '필름스 파 엑설런스'를 경영하 는 뉴턴 오키드, 에크하우스트와 클라이드 코언, 돈 S. 슈워츠(아들), 아서 맥카티가 왔는데, 이들은 모두 이러저러하게 영화와 관계를 맺 고 있는 사람들이었다. 그리고 캐틀립 부부와 벰버그 부부, 나중에 아내를 목 졸라 죽인 멀둔의 친형제 G. 얼 멀둔도 왔다. 흥행사인 다 폰타노도 왔고, 에드 르그로스와 제임스 B.('롯것'²³) 페릿, 드종 부부 그리고 어니스트 릴리가 왔다. 이들은 도박을 하러 왔는데, 페릿이 정 원을 어슬렁거리며 돌아다니면 그가 돈을 몽땅 날렸으니 다음 날엔 연합 철도의 주가가 올라야 한다는 의미였다.

　클립스프링어라는 사람은 그곳에 너무 자주 와서 워낙 오래 머무르는 바람에 '하숙생'으로 통했다. 그에게 달리 머물 만한 집이 있기나 한지 의심스러웠다. 개츠비 저택에 온 연극계 인사들로는 거 스웨이즈와 호레이스 오도너번, 레스터 마이어, 조지 덕위드, 프랜시 스 불이 있었다. 뉴욕에선 크롬 부부, 백히슨 부부, 데니커 부부, 러 셀베티, 코리건 부부, 켈러허 부부, 듀어 부부, 스컬리 부부, S. W. 벨처, 스머크 부부, 지금은 이혼한 젊은 퀸 부부, 그리고 타임스스퀘 어에서 지하철에 뛰어들어 자살한 헨리 L. 팔메토가 왔다. 베니 매 클레너핸은 늘 여자 네 명을 데리고 왔다. 한 번도 같은 여자를 데리 고 오는 법은 없었지만, 그를 동반한 여자들은 매번 외모가 너무 비

___

23 싸구려 술.

숫해 꼭 전에 왔던 사람들 같아 보였다.

그 여자들 이름은 잊어버렸다. 재클린이나 콘수엘라, 아니면 글로리아나 주디 혹은 준이었던 것 같다. 그들의 성(姓)은 꽃이나 달에서 따와서 듣기 좋은 선율 같거나, 아니면 미국의 대자본가들의 성처럼 엄숙했다. 그때 캐물어봤다면 어떤 대자본가의 사촌이라고 고백했을지도 모른다.

이 사람들 말고도 포스티나 오브라이언이 적어도 한 번은 왔던 것이 기억난다. 베데커가의 딸들과 전쟁터에서 코에 총상을 입은 젊은 브루어, 올브럭스버거 씨와 그의 약혼녀인 미스 하그, 아디타 피츠피터스, 미국 재향군인회 회장을 지낸 바 있는 P. 주잇 씨, 미스 클로디아 힙과 그녀의 운전기사라는 소문이 있는 남자, 그리고 우리가 공작이라고 부른 어딘가의 왕자라는 사람도 있었다. 그 왕자의 이름은 그때는 알았을지 모르지만 지금은 잊어버렸다.

이들은 모두 그해 여름 개츠비의 저택에 왔던 사람들이다.

7월 말의 어느 날 아침 9시경, 개츠비의 화려한 승용차가 돌투성이 차도를 따라 기우뚱거리며 올라와 우리 집 문 앞에 멈춰 서더니, 세 가지 음의 멜로디로 경적을 울려냈다. 개츠비가 나를 찾아온 것은 처음이었다. 나는 그의 파티에 두 번이나 참석했고, 그의 수상비행기를 타기도 했으며, 그가 간절하게 초대하는 바람에 그의 저택 해변을 자주 이용했었다.

"좋은 아침, 친구. 오늘 점심이나 같이 할까 해서. 내 차로 함께 가면 되겠죠."

개츠비는 미국인 특유의 경험 많은 몸짓으로 승용차의 대시보드 위로 몸의 균형을 잡고 있었다. 내 생각에 그런 몸짓은 그가 젊었을 때 무거운 물건을 들어 올리거나 오랫동안 똑바로 앉아 있는 일을 해본 적이 없던 데에서, 나아가 우리가 가끔 예고 없이 벌이는 무형의 우아하고 긴장된 게임 때문에 생겨난 습관인 듯했다. 이런 특성은 딱딱한 태도를 무너뜨리고 침착하지 못한 모습으로 나타났다. 개츠비는 한시도 가만히 있지 못하고 이리저리 발을 옮기거나 초조하게 손을 쥐었다 폈다 했다.

개츠비는 감탄스러운 눈길로 자신의 승용차를 바라보는 나를 쳐다보았다.

"어때요, 멋지지 않나요, 친구? 전에 이런 차를 본 적 있나요?" 개츠비는 내가 더 잘 볼 수 있게 차에서 뛰어내렸다.

물론 본 적이 있었다. 누구나 그럴 것이다. 짙은 크림색의 니켈이 반짝이고, 엄청나게 기다란 차체에, 모자 상자와 음식 상자 그리고 도구 상자가 뻐기듯 여기저기 놓여 있었으며, 앞 유리는 꼭 계단식 미로마냥 달려 있어서 마치 태양을 한 다스나 반사하고 있는 것 같았다. 여러 겹의 유리창 안쪽, 녹색 가죽으로 된 온실 속에 앉아서 우리는 시내로 출발했다.

지난달, 나는 개츠비와 대여섯 번 이야기를 해봤지만 실망스럽게도 나눌 만한 이야기가 별로 없다는 것을 알게 되었다. 그러자 막연하게나마 중요한 인물로 본 첫인상은 차츰 사라지고, 그저 호화로운 이웃의 여관 주인으로밖에 보이지 않게 되었다.

그런 참에 당혹스럽게도 그와 함께 차를 타게 된 것이다. 웨스트에그에 도착할 즈음 개츠비는 제 딴에 고상하다 싶은 말투로 뭐라 내뱉었다가 미처 마무리 짓지 못하고 우물거리더니, 우유부단한 태도로 캐러멜 색 양복의 무릎을 탁탁 치기 시작했다.

그가 불쑥 입을 열었다.

"이봐요, 친구. 좌우간 나에 대해 어떻게 생각해요?"

나는 좀 당황스러워서 질문에 맞춰 대충 어물쩍거렸다. 개츠비가 내 말을 막고는 입을 열었다.

"음, 내 인생 이야기를 좀 해줄까 해요. 소문들 때문에 나에 대해 오해하지 않았으면 하거든."

아무래도 개츠비는 자기 집 홀에서 오간 황당무계한 험담들을 알고 있는 모양이었다.

"온전한 진실만을 말해주죠." 개츠비는 거짓말을 하면 천벌을 받겠다고 맹세라도 하듯 갑자기 오른손을 쳐들었다.

"나는 중서부에 있는 한 부유한 집안의 아들이에요. 지금은 가족들이 모두 세상을 떠났고. 미국에서 자랐지만 공부는 옥스퍼드에서 했죠. 조상 대대로 그곳에서 교육을 받았거든. 집안 전통이죠."

개츠비는 곁눈질로 나를 쳐다보았다. 조던 베이커가 그가 거짓말을 하고 있다고 생각한 이유를 이제야 알 것 같았다. 개츠비는 "공부는 옥스퍼드에서 했죠."라고 서둘러 말했는데, 전에 그 말을 꺼내기가 힘든 적이 있었는지 그 말을 삼키거나 아니면 목이 막히는 것처럼 보였다. 이처럼 의심이 고개를 들자, 그가 들려주는 모든 말들이 바스러졌다. 결국 그에게 사악한 면이 있다는 소문이 사실이 아닐까 하는 생각이 들었다.

"중서부 어디 출신이죠?" 내가 불쑥 물었다.

"샌프란시스코."

"그렇군요."

"가족들이 모두 세상을 떠나는 바람에 거액의 재산을 물려받 았죠."

가족의 갑작스러운 죽음에 대한 기억 때문에 아직도 괴로운 듯, 개츠비의 음성은 엄숙했다. 한순간 그가 나를 놀리는 것은 아닌지 의심스러웠지만, 그의 표정을 힐끗 보니 그렇지 않다는 확신이 들었다.

"그 후로 파리, 베네치아, 로마 같은 유럽 수도에서 인도의 젊은 왕자처럼 지냈죠. 보석, 주로 루비를 수집하고 맹수를 사냥하고 취미 삼아 그림도 좀 그리면서, 오래전에 내게 닥친 너무나 슬픈 일을 잊으려 애썼어요."

나는 믿을 수 없는 그 말에 웃음이 터져 나오려는 것을 간신히 참았다. 속이 빤히 들여다보이는 지나치게 상투적인 말이라서, 머리에 터번을 두른 어떤 '캐릭터'가 온몸의 땀구멍으로 톱밥을 흘리며 불로뉴 숲을 헤치고 호랑이를 뒤쫓는 이미지밖에 떠오르지 않았다.

"그런 와중에 전쟁이 일어났어요, 친구. 나를 구원해줄 절호의 기회라 여겼기에 죽으려 기를 썼지만, 내 목숨은 마법에라도 걸린 것 같더군요. 전쟁이 발발했을 때 나는 중위로 임관했어요. 아르곤 숲²⁴ 전투에서는 기관총 분견대 두 부대를 이끌고 너무 앞으로 진격하는 바람에 아군 부대로부터 1킬로미터나 떨어지고 말았죠. 우리 뒤의 보병대가 따라오지 못했던 거예요. 우리는 그곳에서 이틀 밤낮을 버텼어요. 고작 루이스식 경기관총 16정뿐인 병력 130명으로. 마침내 보병대가 도착해서 보니, 적군 시체 더미 속에서 독일군 3개 사단의

---

24 프랑스 북동부에 위치한 지역으로 제1차 세계대전 당시 격전지였다.

기장이 나왔어요.

나는 소령으로 승진했고, 연합국의 모든 정부로부터 훈장을 받았죠. 심지어 몬테네그로에서도 훈장을 주더군요. 저 아드리아해에 있는 작은 나라, 몬테네그로에서도 말이죠!"

작은 나라 몬테네그로! 개츠비는 소리 높여 말하더니, 특유의 미소를 지으며 고개를 끄덕였다. 그 미소는 몬테네그로의 굴곡진 역사를 이해하며, 몬테네그로 국민의 용감한 투쟁에 공감한다는 의미였다. 또한 몬테네그로의 작지만 따뜻한 마음으로부터 이처럼 감사의 표시를 받게 된 일련의 국가 정세를 충분히 이해한다는 미소였다. 이제 불신은 매혹 속으로 가라앉았다. 마치 잡지 열두 권 정도를 급히 훑어본 듯한 느낌이 들었다.

개츠비는 주머니에 손을 찌르더니, 리본이 달린 금속 하나를 꺼내 내 손바닥에 떨어뜨렸다.

"몬테네그로 정부로부터 받은 거예요."

놀랍게도 그 훈장은 진짜처럼 보였다. '오르데리 디 다닐로[25], 몬테네그로, 니콜라스 국왕'이라는 문장이 훈장의 가장자리 원을 따라 둥글게 새겨져 있었다.

"뒷면을 봐요."

"제이 개츠비 소령의 비범한 무용을 기리며." 나는 소리 내어 읽었다.

"늘 지니고 있는 것이 또 하나 있죠. 옥스퍼드 시절의 기념품. 트리니티 칼리지의 교정에서 찍은 거죠. 내 왼쪽에 있는 사람이 현

25 Orderi di Danilo. 다닐로 훈장.

재 도캐스터 백작이에요."

사진을 들여다보니 블레이저를 입은 대여섯 명의 젊은이가, 아치 너머로 첨탑 여러 개가 보이는 길가에 서서 빈둥거리고 있었다. 크리켓 배트를 손에 든, 지금보다 조금 젊어 보이는 개츠비도 있었다. 그렇다면 그의 말이 모두 사실일 터였다. 베네치아 대운하에 있는 그의 궁전에서 불타듯 빛나는 호랑이 가죽이 보였다. 개츠비는 루비 상자를 열고는, 반짝이는 진홍색 보석을 바라보며 상처 입은 마음의 고통을 달랬다.

개츠비는 만족스러운 표정으로 기념품들을 주머니에 넣으며 말했다.

"오늘은 어려운 부탁을 하나 하려고 해요. 그러기 위해선 당신이 나에 대해 좀 알아야 한다고 생각했죠. 나를 별 볼 일 없는 놈으로 생각하지 않길 바라니까. 알겠지만, 나는 주로 낯선 사람들 틈에서 지내요. 내게 닥친 슬픈 일을 잊으려고 여기저기로 떠돌아다니기 때문이죠."

개츠비는 잠시 머뭇거렸다. "그 이야기는 오늘 오후에 들려줄게요."

"점심 때요?"

"아니, 오후에. 당신이 미스 베이커와 차를 마시기로 했다는 사실을 우연히 알게 됐어요."

"미스 베이커를 사랑하는 건가요?"

"아니, 아니에요, 친구. 하지만 미스 베이커는 친절하게도 이 문제를 당신에게 말하면 좋겠다고 하더군요."

'이 문제'라는 것이 대체 무엇인지 전혀 짐작할 수 없었지만, 흥미가 생기기보다는 귀찮다는 생각이 앞섰다. 제이 개츠비 이야기나 하려고 조던에게 차를 마시자고 청한 게 아니었다. 그의 부탁이 정말 터무니없는 일이리라는 생각이 들었다. 생각이 거기까지 미치자, 일순간 사람들로 북적거리는 그의 잔디밭에 발을 들여놓은 일이 후회스러웠다.

개츠비는 다른 말은 하지 않았다. 시내에 가까워지자, 그는 더욱 태도가 단정해졌다. 우리는 붉은 띠를 두른 외항선들이 얼핏 보이는 루스벨트 항구를 지나, 칠이 벗겨지고 빛바랬지만 여전히 손님이 드나드는 1900년대 분위기의 우중충한 술집들이 늘어선 슬럼가의 자갈길을 빠르게 달렸다. 어느새 양쪽으로 재의 계곡이 펼쳐졌다. 그곳을 지나는 사이에, 정비소에서 윌슨 부인이 숨을 몰아쉬며 펌프를 힘차게 잡아당기는 모습이 흘끗 보였다.

우리는 흙받기를 날개처럼 펼치고 애스토리아 지역을 가볍게 달렸다. 절반쯤 이르러 고가 철도의 교각들 사이로 도는 순간 '두두두두, 끼익!'하는 귀에 익은 오토바이 소리가 들리더니, 곧 광분한 경찰관이 옆으로 따라붙었다.

"알았어, 친구." 개츠비가 소리쳤다.

우리는 속력을 늦췄다. 개츠비는 지갑에서 하얀 카드를 꺼내더니 경찰관 눈앞에서 흔들었다.

"네, 알겠습니다. 개츠비 씨, 다음부턴 알아 모시겠습니다. 죄송합니다!" 경찰관이 거수경례를 하며 말했다.

"그게 뭐죠? 옥스퍼드 시절 사진?" 내가 물었다.

"언젠가 한 번 경찰국장에게 호의를 베풀었더니, 해마다 크리스마스카드를 보내는군요."

거대한 다리 위로 쏟아지는 햇빛이 대들보 사이를 지나 달리는 차들 위에서 끊임없이 반짝였고, 강 건너편에는 도시가 하얀 더미처럼, 각설탕 덩어리처럼 솟아 있었다. 마치 모든 것이 구린 냄새가 나지 않는 돈으로 세워졌으면 하는 바람을 담고 있는 것만 같다. 퀸스보로 다리에서 바라본 뉴욕은 세상의 모든 신비와 아름다움을 보장한다는 최초의 열렬한 약속을 그대로 간직하고 있는, 언제나 처음 보는 도시 같았다.

꽃으로 장식한 영구차가 시신을 싣고 우리 곁을 지나갔고, 블라인드를 친 마차 두 대와 고인의 친구들을 태운 좀 더 밝은 분위기가 감도는 여러 대의 마차가 그 뒤를 따랐다. 남동부 유럽인 특유의 짧은 윗입술이 인상적인 그 친구들은 비통한 눈빛으로 우리를 내다보았다. 나는 그들이 우울한 휴일에 개츠비의 화려한 차에 잠시나마 시선을 빼앗긴 것이 기분 좋았다. 우리가 블랙웰스섬을 지나갈 때는 백인 기사가 운전하는 리무진과 지나쳤는데, 그 안에는 유행에 따라 멋지게 차려입은 검둥이 셋, 그러니까 남자 둘과 소녀 하나가 타고 있었다. 그들은 거만하게 경쟁이라도 하듯 우리를 향해 달걀 노른자위 같은 눈동자를 굴렸다. 그 모습에 저절로 큰 웃음이 터졌다.

'이 다리를 넘었으니 이제 무슨 일이든 일어날 테지. 무슨 일이든….' 나는 생각했다.

개츠비라는 존재가 있다는 것도 특별히 놀랄 일이 아니다.

소란스러운 한낮. 나는 선풍기가 잘 돌아가는 42번가의 지하 레스토랑에서 점심을 먹기 위해 개츠비와 만났다. 햇빛이 밝은 바깥 거리에서 들어왔기에 실내에 익숙해지려고 눈을 깜빡거리다가, 대기

위대한 개츠비

실에서 다른 사람과 이야기를 나누고 있는 개츠비를 겨우 알아보았다. "캐러웨이 씨, 이쪽은 내 친구 울프심 씨."

작은 키의 납작코 유대인이 커다란 머리를 쳐들고 나를 바라보았다. 양쪽 콧구멍에는 잘 자란 코털이 무성했다. 잠시 후에야 나는 어둠살 속에서 그의 작은 두 눈을 찾을 수 있었다.

"…그래서 내가 그 자식을 한 번 쳐다봤지. 그러곤 어떻게 했을 것 같나?" 울프심 씨는 진지하게 나와 악수하며 말했다.

"무슨 말씀이신지?" 내가 정중하게 물었다.

알고 보니 내게 한 말이 아니었다. 울프심은 내 손을 놓더니 다양한 표현력을 갖춘 코로 개츠비를 살짝 가리켰다.

"캐스포에게 돈을 건네주며 이렇게 말했지. '좋아, 캐스포, 입을 다물 때까진 그놈에게 한 푼도 주지 마.' 그랬더니 그놈은 그 자리에서 바로 입을 다물더군."

개츠비가 우리 두 사람의 팔을 잡고는 레스토랑 안으로 끌고 들어갔다. 그러자 울프심 씨는 막 꺼내려던 말을 삼키고, 한순간 몽유병 환자처럼 멍한 표정을 지었다.

"하이볼로 드릴까요?" 수석 웨이터가 물었다.

"여기, 괜찮은 레스도랑이군. 하지만 길 건너편이 더 좋아!" 울프심 씨가 천장에 그려진 장로교의 정령들을 쳐다보며 말했다.

"그래요. 하이볼로." 개츠비가 웨이터에게 동의를 표하고는 울프심 씨에게 말했다.

"거긴 너무 더워요."

"그래, 덥고 좁긴 하지. 하지만 추억이 가득 깃든 곳이라." 울프심 씨가 말했다.

"어디 말씀인지?" 내가 물었다.

"옛 메트로폴[26]이요."

"옛 메트로폴." 울프심 씨는 침울한 목소리로 따라했다.

"죽은 사람, 떠난 사람의 얼굴로 가득하지. 영원히 이승을 떠난 친구들 얼굴 말이야. 그곳에서 로지 로즌솔이 총을 맞았던 밤은 평생 잊지 못할 거야. 그날 밤, 우리 여섯은 테이블에 앉아 있었지. 로지는 밤새 실컷 먹고 마셔댔어. 새벽 무렵에 웨이터가 수상쩍은 표정으로 로지에게 다가오더니, 밖에서 누가 이야기 좀 했으면 한다더군. 로지가 '좋아.'라고 말하곤 자리에서 일어서려 했지. 그래서 내가 잡아끌어 도로 앉혔어. '로지, 이야기하고 싶으면 녀석들보고 직접 이리로 오라고 해. 이 방에서 절대 나가면 안 돼.' 새벽 4시쯤 됐을 때니까, 블라인드를 올렸으면 밝아오는 새벽빛이 보였을 거야."

"그래서 그 사람은 나갔나요?" 내가 천진스레 물었다.

"물론 나갔지." 분노가 치미는 듯 울프심 씨가 번득이는 코를 나를 향해 돌렸다.

"그 친구가 문 앞에서 돌아보더니 이렇게 말하더군. '웨이터가 내 커피 치우지 못하게 해!' 그러고 나서 보도로 걸어 나갔는데, 놈들이 그의 불룩한 배에 총을 세 방 쏘고는 차를 몰고 달아나버렸어."

"그중 넷은 전기의자로 사형됐지요." 내가 기억을 떠올리며 말했다.

---

26 뉴욕 43번가 타임스스퀘어 근처에 있는 호텔. 1912년 '로지'라는 애칭으로 불린 도박장 소유주 허먼 로즌솔이 이 호텔에서 살해됐다.

위대한 개츠비

"베커[27]까지 다섯이었지." 울프심 씨는 흥미롭다는 듯 나를 향해 콧구멍을 벌름거렸다. "사업 연줄을 찾고 있는 모양이지?"

두 단어가 나란히 놓일 수 있다는 데 나는 좀 놀랐다. 개츠비가 나를 대신해서 대답했다.

"아, 아니에요. 이 친구는 그 사람이 아니에요!" 개츠비가 큰 소리로 말했다.

"아니라고?" 울프심 씨는 실망한 것 같았다.

"그냥 친구예요. 그 이야기는 다음에 하자고 했잖아요."

"아, 미안해. 내가 착각했군그래." 울프심 씨가 말했다.

육즙이 많은 해시[28]가 나오자, 울프심 씨는 옛 메트로폴의 감상적인 분위기는 금세 잊고 아주 맛있게 먹기 시작했다. 그렇게 식사를 하면서도 눈으로는 아주 천천히 식당 안 곳곳을 살폈다. 등을 돌려서 바로 뒤에 있는 사람들까지 살펴보고 나서야 사방을 살피는 일을 끝냈다. 내가 없었더라면 식탁 밑까지 슬쩍 살펴봤을 것이다.

"이봐요, 친구. 오늘 아침에 차 안에서 나 때문에 기분이 상한 건 아닌지 모르겠네요." 내 쪽으로 몸을 기울이며 개츠비가 말했다.

개츠비가 또다시 특유의 미소를 지었지만, 이번엔 나도 물러서지 않았다.

"나는 비밀 따위 좋아하지 않아요. 그리고 왜 솔직하게 터놓고 원하는 걸 말하지 않는지 모르겠어요. 왜 내가 미스 베이커를 통해서 들어야 하죠?"

---

27 찰스 베커. 뉴욕시 경찰청 소속 경찰관이었으나 허먼 로즌솔 살인죄로 사형당했다.
28 잘게 썬 고기와 채소로 만든 요리.

"아, 비밀 같은 건 전혀 없어요. 알다시피 미스 베이커는 훌륭한 스포츠 선수인 데다, 옳지 않은 일은 절대로 하지 않는 여자니까." 개츠비가 내 기분을 달래듯 말했다.

개츠비는 갑자기 손목시계를 들여다보더니 벌떡 일어나서 울프심 씨와 나를 테이블에 남겨두고는 급히 레스토랑 밖으로 나갔다.

"전화를 걸 일이 있어서 나간 거야. 좋은 친구지, 안 그래? 미남인 데다 완벽한 신사지." 나가는 개츠비를 눈으로 쫓으며 울프심 씨가 말했다.

"네."

"저 친구는 오그스퍼드 출신이야."

"아!"

"영국 오그스퍼드 대학을 나왔다고. 오그스퍼드 대학 아나?"

"들어봤습니다."

"세계에서 가장 유명한 대학 중 하나지."

"개츠비를 안 지 오래됐나요?"

울프심 씨는 만족스러운 표정으로 대답했다.

"몇 년 됐지. 운 좋게도 전쟁 직후에 저 친구를 알게 됐어. 한시간 정도 이야기해보니 교양 있는 사람이란 걸 알겠더군. 속으로 이렇게 생각했지. '집에 데려가서 어머니와 여동생에게 소개해주고 싶은 친구야.'" 울프심 씨는 잠시 입을 닫았다. "내 커프스 단추를 보고 있군그래."

실은 단추를 보고 있던 것은 아니었지만, 그의 말 때문에 단추를 보게 되었다. 이상하게도 낯이 익은, 상아 재질 단추였다.

"사람 어금니로 만든 최고급 단추지." 울프심 씨가 알려주었다.

"아! 아주 흥미로운 아이디어군요." 나는 그 단추들을 자세히 살펴봤다.

"그렇지." 울프심 씨는 코트 속 소매를 걷어올렸다. "그래, 개츠비는 여자에 대해서는 아주 조심스러워하지. 친구 부인은 아예 쳐다보지도 않으려고 하잖아."

이처럼 본능적으로 신뢰받는 당사자가 돌아와서 테이블 앞에 앉자, 울프심 씨는 커피를 훌쩍 마시고는 자리에서 일어섰다.

"점심 잘 먹었어. 젊은이들이 눈치 주기 전에 난 이만 가야지."

"서두를 필요 없어요, 마이어." 개츠비가 무덤덤하게 말했다.

울프심 씨는 축도(祝禱)라도 하듯 한 손을 들어 올리고 점잖게 말했다.

"마음은 고맙지만 난 세대가 달라서. 자네들은 여기 앉아서 이야기 많이 나누게. 스포츠나 젊은 아가씨나, 자네들의…" 울프심씨는 나머지 말은 알아서 상상하라는 듯 재차 손을 내저었다.

"쉰 살이나 먹은 놈이 더는 귀찮게 하면 안 되지."

악수를 하고 돌아설 때, 울프심 씨의 비극적인 코가 떨리고 있었다. 혹시 내가 그를 언짢게 하는 말을 한 건가 싶었다.

"저 사람은 가끔 아주 감상적인 기분에 젖곤 하죠. 오늘이 바로 그런 날이고. 뉴욕 일대에서는 지독한 괴짜로 통해요. 브로드웨이에서 살죠." 개츠비가 설명했다.

"도대체 뭐 하는 사람인데요? 배우라도 돼요?"

"아뇨."

"그러면 치과 의사?"

"마이어 울프심이? 아니, 그는 도박사예요." 개츠비는 잠깐 머뭇거리더니 냉정하게 덧붙였다.

"1919년 월드시리즈를 조작[29]한 장본인이죠."

"월드시리즈를 조작했다니요?" 내가 되물었다.

순간 그의 말에 깜짝 놀랐다. 물론 1919년 월드시리즈 조작 사건을 기억하고 있었지만, 그 사건에 대해서 생각해본 적은 별로 없었다. 생각해봤다고 하더라도, 그저 우연히 발생한 일이려니, 불가피한 여러 일들이 얽힌 결과려니 했던 것이다. 단 한 사람이 금고를 폭파하는 금고털이범처럼 집요하게 5천만 명이나 되는 사람들의 믿음을 갖고 놀 수 있으리라는 생각은 꿈에도 해본 적이 없었다.

"어떻게 그런 짓을 했을까요?" 잠시 후에 내가 물었다.

"그저 기회를 잡은 거죠."

"한데, 어떻게 감옥에 안 갔죠?"

"그 양반을 잡아넣지는 못했어요, 친구. 영리한 사람이거든."

나는 고집을 부려서 점심 값을 치렀다. 웨이터가 거스름돈을 가져왔을 때, 사람들로 붐비는 방 저쪽에서 톰 뷰캐넌의 모습이 보였다.

"잠깐 따라올래요? 인사할 사람이 있어서." 내가 말했다.

톰은 우리를 보자마자 자리에서 벌떡 일어나더니 대여섯 걸음 다가왔다.

"요즘 어디 있었던 거야? 네게서 전화 한 통 없다고 데이지가 얼마나 화났는지 몰라." 톰이 다그쳐 물었다.

---

29 시카고 화이트삭스팀 선수 일부가 뇌물을 받고 신시내티 레즈팀에 져주었던 승부 조작 사건. 마이어 울프심의 모델인 아널드 로스스타인이 배후 인물이라는 혐의를 받았다.

"이쪽은 개츠비 씨, 그리고 이쪽은 뷰캐넌 씨."

두 사람은 짧게 악수를 나눴는데, 개츠비는 왠지 모르게 긴장한 듯 당황스러워하며 낯선 표정을 지었다.

"그래, 어떻게 지냈어? 어쩌다 이 먼 곳까지 밥 먹으러 온 거야?" 톰이 물었다.

"개츠비 씨와 함께 점심을 했거든."

나는 개츠비 쪽으로 몸을 돌렸지만, 그는 이미 자리를 뜨고 없었다.

1917년 10월의 어느 날이었어요….

(그날 오후, 플라자 호텔 커피숍에서 조던 베이커가 등받이가 곧은 딱딱한 의자에 똑바로 앉아 이야기했다.)

…나는 보도와 잔디밭 사이를 오가며 이리저리 걷고 있었어요. 잔디밭을 걷는 편이 더 좋았죠. 밑창이 고무로 된 영국제 신발을 신고 있어서 부드러운 땅으로 잘 파고들었거든요. 입고 있던 새로 산 체크무늬 스커트는 바람에 가볍게 날렸어요. 이렇게 바람이 불 때면 집집마다 문 앞에 내건 빨갛고 하얗고 파란 깃발들이 빳빳이 펼쳐지면서 불만스럽다는 듯이 '닷-탓-탓-탓'하는 소리를 냈어요.

그중 가장 큰 깃발과 가장 큰 잔디밭이 있는 곳이 데이지 페이의 집이었죠. 데이지는 나보다 두 살 위로 막 열여덟 살이 되었는데, 루이빌의 여자애들 중에서 제일 인기가 많았어요. 데이지는 흰옷을 입고 흰색 소형 로드스터[30]를 몰고 다녔어요. 데이지네 집에서는 하

---

30 지붕이 없고 좌석이 두 개인 자동차.

루 종일 전화벨이 울려댔어요. 잔뜩 흥분한 캠프 테일러의 젊은 장교들이 그날 밤 단둘이 "딱 한 시간만이라도!" 데이트하자며 데이지에게 애걸복걸했죠.

그날 아침 데이지네 집 맞은편에 와보니, 흰색 로드스터가 도로변에 세워져 있고, 데이지가 처음 보는 웬 중위와 차 안에 앉아 있더군요. 서로에게 얼마나 푹 빠져 있던지 내가 2미터 앞까지 다가가도 알아보지 못했어요.

"안녕, 조던. 이리 좀 와봐." 뜻밖에도 데이지가 나를 불렀어요.

데이지가 나와 말하고 싶어 한다고 생각하니 우쭐해지더군요. 나보다 나이가 많은 여자애들 중에서 가장 좋아했던 사람이 데이지였거든요. 붕대 만들러 적십자에 가는 길이냐고 묻더군요. 그렇다고 대답했죠. 그랬더니 자기는 그날 못 간다고 전해달라고 하더군요. 함께 있던 장교는 데이지가 말하는 동안 줄곧 데이지를 바라보고 있었어요. 젊은 여자라면 누구나 받고 싶어 하는 눈길로요. 어찌나 로맨틱해 보였던지 지금까지도 생생히 기억하고 있어요. 그때 그 사람 이름이 바로 제이 개츠비였어요. 그런데 그 뒤로 4년 넘게 그를 보지 못했죠. 나중에 롱아일랜드에서 만났을 때도 그 사람이 개츠비인 줄은 몰랐어요.

그때가 1917년이었어요. 이듬해부터 내게도 애인이 몇 사람 생겼고, 골프 경기에 출전하기 시작하면서 데이지를 자주 못 만나게됐죠. 데이지는 늘 자신보다 조금 더 나이 많은 사람들과 어울렸어요. 그런데 언제부턴가 데이지에 대해 괴상한 소문이 돌았어요. 어느 겨울밤, 해외로 파병되는 군인에게 작별 인사를 하러 뉴욕에 가려고 가방을 꾸리다가 엄마한테 들키고 말았다는 거예요. 결국 뉴욕에 못 가게 된 데이지는 몇 주 동안 가족과는 말 한마디 하지 않았대요. 그 후로 다시는 군인과 사귀지 않았고, 군대에 갈 수 없는 평발이나 근시인 동네 청년들하고만 어울렸어요.

다음 가을이 되자, 데이지는 전처럼 다시 명랑해졌어요. 휴전 이후에는 사교계에 첫발을 내딛더니, 어느새 2월에는 뉴올리언스 출신의 남자와 약혼을 했다는 얘기가 돌았죠. 하지만 6월에 시카고 출신의 남자 톰 뷰캐넌과 결혼했어요. 루이빌에서는 본 적 없는 화려한 결혼식이었죠. 뷰캐넌은 철도 차량 네 칸에 하객 100여 명을 태워 데려왔고, 실바크 호텔 한 층을 통째로 빌렸어요. 그리고 결혼식 전날에는 데이지에게 35만 달러짜리 진주 목걸이를 선물했고요.

나는 신부 들러리였어요. 피로연이 열리기 30분 전에 신부 방으로 들어가보니, 데이지는 꽃으로 장식한 드레스를 입고 6월의 밤처럼 아름답게 침대에 누워 있더군요. 그런데 술에 몹시 취해 있는거예요. 한 손에는 소테른 와인 병을 들고, 다른 한 손에는 편지를 쥐고 있었죠.

"축하해줘. 전엔 마셔본 적도 없는데, 술이 왜 이리 좋을까." 데이지가 중얼거렸어요.

"데이지, 대체 무슨 일이야?"

나는 겁이 났어요. 말할 수 없을 정도로요. 그렇게 술에 취한 여자를 전엔 본 적이 없었거든요.

데이지는 침대 위 휴지통을 뒤지더니 진주 목걸이를 꺼냈어요.

"자, 이거. 이걸 갖고 아래층에 내려가서 주인이 누구든 그 사람에게 돌려줘. 그러곤 사람들에게 데이지의 마음이 변했다고 전해줘. '데이지의 마음이 변했어!'라고 말이야."

급기야 울음을 터뜨리더니, 데이지는 울고 또 울었어요. 나는 얼른 뛰어나가서 데이지 어머니의 하녀를 데려왔어요. 우리는 문을 잠그고, 차가운 물이 담긴 욕조에 데이지를 집어넣었어요. 그 와중에도 데이지는 손에 쥔 편지를 놓으려 하지 않더라고요. 편지를 손에 쥔 채 욕조 안에 들어가더니, 그걸 쥐어짜서 젖은 공처럼 만들더군요. 그러곤 눈송이처럼 조각조각 흩어지는 모습을 보고서야, 비누 그릇에 버리게 했어요.

하지만 다른 말은 한마디도 하지 않았어요. 우리는 암모니아 냄새를 맡게 해서 정신을 차리게 한 다음, 이마에 얼음을 얹어주고 드레스를 입혔어요. 30분 후에 우리가 방에서 나올 때는 진주 목걸이가 데이지의 목에 걸려 있었죠. 그것으로 사건은 끝났어요. 이튿날 5시에 데이지는 전혀 떨지도 않고 톰 뷰캐넌과 결혼식을 올리고는 남태평양으로 석 달간 신혼여행을 떠났어요.

신혼여행에서 돌아온 그들을 샌타바버라에서 만났는데, 남편에게 그렇게 미쳐 있는 여자는 처음 봤어요. 남편이 잠시라도 자리를 비우면 불안한 눈빛으로 방을 둘러보면서 "톰은 어디 갔지?"라고 하는 거예요. 그러고는 남편이 문 안으로 들어오기 전까지 넋이 나간 듯 아주 멍한 표정을 짓고 있더군요. 모래사장에 앉아서 남편의 머리를 무릎 위에 올려놓고는 몇 시간이고 그의 눈가를 어루만지며, 한없이 기쁜 표정으로 그를 바라보곤 했어요. 부부가 함께 있는 모습은 감동적이었죠. 보고 있노라면 그 모습에 매혹되어 슬며시 미소 짓게 되더군요. 그때가 8월이었어요. 내가 샌타바버라를 떠나고 일주일 뒤 어느 날 밤, 톰이 벤투라 가도에서 차를 몰다가 왜건을 들이받아, 차 앞바퀴가 빠지고 말았죠. 같이 타고 있던 여자는 팔이 부러지는 바람에 신문에 났어요. 샌타바버라 호텔에서 일하는 객실 청소부였죠.

　이듬해 4월에 데이지는 딸을 낳고 남편과 딸과 함께 1년 동안 프랑스에 가 있었어요. 어느 봄날, 나는 칸에서 그들을 만났고 그다음엔 도빌에서 만났죠. 그 이후 그들은 시카고로 돌아와 정착했어요. 아실 테지만, 데이지는 시카고에서 인기가 많았죠. 부부는 하나같이 젊고 부자이고 제멋대로인 방탕한 무리들과 어울려 다녔지만, 데이지는 평판이 아주 좋았어요. 아마 술을 마시지 않았기 때문일 거예요. 대단한 술꾼들 사이에서 술을 마시지 않는 것은 커다란 장점이죠. 말을 삼갈 수도 있고, 게다가 사소한 실수를 저지르더라도 다른 사람들은 잔뜩 술에 취해서 알아보지 못하거나 상관하지 않을 테니 제때 수습할 수 있잖아요. 아마 데이지가 바람을 피운 적은 단 한 번도 없을 거예요…. 하지만 데이지의 목소리에서 뭔가가 있다고 느껴졌어요….

　그러던 차에, 6주 전쯤 데이지는 몇 년 만에 처음으로 개츠비라는 이름을 들은 거예요. 내가 당신에게 웨스트에그에 사는 개츠비를 아느냐고 물었을 때였죠. 기억나요? 당신이 집으로 돌아간 후, 데이지가 내 방에 찾아와서 날 깨우더니 “어떤 개츠비?”라고 묻더군요. 잠에서 덜 깬 채 설명해줬더니, 아주 이상한 목소리로 자신이 알던 개츠비가 분명하다고 하는 거예요. 그제야 머릿속에서 데이지의 하얀 차에 타고 있던 장교와 개츠비가 연결되더군요.

　조던 베이커가 이야기를 끝마쳤을 때는 플라자 호텔을 떠난 지 30분이 흐른 뒤였다. 그때 우리는 빅토리아 마차를 타고 센트럴파크를 지나가고 있었다. 태양은 이미 영화배우들이 사는 웨스트 50번가의 높은 아파트 단지 너머로 저물었고, 풀밭의 귀뚜라미처럼 모여든 어린 소녀들의 맑은 목소리가 무더운 황혼을 뚫고 솟아올랐다.

나는 아라비아의 족장

그대 사랑은 나의 것

그대가 잠든 밤에

그대의 천막 속으로 기어 들어가려네…[31]

"참 기이한 우연이군요." 내가 말했다.

"결코 우연이 아니에요."

"우연이 아니라고요?"

"개츠비가 그 집을 산 건 데이지가 만(灣) 건너편에 살기 때문이에요."

그렇다면 그 6월의 밤에 개츠비가 열망하듯 바라보고 있던 것은 별뿐만이 아니었다. 갑자기 개츠비가 아무런 목적도 없이 화려하기만 했던 자궁에서 벗어나 살아 있는 인간으로 다가왔다. 조던이 다시 말을 이었다.

"그 사람은 알고 싶어 해요. 혹 당신이 언제든 오후에 데이지를 집으로 초대하면, 자신도 불러줄 수 있는지."

개츠비의 겸손한 부탁이 나의 마음을 흔들었다. 그는 5년이나

---

31 「아라비아의 족장」이라는 노래의 일부. 1921년에 해리 B. 스미스와 프랜시스 윌러가 작사하고 테드 스나이더가 작곡한 곡으로, 당시 미국에서 큰 인기를 끌었다.

기다려서 대저택을 샀다. 그러고서 우연히 날아드는 나방들에게 별빛을 나눠주었다. 언제든 오후에 낯선 이웃의 정원에 '초대받기' 위해.

"그런 사소한 부탁을 하려고 내가 모든 사연을 알기를 바란 건가요?"

"그는 두려운 거예요. 아주 오래 기다려왔으니까. 당신의 기분을 거슬리게 할까 봐 걱정스럽기도 하고요. 알겠어요? 그 사람은 오로지 이 일에만 집착하고 있어요."

어딘지 신경이 쓰였다.

"왜 당신에게 만나게 해달라고 부탁하지 않은 거죠?"

"그 사람은 데이지에게 자기 집을 보여주고 싶은 거예요. 당신 집이 바로 옆집이잖아요." 조던이 설명했다.

"아하!"

"언젠가 데이지가 우연히 파티에 오지 않을까 기대했나 봐요. 하지만 데이지는 오지 않았어요. 그 후로 그 사람은 만나는 사람들마다 데이지를 아는지 묻기 시작했어요. 별 뜻은 없다는 듯이. 그러던 중에 처음으로 찾아낸 사람이 바로 나예요. 댄스파티 때 사람을 시켜 나를 불렀던 바로 그날이었죠. 얼마나 조심스럽게 그 이야기를 꺼내던지, 직접 듣지 않고서는 몰라요. 물론 나는 뉴욕에서 점심을 같이하자고 당장 말했죠… 아, 그랬더니 실성한 사람처럼 변하는 거예요. 그러곤 이렇게 반복해서 말했어요. '상식을 벗어난 짓은 하기 싫습니다! 그저 옆집에서 만나고 싶어요.'

당신이 톰의 각별한 친구라고 말했더니 염두에 둔 계획을 전부 포기하려 했어요. 개츠비는 톰에 대해서는 잘 몰랐어요. 혹시나 데이지의 이름을 보게 되지 않을까 은근히 기대하는 마음에, 몇 년 동안 시카고 신문을 봤으면서도요.”

　이미 어둠이 깔려 있었다. 작은 다리 아래로 마차가 내려갔을 때, 나는 한 팔로 조던의 황금빛 어깨를 감싸 내 쪽으로 끌어당기며 저녁을 먹자고 말했다. 갑자기 데이지와 개츠비에 대한 생각은 사라지고, 깔끔하고 냉정하며 조금 편협한 구석이 있는 이 여자에 대한 생각이 대신 머릿속을 채웠다. 늘 회의적이기만 한 그녀가 지금은 밝은 표정으로 내 팔에 안겨 내 몸에 기대고 있었다. 순간, 아찔한 흥분과 함께 귓가에 경구가 울리기 시작했다. ‘쫓기는 자와 쫓는 자, 바쁜 자와 피곤한 자가 있을 뿐이다.’

　“데이지의 삶에도 무언가 특별한 일이 있어야 해요.” 조던이 내게 속삭였다.

　“데이지는 개츠비를 만나고 싶어 하나요?”

　“데이지는 아무것도 몰라요. 개츠비는 데이지가 알길 바라지 않아요. 당신은 데이지에게 차 마시러 오라고만 하면 돼요.”

　어둠에 싸인 나무들의 장벽을 지나, 은은하면서도 창백한 불빛이 공원을 비추는 59번가 앞을 지나갔다. 개츠비나 톰 뷰캐넌과 달리, 내게는 어두운 처마 밑이나 현란한 간판들 사이에서 떠오르는 형체 없는 얼굴의 여자가 없었다. 그래서 나는 곁에 있는 여자를 두 팔로 꼭 끌어안았다. 그녀의 비웃는 듯한 창백한 입술에 미소가 어렸다. 이번에는 내 얼굴 쪽으로 더욱 가까이 그녀를 끌어당겼다.

5장

그날 밤 웨스트에그의 집으로 돌아왔을 때, 나는 한순간 집에 불이 난 줄 알고 깜짝 놀랐다. 새벽 2시, 반도의 한 모퉁이 전체가 불빛으로 타오르고 있었다. 쏟아지는 불빛에 관목 숲은 환상적으로 빛났고, 길가의 전선은 가늘고 긴 섬광처럼 반짝였다. 모퉁이를 돌아서고 나서야, 나는 그 불빛이 지붕부터, 지하실까지 불을 밝힌 개츠비 저택에서 나왔다는 사실을 알았다. 처음에는 또 파티가 열린 모양이라고 생각했다. 떠들썩한 파티를 벌이다가 결국 '숨바꼭질'이나 '상자 속 정어리'³² 놀이까지 하는 바람에 온 집 안의 문을 활짝 열어놓은 거라고. 하지만 아무 소리도 들리지 않았다. 오직 나무를 스치는 바람 소리뿐이었다. 바람 때문에 전선이 흔들리자 마치 집이 어둠을 향해 윙크라도 하듯 불빛이 깜빡였다. 내가 타고 온 택시가 부르릉거리며 사라지자, 개츠비가 잔디밭을 가로질러 다가오는 모습

³² 숨바꼭질의 일종으로, 한 사람이 숨고 다른 모든 사람들이 찾는 게임.

106

이 눈에 들어왔다.

"집이 세계박람회장 같군요." 내가 말했다.

"그렇게 보이나요?" 개츠비는 무심코 자신의 집 쪽으로 시선을 돌렸다. "방을 좀 둘러보고 있었는데. 괜찮다면 코니 아일랜드에 가요, 친구. 내 차로."

"너무 늦었어요."

"그러면 수영장에나 뛰어들까요? 여름 내내 한 번도 쓰지 않았는데."

"난 잠 좀 자야겠어요."

"그래요, 그럼."

개츠비는 뭔가 묻고 싶은 말을 억누른 채 나를 빤히 바라보며 내가 먼저 입을 열길 기다렸다. 잠시 후에 내가 말했다.

"미스 베이커와 이야기를 나눴어요. 내일 데이지에게 전화해서 우리 집에 차를 마시러 오라고 할 거예요."

"아, 잘됐군요. 괜히 당신에게 부담을 주고 싶진 않은데." 개츠비는 무심한 듯이 말했다.

"언제가 좋을까요?"

"당신은 언제가 좋은가요?" 개츠비는 내 의사가 중요하다는 듯이 내 물음을 재빨리 바로잡았다. "정말로 당신한테 부담을 주고 싶지 않아요."

"모레는 어때요?"

개츠비는 잠시 생각에 잠기는가 싶더니, 곧 내키지 않는 듯한 말투로 입을 열었다.

"그날은 잔디를 깎았으면 싶은데."

위대한 개츠비

우리는 둘 다 잔디밭을 쳐다보았다. 들쑥날쑥 제멋대로 자란 우리 집 잔디밭과 잘 손질한 데다 짙은 빛깔에 널찍한 그의 잔디밭 사이의 경계선이 아주 또렷하게 보였다. 아무래도 우리 집 잔디밭을 깎아야겠다고 말하는 듯싶었다.

"한 가지 더 사소한 문제가 있는데." 개츠비는 모호하게 말하면서 머뭇거렸다.

"그러면 며칠 더 연기하는 게 어떨까요?" 내가 물었다.

"아, 그게 아니고. 적어도…." 개츠비는 말만 꺼내놓고는 더듬거렸다.

"저, 내 생각에…. 아니, 그러니까, 친구, 당신 수입이 그리 많은 편은 아니죠?"

"그래요, 별로 많진 않죠."

내 대답에 마음이 놓이는지, 개츠비는 좀 더 대담하게 말을 이었다.

"그럴 줄 알았어요. 기분 나빴다면 미안해요…. 알겠지만, 나는 부업으로 조그만 사업을 하고 있어요. 그래서 말인데, 당신 수입이 많지 않다면…. 증권 매매 일을 하고 있다고 했죠. 그렇죠, 친구?"

"그래요."

"그렇다면 이 일에 구미가 당길 거예요. 시간을 별로 뺏기지 않고도 꽤 많은 돈을 벌 수 있거든요. 비밀로 해야 하는 일이 좀 있긴 하지만."

이제야 깨달은 사실이지만, 상황이 달랐다면 이 대화는 내 인생에서 커다란 고비가 되었을 것이다. 하지만 그때 그의 제안은 내가 배려해주는 일에 대한 보답인 게 너무 빤해 보였고, 그래서 나는 그

자리에서 거절할 수밖에 없었다.

"요즘 눈코 뜰 새 없이 바빠서요. 정말 고맙지만 다른 일을 할 여유가 없어요."

"울프심과는 거래하지 않아도 돼요." 개츠비는 점심 식사 자리에서 나왔던 '연줄'이라는 말 때문에 내가 꺼린다고 생각한 모양이었다. 나는 그 때문이 아니라고 분명하게 말했다. 개츠비는 내가 다른 말을 해주길 바라면서 잠시 기다렸지만, 내가 딴 데 정신이 팔려서 아무 대답을 하지 않자 마지못해 집으로 돌아갔다.

그날 저녁, 약간 현기증이 났지만 행복했다. 나는 현관에 들어서는 순간, 깊은 잠 속으로 걸어 들어가는 것 같았다. 그래서 개츠비가 코니아일랜드에 갔는지 안 갔는지, 혹은 그의 집이 환한 불빛으로 반짝이는 동안 얼마나 오래 '방들을 둘러봤는지' 전혀 모른다. 이튿날 아침, 나는 사무실에서 데이지에게 전화를 걸어 차를 마시러 오라고 초대했다.

"톰은 데려오지 말고." 나는 데이지에게 주의를 주었다.

"뭐?"

"톰은 데려오지 말라고."

"'톰'이 누군데?" 데이지가 천연덕스럽게 대꾸했다.

약속한 날에는 비가 거세게 쏟아졌다. 11시에 비옷을 입은 남자가 잔디 깎는 기계를 끌고 와서 우리 집 현관을 두드리더니, 개츠비가 우리 집 잔디를 깎으라고 보냈다고 말했다. 그제야 핀란드인 가정부에게 다시 와달라고 전하는 걸 깜빡 잊어버린 것이 생각났다. 그래서 나는 웨스트에그로 차를 몰고 가서 하얗게 회칠한 질척거리는 골목에서 그 여자를 찾아냈다. 그러곤 컵과 레몬 몇 개와 꽃을 좀 샀다.

꽃은 굳이 살 필요가 없었다. 2시가 되자 개츠비의 저택에서 수많은 화분과 함께 온실이 통째로 도착했기 때문이다. 그리고 한 시간이 지나자, 현관문이 거세게 열리더니 은색 셔츠에 흰 플란넬 양복을 걸치고 금색 넥타이를 맨 개츠비가 황급히 들어왔다. 얼굴은 창백했고, 밤새 잠을 설쳤는지 눈 밑이 거뭇했다.

"다 잘됐나요?" 들어서자마자 개츠비가 물었다.

"잔디를 말하는 거라면 말끔하게 잘됐어요."

"잔디?" 개츠비가 멍하니 물었다. "아, 뜰의 잔디 말이군." 개츠비는 창밖으로 잔디밭을 내다보았지만, 표정으로 보아 그의 눈엔 아무것도 들어오지 않는 것 같았다. 그리고 건성으로 말했다.

"아주 보기 좋군. 신문을 보니 4시경에 비가 그친다는군요. 아마 《더 저널》에서 봤겠지만. 아, 차 마실 때 필요한 물건은 다 준비된 거예요?"

개츠비를 식료품 저장실로 데려갔더니, 그곳에 있던 핀란드인 가정부를 좀 못마땅한 듯이 쳐다보았다. 우리는 식품점에서 사 온 레몬 케이크 열두 개를 꼼꼼히 살펴보았다.

"이 정도면 괜찮을까요?"

"물론이죠. 괜찮고말고요! 아주 좋아요!" 그러고는 건성으로 덧붙였다. "…친구."

3시 반쯤 되자 비가 잦아들더니 축축한 안개로 변했고, 이따금씩 얇은 이슬비가 안개 속으로 흩날렸다. 개츠비는 공허한 눈빛으로 클레이의 『경제학』[33]을 들여다보다가 핀란드인 가정부가 부엌 바

---

33 1918년에 출간된 헨리 클레이의 『경제학 : 일반 독자를 위한 입문서』.

닥을 이리저리 오가며 내는 발소리에 깜짝 놀라기도 하고, 보이지는 않지만 놀라운 사건이 밖에서 일어나고 있기라도 한 듯이 흐릿한 창문을 응시하기도 했다. 마침내 개츠비는 자리에서 일어서더니, 힘없는 목소리로 집에 가야겠다고 말했다.

"왜 그래요?"

"아무도 차를 마시러 오지 않잖아요. 너무 늦었어요! 하루 종일 기다릴 순 없잖아요." 개츠비는 급히 가야 할 다른 약속이 있기라도 한 듯 손목시계를 들여다보았다.

"바보 같은 소리예요. 아직 4시 2분 전인데."

내가 억지로 떠밀기라도 한 것처럼 개츠비는 참담한 얼굴로 털썩 주저앉았다. 바로 그때, 우리 집의 좁은 길로 자동차가 들어서는 소리가 들렸다. 우리는 동시에 벌떡 일어났고, 나는 조금 난처해하며 뜰로 나갔다.

물방울이 뚝뚝 떨어지는, 헐벗은 라일락 나무 밑으로 커다란 오픈카 한 대가 차도를 따라 올라오더니 멈춰 섰다. 연보라색 삼각 모자 밑으로 고개를 기울인 데이지의 얼굴이 보였다. 데이지는 밝고 황홀한 미소를 지으며 나를 쳐다보았다.

"닉, 정말로 여기서 사는 거야?"

빗속에서 유쾌한 파장을 일으키는 데이지의 목소리는 강렬한 맛의 토닉 같았다. 무슨 말인지 그 뜻을 헤아리기 전에, 나는 잠시동안 귀 기울여 톤이 오르락내리락하는 목소리를 따라가야 했다.

비에 젖은 한 가닥 머리카락이 휙 그은 푸른 물감처럼 데이지의 뺨에 달라붙어 있었고, 차에서 내리는 그녀를 도와주려 잡은 손은 반짝이는 빗방울로 촉촉했다.

"나, 사랑하는 거야? 그게 아니면 왜 혼자 오라고 했어?" 데이지는 내 귀에 나지막한 목소리로 속삭였다.

"그건 래크렌트 성³⁴의 비밀이야. 기사에게 먼 데로 가서 한 시간만 있다가 오라고 해."

"퍼디, 한 시간 후에 와요." 그러곤 데이지는 침착하게 속삭였다. "저 사람은 퍼디라고 해."

"휘발유 때문에 저 사람 코에 문제가 생기진 않아?"

"그렇지 않을걸. 왜?" 데이지는 천진스레 말했다.

우리는 안으로 들어갔다. 놀랍게도 거실에는 아무도 없었다.

"거참, 이상하군!" 내가 소리쳤다.

"뭐가 이상해?"

가볍지만 위엄 있게 현관문을 두드리는 소리가 들리자, 데이지가 그쪽으로 고개를 돌렸다. 나는 현관으로 나가서 문을 열었다. 개츠비가 시체처럼 창백한 얼굴로 양손을 아령처럼 상의 주머니에 찔러 넣은 채 침울하게 내 눈을 바라보며 물웅덩이에 서 있었다.

개츠비는 내 옆을 지나칠 때도 주머니에서 손을 빼지 않았다. 그러곤 곧 복도로 걸어 들어가더니, 마치 줄타기라도 하듯 갑작스레 휙 돌아서 거실 안으로 사라졌다. 그 모습은 조금도 우습지 않았다. 나는 쿵쿵 치는 심장의 고동을 느끼며, 점점 거세지는 빗줄기를 막기 위해 손잡이를 당겨 현관문을 닫았다.

30초 정도는 아무 소리도 들리지 않았다. 이윽고 거실에서 목

---

34 영국계 아일랜드 작가인 마리아 에지워스의 소설 『래크렌트 성』에 등장하는 성.

이 멘 듯한 속삭임과 짧은 웃음소리가 들리는가 싶더니, 짐짓 꾸민 듯한 데이지의 맑은 목소리가 들려왔다.

"이렇게 다시 만나게 되다니 정말 기뻐."

그러곤 침묵. 무서운 침묵이 오랫동안 이어졌다. 복도에서 할 일 없이 그냥 있기가 불편해서 나는 방 안으로 들어갔다.

개츠비는 여전히 두 손을 주머니에 찔러 넣은 채, 아주 편안한 척, 심지어는 좀 지루한 척하며 벽난로 장식에 몸을 기대고 있었다. 머리는 너무 뒤로 젖히는 바람에 고장난 벽난로 시계의 문자반에 닿을 정도였다. 이런 자세에서도 개츠비는 당혹스러운 눈빛으로 데이지를 내려다보고 있었고, 데이지는 약간은 겁먹은 듯 보였지만 우아한 자세로 딱딱한 의자 끝에 앉아 있었다.

"우린 전에 만난 적이 있어."

개츠비가 중얼거렸다. 그가 한순간 나를 힐끔 쳐다보며 애써 미소를 지으려 했지만, 두 입술만 살짝 뗐을 뿐 허사였다. 순간 다행히도 시계가 그의 머리에 눌려 위험하게 기울어지는 바람에, 개츠비는 돌아서서 떨리는 손가락으로 시계를 잡아 제자리에 올려놓았다. 그리고는 뻣뻣한 자세로 소파에 앉아 팔꿈치를 팔걸이에 걸치고는 손으로 턱을 괴었다.

"시계 건드려서 미안해요."

오히려 내 얼굴이 화끈 달아올랐다. 머릿속에는 할 말이 수없이 많이 떠올랐지만, 평범한 말 한마디조차 꺼낼 수 없었다.

"낡은 시계인걸요." 나는 두 사람에게 바보처럼 말했다.

한순간, 우리는 모두 시계가 바닥에 떨어져 산산조각이라도 난 것처럼 생각하는 듯했다.

"만난 지 몇 년이 지났지." 데이지가 최대한 담담하게 말했다.

"오는 11월이면 5년 만이지."

개츠비의 기계적인 대답에, 우리는 한동안 또다시 어색한 분위기에 휩싸였다. 고민하다가 부엌에 가서 차를 준비하는 걸 도와달라며 두 사람을 겨우 일으켜 세운 순간, 마귀 같은 핀란드인 가정부가 쟁반을 들고 들어왔다.

찻잔과 케이크를 얼떨결에 반기며 받아 드는 중에 자연스럽게 예의를 차리게 되었다. 개츠비는 좀 어두운 쪽으로 자리를 옮기더니, 데이지와 내가 이야기를 나누는 동안 긴장되고 침울한 눈빛으로 우리 두 사람을 번갈아 찬찬히 바라보았다. 하지만 아무 말 없이 가만히 있자고 이런 자리를 마련한 것이 아니었기에, 나는 기회가 생기자마자 핑계를 대고 일어났다.

"어디 가려고요?" 개츠비가 즉시 놀라서 물었다.

"금방 돌아올게요."

"가기 전에 할 말이 있는데."

개츠비는 나를 쫓아 황급히 부엌으로 들어오더니 문을 닫고는 비참한 목소리로 속삭였다. "아, 이럴 수가!"

"왜 그래요?"

"끔찍한 실수예요. 정말 끔찍한, 끔찍한 실수라고." 개츠비가 머리를 좌우로 흔들며 말했다.

"당황해서 그래요, 그뿐이라고요." 다행히도 나는 이렇게 덧붙였다. "데이지도 당황한 건 마찬가지고."

"데이지가 당황했다고?" 개츠비가 믿을 수 없다는 듯이 내 말을 받아 되물었다.

"당신만큼이나."

"너무 크게 말하지 말아요."

"당신은 어린애처럼 굴고 있잖아요. 게다가 너무 무례해요. 데이지는 저기 혼자 앉아 있다고." 나는 참다못해 퉁명스럽게 말했다.

개츠비는 손을 들어내 말을 막으며 결코 잊을 수 없는 원망 가득한 눈초리로 나를 노려보더니, 조심스럽게 문을 열고 다시 거실로 돌아갔다.

나는 뒷길로 걸어 나갔다. 30분 전, 개츠비가 초조한 마음으로 집을 한 바퀴 돌 때 그랬듯이. 그러고는 무성한 잎이 지붕처럼 비를 막아주는, 울퉁불퉁 옹이가 진 검은 거목 쪽으로 뛰어갔다. 또다시 비가 쏟아졌고, 그 때문에 원래는 제멋대로 자라 있었으나 개츠비의 정원사가 잘 손질해준 우리 집 잔디밭이 작은 진흙 웅덩이와 선사시대의 늪으로 뒤덮이고 말았다. 나무 밑에서 보이는 것이라곤 개츠비의 거대한 저택뿐이었으므로, 나는 교회 첨탑을 바라보았던 칸트처럼 30여 분간 그 저택을 바라보았다. 10년 전, 한 양조업자가 '당시'의 유행에 따라 지은 집이었다. 그는 근방에 있는 작은 집의 주인들에게 초가지붕을 올린다면 5년간 세금을 대신 내주겠노라고 제안했다고 한다. 하지만 이웃들이 거절하는 바람에 일가를 이루겠다는 계획은 포기할 수밖에 없었던 모양이다. 이후 곧 그는 쇠락하고 말았다. 그의 자식들은 문에서 검은 화환을 떼기도 전에 그 집을 팔았다. 미국인들은 농노가 되면 됐지, 소작농이 되는 것은 한사코 거부해왔다.

30분쯤 지나자 다시 햇빛이 비쳤고, 식료품점 차가 개츠비네 하인들이 차릴 저녁거리를 싣고 저택의 차도를 돌아 들어갔다. 오늘

115   위대한 개츠비

저녁, 개츠비는 음식을 한 숟가락도 들지 못할 것이 분명했다. 가정부가 저택의 위쪽 창문들을 열면서 창문마다 잠깐잠깐 모습을 드러내더니, 중앙에 있는 커다란 내닫이 창에 이르자 몸을 밖으로 내밀고는 명상에 잠긴 자세로 정원을 향해 침을 뱉었다. 이제 돌아갈 시간이었다. 계속 내리는 빗소리는 가끔 감정이 격해지면서 높아지고 커지는 개츠비와 데이지의 속삭임처럼 들렸다. 하지만 다시 조용해지자, 집 안은 정적이 깔린 듯했다.

나는 부엌에서 스토브만 넘어뜨리지 않았을 뿐, 낼 수 있는 한 온갖 시끄러운 소리를 다 낸 뒤 거실로 들어갔다. 하지만 개츠비와 데이지는 그 소리를 듣지 못한 모양이었다. 두 사람은 한쪽이 질문을 했거나 아니면 막 하려던 참이었던지, 소파 양 끝에 앉아 서로를 마주 보고 있었는데, 아까처럼 당황했던 기색은 전혀 보이지 않았다. 데이지의 얼굴은 눈물로 얼룩져 있었다. 내가 들어서자 데이지는 벌떡 일어나 거울 앞으로 가서 손수건으로 눈물을 닦기 시작했다. 하지만 개츠비에겐 정말 놀라운 변화가 있었다. 그는 말 그대로 빛을 발하고 있었다. 환희를 표현하는 말 한마디, 몸짓 하나 없었지만, 그에게서 새로운 행복의 빛이 뿜어 나와 작은 방을 가득 채웠다.

"아, 돌아왔군요, 친구."

개츠비는 마치 몇 년 만에 만난 듯이 내게 말했다. 한순간, 그가 악수를 하려는 게 아닌가 생각될 정도였다.

"비가 그쳤어요."

"그래요?" 개츠비는 내 말을 듣고서야 영롱한 햇살이 거실을 비추고 있다는 것을 깨닫고는, 다시 드러난 햇빛에 황홀해하는 기상 캐스터처럼 미소를 지었다. 그러고는 이 소식을 데이지에게 그대로 전했다. "어떻게 생각해? 비가 그쳤어."

"제이, 기뻐." 고통과 슬픔에 찬 아름다운 데이지의 목소리는 예기치 않은 기쁨만을 전할 뿐이었다.

"당신과 데이지가 우리 집에 오면 좋겠어요. 데이지에게 집 좀 구경시켜주고 싶거든."

"나도 가도 괜찮겠어요?"

"물론이죠, 친구."

데이지는 얼굴을 씻으러 2층으로 올라갔다. 화장실에 지저분한 수건이 있는 것이 갑자기 생각나서 부끄러웠지만, 이미 늦었다. 데이지가 씻는 동안 개츠비와 나는 잔디밭에서 기다렸다.

"우리 집 근사하죠, 안 그래요? 정면이 온통 햇빛을 받고 있는 걸 봐요." 개츠비가 물었다.

나는 그의 집이 아주 멋지다는 데 동의했다.

개츠비의 눈은 아치형 문과 사각 탑을 구석구석 하나하나 살폈다. "그렇지. 저 집 살 돈을 버는 데 꼭 3년이 걸렸어요."

"난 재산을 상속받은 줄로 알았는데요."

"그랬죠, 친구. 하지만 대공황, 그러니까 전쟁, 그 공황 때 거의 다 날려버렸어요." 개츠비가 기계적으로 대답했다.

개츠비는 스스로 무슨 말을 하고 있는지 잘 모르는 것 같았다. 내가 무슨 사업을 했느냐고 묻자 "그건 내 일이죠."라고 대답했으니 말이다. 뒤늦게야 그는 대답이 부적절했음을 깨달았다.

"아, 여러 가지 사업을 했죠. 제약 사업[35]도 하고, 석유 사업도

---

35 금주법이 시행된 1920~1933년에는 약국에서 처방전에 따라 위스키

하고. 하지만 지금은 다 접었어요." 개츠비는 자신의 말을 정정했다.

그리고 좀 더 유심히 나를 쳐다보았다.

"지난밤 내가 제안했던 거, 한번 생각해봤어요?"

내가 미처 대답하기도 전에 데이지가 집에서 나왔다. 드레스에 두 줄로 달린 놋쇠 단추가 햇빛에 반짝였다.

"바로 저 엄청난 저택?" 데이지가 저택을 가리키며 소리쳤다.

"마음에 들어?"

"응, 마음에 들어. 그런데 저런 집에서 어떻게 혼자 살 수 있는지 모르겠네."

"밤낮없이 늘 재미있는 사람들로 번잡해. 재미있는 일을 하는 사람들. 유명 인사들."

해변을 따라 지름길로 가는 대신, 우리는 도로를 내려가 커다란 뒷문으로 들어갔다. 데이지는 넋이 나간 듯 중얼거리며, 하늘을 배경으로 드러난 봉건시대풍의 저택 윤곽에 감탄했고, 정원에서 풍기는 노랑수선화의 진한 향기, 산사나무와 자두 꽃의 은은한 향기, 제비꽃의 연한 금빛 향기에 황홀해했다. 신기하게도 대리석 계단까지 가는 사이 문을 드나들 때 보일 법한 화려한 드레스의 살랑거림은 전혀 눈에 띄지 않았고, 나무에서 지저귀는 새소리 말고는 아무 소리도 들리지 않았다.

안으로 들어가 마리 앙투아네트풍의 음악실과 왕정복고 시대 분위기의 살롱을 돌면서, 나는 우리가 지나갈 때까지 숨죽이고 조

판매가 허용되었고, 일부 약국은 밀주 판매의 본거지 역할을 하기도 했다. 개츠비가 약국의 밀주 판매에 손을 댔음을 암시한다.

용히 있으라고 지시받은 손님들이 모든 소파와 테이블 뒤에 숨어 있는 게 아닌가 하는 생각이 들었다. 개츠비가 '머튼 칼리지³⁶ 서재'의 문을 닫았을 때, 나는 올빼미 눈의 남자가 유령처럼 웃는 소리를 분명히 들은 것만 같았다.

우리는 2층으로 올라가서 장밋빛과 연보랏빛 실크 그리고 싱싱한 꽃들로 꾸민 고풍스러운 침실을 지나 의상실과 당구장, 움푹 파인 욕조가 있는 욕실을 살펴보았다. 그러다 어느 방에 불쑥 들어가보니, 파자마 차림에 머리가 부스스한 남자가 마룻바닥에서 간 기능을 강화하는 운동을 하고 있었다. 그는 '하숙생'으로 불리는 클립스프링어 씨였다. 그러고 보니 그날 아침 그가 굶주린 사람처럼 해변을 서성이던 모습이 생각났다. 마침내 우리는 개츠비의 방으로 들어갔다. 침실과 욕실 그리고 애덤 양식³⁷의 서재가 갖춰져 있었다. 우리는 그 방에 앉아서 개츠비가 벽장에서 꺼내 온 샤르트뢰즈³⁸를 한 잔씩 마셨다.

개츠비는 데이지에게서 한시도 눈을 떼지 않았다. 데이지의 사랑스러운 눈이 보이는 반응에 따라 집의 모든 것을 일일이 재평가하는 것 같았다. 가끔 개츠비는, 놀랍게도 그녀가 눈앞에 나타났으니 이제 무엇인들 현실성이 있겠느냐는 듯이 자신의 소유물을 멍하니 둘러보았다. 그러다가 계단에서 굴러떨어질 뻔하기도 했다.

광택 없는 순금으로 된 한 세트의 화장 도구가 놓인 화장대만 제외하면 침실이 가장 소박했다. 데이지가 즐거운 표정으로 빗을 집

---

36 옥스퍼드 대학교의 단과 대학.
37 18세기의 건축가이자 가구 디자이너인 로버트 애덤이 고안한 양식.
38 브랜디와 약초를 섞어 만든 술.

어 머리를 빗자, 개츠비가 의자에 앉아 눈을 가리고 웃기 시작했다.

"친구, 어떻게 이런 묘한 일이. 어떻게 해야 할지 모르겠어요….
어떻게 해야…." 개츠비는 들뜬 목소리로 말했다.

개츠비는 분명 두 번째 단계를 지나 세 번째 단계로 접어들고
있었다. 처음에는 당황한 데 이어서 어쩔 줄 모르고 기뻐하더니, 이
제는 데이지가 눈앞에 있다는 경이로움에 사로잡혀 있었다. 너무 오
랫동안 그녀를 볼 생각에만 집착하며, 끝까지 이 순간만을 꿈꿔왔
다. 이를 악물고, 말하자면 상상할 수조차 없는 극한의 긴장 상태에
서 이 순간을 기다려왔던 것이다. 이제는 이에 대한 반작용으로 지
나치게 팽팽히 감긴 태엽이 풀리듯 긴장이 풀리고 있었다. 잠시 정신
을 차린 후, 개츠비는 특허품인 커다란 옷장 두 개를 열었다. 양복과
실내복, 넥타이가 가득했고, 셔츠가 10여 벌씩 벽돌처럼 차곡차곡
쌓여 있었다.

"영국에서 옷을 사서 보내주는 사람이 있어. 봄가을이 시작될
무렵 적당한 옷을 골라서 보내주지."

개츠비는 셔츠 더미를 끄집어내더니, 하나씩 우리 앞에 던졌
다. 얇은 리넨 셔츠, 두꺼운 실크 셔츠, 고급스러운 플란넬 셔츠가
말끔하게 펼쳐져 떨어지며 테이블을 형형색색으로 뒤덮었다. 우리
가 감탄하는 사이에 개츠비는 셔츠를 더 많이 가져와서 부드럽고 값
비싼 셔츠 더미를 점점 더 높이 쌓았다. 산호색과 풋사과색, 연보라
색과 연한 오렌지색의 줄무늬 셔츠, 소용돌이무늬 셔츠, 격자무늬
셔츠에는 남색으로 그의 이니셜이 새겨져 있었다. 갑자기 데이지가
무언가 억눌린 소리를 내며 셔츠에 머리를 파묻더니, 와락 울음을
터뜨렸다.

"너무나 아름다운 셔츠들이야." 데이지가 흐느꼈다. 그녀의 목소리는 겹겹이 쌓인 셔츠 더미에 파묻혀 잘 들리지 않았다. "그래서 슬퍼. 전에는 이렇게… 이렇게 아름다운 셔츠를 본 적이 없거든."

우리는 집 안을 둘러본 후 정원과 수영장, 수상비행기와 한여름의 꽃들을 구경하기로 했다. 하지만 저택 창밖으로 다시 비가 내리는 것이 보였기에, 우리는 창가에 나란히 서서 해협의 파도치는 물결을 바라보았다.

"안개만 끼지 않았다면 만 건너편에 있는 당신 집도 보였을 텐데. 그쪽 부두 끝에는 늘 밤새도록 초록빛 불이 켜져 있더군." 개츠비가 말했다.

데이지가 별안간 개츠비의 팔짱을 꼈지만, 그는 방금 자신이 한 말에 정신이 빼앗긴 것 같았다. 어쩌면 그 불빛의 심원한 의미가 이제는 영원히 사라졌다는 생각이 들었는지도 모른다. 그와 데이지를 갈라놓았던 그 머나먼 거리에 비하면, 불빛은 그녀와 아주 가까이, 손에 닿을 만큼 가까이 있는 것 같았다. 마치 달에 가까이 있는 별처럼. 하지만 이제 그 불빛은 원래 그대로 부두의 초록빛 등에 지나지 않았다. 개츠비를 매혹했던 것들 중 하나가 사라진 것이다. 나는 방 안을 돌아다니며 이미 내려앉은 어둠살에 흐릿하게 보이는 사물들을 살펴보았다. 책상 위쪽의 벽에 걸린, 커다란 사진 속 요트복을 입은 노인이 시선을 끌었다.

"이 사람은 누군가요?"

"그 사람? 댄 코디 씨예요, 친구."

어렴풋이 들어본 이름 같았다.

"지금은 세상을 떠났어요. 몇 년 전만 해도 가장 친한 친구였죠."

서랍장 위에는 역시 요트복을 입은 개츠비의 작은 사진도 있었다. 개츠비는 반항적으로 고개를 뒤로 젖히고 있었는데, 얼추 열여덟 살 때쯤 찍은 것 같았다.

"이거 정말 멋져! 이 올백 머리! 올백 머리를 했었다고 말한 적 없잖아…. 요트 이야기도 그렇고." 데이지가 소리쳤다.

"이것 좀 봐. 여기 이 많은 기사를 스크랩해놓은 거야…. 당신에 관한." 개츠비가 재빨리 말했다.

두 사람은 나란히 서서 그것을 살펴보았다. 내가 루비를 보여달라고 말하려는 순간, 전화벨이 울렸다. 개츠비가 수화기를 집어 들었다.

"그래…. 글쎄, 지금은 말하기 곤란한데…. 지금은 말할 수 없다니까, 친구…. 작은 도시라고 말했어…. 작은 도시가 어딘지는 그 사람이 알 거야…. 음, 디트로이트를 그 작은 도시라고 생각한다면, 그런 사람은 우리에겐 쓸모가 없어…."

개츠비가 전화를 끊었다.

"빨리 이리 와!" 데이지가 창가에서 소리쳤다.

비는 계속 내렸지만, 서쪽 하늘에선 어둠이 걷히고 바다 위로 핑크빛과 금빛이 감도는 파도처럼 뭉게구름이 피어올라 있었다.

"저기 좀 봐." 데이지가 속삭였다. 그러곤 잠시 뜸을 들인 후에 다시 속삭였다. "저 핑크빛 구름 하나를 떼어서, 그 위에 당신을 태우고 밀고 다니고 싶어."

나는 그들 곁을 떠나려 했지만, 그들이 놓아주지 않았다. 아마 내가 곁에 있는 것이 단둘이 있다는 느낌을 더욱 흡족하게 해주는 모양이었다.

"아, 이러면 되겠군. 클립스프링어에게 피아노를 치라고 하자." 개츠비가 말했다.

개츠비는 "유잉!" 하고 이름을 부르며 방에서 나가더니, 잠시 뒤 당혹스러워하는 청년을 데리고 들어왔다. 숱이 적은 금발에 뿔테 안경을 쓴 청년은 조금 피곤해 보였다. 그는 목 부위가 트인 스포츠 셔츠와 흐릿한 색상의 즈크천 바지를 단정하게 입고 스니커즈를 신고 있었다.

"우리가 운동을 방해한 건 아니죠?" 데이지가 정중히 물었다.

"자고 있었어요. 그게, 그러니까 잠을 자고 있었어요. 그러다가 일어나서…." 클립스프링어가 당황하여 긴장한 목소리로 말했다. 개츠비가 청년의 말을 잘랐다.

"클립 스프링어가 피아노 좀 치거든. 유잉, 안 그래, 친구?"

"잘은 못 쳐요. 못 치…. 아니, 친다고도 할 수 없어요. 연습을 통 못해서…."

"1층으로 내려갑시다." 개츠비가 청년의 말을 끊었다. 그리고 전기 스위치를 올리자 집 안이 불빛으로 환해지면서 어두컴컴한 창들이 사라졌다.

음악실에 들어가, 개츠비는 피아노 옆에 놓인 하나밖에 없는 램프를 켰다. 개츠비는 떨리는 손으로 데이지에게 담뱃불을 붙여주고는, 바닥에 반사되는 홀의 희미한 불빛 말고는 빛이라곤 전혀 없는, 방 저편에 놓인 소파에 데이지와 함께 앉았다.

클립 스프링어는 「사랑의 둥지」라는 곡을 연주하고 나서 의자에 앉은 채로 몸을 돌려 침울한 표정으로, 어둠 속에 있는 개츠비를 찾았다.

"들어봐서 아시겠지만, 연습을 거의 못했어요. 못 친다고 했잖아요. 통 연습을 못해서…."

"잔소리는 그만하고, 연주나 해, 친구!" 개츠비가 명령조로 말했다.

아침에도
저녁에도
우리는 즐겁지 않은가…

밖에선 바람이 거세졌고, 해협을 따라 울리는 천둥소리가 어렴풋이 들렸다. 이제 웨스트에그는 불빛을 전부 환하게 밝히고 있었다. 승객을 태운 전철은 뉴욕을 떠나 빗줄기를 뚫고 집을 향해 달렸다. 인간에게 심대한 변화가 일고, 대기가 흥분을 발산하는 그런 시간이었다.

한 가지는 분명하지
다른 건 몰라도
부자는 더욱 부자가 되고
가난한 사람에게 생기는 건 아이들뿐
그러는 동안
그러는 사이…

작별 인사를 하러 갔을 때, 나는 개츠비의 얼굴에 또다시 드리운 당혹스러운 기색을 보았다. 지금 누리고 있는 행복감에 어렴풋이 의구심이 든다는 듯한 표정이었다. 거의 5년이라는 세월! 심지어 그날 오후에도 자신이 꿈꿔온 이미지에 데이지가 크게 미치지 못한 순간이 분명 있었을 것이다. 이는 그녀의 잘못이라기보다는 개츠비가 늘 품어온, 생기를 잃지 않는 거대한 환상 때문이었다. 그 환상은 데이지뿐만 아니라 모든 것을 초월했다. 개츠비는 창조적인 열정으로 환상에 뛰어들어 그것을 계속 부풀리고, 자신의 길 앞에 날리는 온갖 빛나는 깃털로 그것을 장식해왔다. 아무리 뜨거운 정열이나 활력 넘치는 생기라도 한 남자가 유령 같은 마음속에 깊숙이 묻어둔 것을 넘어설 수는 없다.

개츠비를 처다봤더니, 그는 약간, 눈에 띌 만큼 평정을 찾은 듯 보였다. 하지만 데이지의 손을 꽉 잡고는, 그녀가 낮은 목소리로 귀에 대고 뭐라고 속삭일 때마다 감정이 북받치는 듯 그녀 쪽으로 몸을 돌리곤 했다. 무엇보다도 데이지의 목소리가 파동이 이는 뜨거운 열정으로 개츠비를 사로잡았던 것 같다. 데이지의 목소리는 아무리 꿈꿔도 다시 꾸고 싶은, 불멸의 노래였던 것이다.

그들은 나라는 존재를 까맣게 잊고 있었다. 그러다가 데이지가 나를 흘끗 올려다보고는 손을 내밀었다. 개츠비는 아직도 나를 전혀 의식하지 못하는 듯했다. 나는 다시 한 번 그들을 처다보았고, 그들은 강렬한 생의 에너지에 사로잡힌 듯 아련한 눈길로 나를 돌아다보았다. 이윽고 나는 그들을 남겨둔 채 방에서 나와 대리석 계단을 내려가, 빗속으로 걸어 들어갔다.

위대한 개츠비

6장

　이 무렵 어느 날, 뉴욕에서 찾아온 야심만만한 젊은 기자가 아침부터 개츠비 저택의 현관 앞에서 개츠비를 붙들고는 뭔가 할 말이 없느냐고 물었다.

　"무슨 말을 하라는 겁니까?" 개츠비가 정중하게 물었다.

　"글쎄요…. 하고 싶은 말이라면 뭐든 좋아요."

　두 사람 사이에 5분간 혼란스러운 대화가 오고 간 끝에, 이 기자는 밝히고 싶지 않거나 아니면 자신도 잘 알지 못하는 어떤 사건과 관련하여 사무실 주위에서 개츠비의 이름을 들었다고 털어놓았다. 그래서 쉬는 날임에도 불구하고 기특하게도 적극적으로 기자 정신을 발휘해서 서둘러 '알아보러' 찾아온 것이었다.

　무작정 찔러보는 격이었지만 기자의 본능은 적중했다. 개츠비의 환대를 받은 적이 있는 수백 명의 사람들이 그의 과거에 대해 권위자인 양 행세하며 악의적인 소문을 퍼뜨렸고, 소문은 여름 내내 부풀려지다가 마침내 뉴스거리가 되기 직전에 이르렀다. 그즈음 개츠비를 둘러싸고 '캐나다로 연결된 지하 파이프라인'[39] 같은 괴소문이 나도는가 하면, 실은 그가 집에서는 전혀 살지 않고 집처럼 보이는 배에서 살면서 비밀리에 롱아일랜드 해안을 오간다는 소문도 끊임없이 떠돌았다. 노스다코타주의 제임스 개츠가 이런 근거 없는 소문을 대체 왜 좋아했는지 설명하기란 쉽지 않다.

제임스 개츠. 이것이 그의 진짜 이름, 적어도 법률상의 이름이었다. 그는 열일곱 살에, 비로소 인생 경력을 시작하던 특별한 순간에 이름을 바꾸었다. 댄 코디의 요트가 슈피리어 호수에서 가장 까다로운 여울에 닻을 내리는 광경을 본 순간이었다. 그날 오후, 찢어진 초록색 모직 셔츠에 캔버스 천 바지를 입고 호숫가에서 빈둥거리던 순간까지는 제임스 개츠였지만, 노 젓는 배를 빌려 타고 투올로미호로 다가가 코디에게 30분 내에 요트가 거센 바람에 휩쓸려 박살날 것이라고 알려주던 순간에는 이미 제이 개츠비였다.

개츠비는 이미 오래전부터 그 이름을 준비해두고 있었는지도 모른다. 그의 부모는 무능하고 변변찮은 농부였다. 그가 꿈꾸는 상상의 세계는 그들을 부모로 받아들이지 않았다. 사실 롱아일랜드 웨스트에그의 제이 개츠비는 자신에 대한 플라톤적인 개념, 이상적인 자아상에서 태어났다. 그는 하느님의 아들이었다. 만일 이 말에 어떤 의미가 있다면, 그 의미는 바로 그가 '자기 아버지의 사업' 즉 거창하고 세속적이며 저속한 아름다움에 봉사하는 일을 해야만 한다는 것이었다. 그래서 그는 열일곱 살 소년이 만들어낼 법한 제이

<hr />

39 금주법 시기에 캐나다에서 지하 파이프라인을 통해 술을 밀수한다는 소문이 있었다.

개츠비라는 인물을 고안해냈고, 끝까지 그 자아상에 충실했다.

개츠비는 1년 넘게 슈피리어호 남쪽 기슭에서 조개를 캐고 연어를 잡는 일을 비롯해서, 끼니와 잠자리를 해결해줄 만한 일이면 무엇이든 마다하지 않으며 근근이 살아갔다. 때로는 아주 거칠고 때로는 아주 한가로운 일을 반복하면서, 자연스럽게 구릿빛에 단단한 몸을 갖추었다. 그는 일찌감치 여자에 눈떴지만, 여자들이 자신을 망쳐놓는다는 이유로 그들을 경멸했다. 젊은 여자들은 무지하다는 이유로 경멸했고, 그 밖의 여자들은 그가 극심한 자아도취 상태에서 당연하게 여기는 일들에 대해 히스테리를 부린다는 이유로 경멸했다.

하지만 개츠비의 마음은 언제나 격랑의 소요에 사로잡혀 있었다. 밤에 잠자리에 눕기만 하면, 너무나 기괴하고 터무니없는 공상에 시달렸다. 시계가 세면대 위에서 똑딱거리고 달빛이 바닥에 널브러진 옷가지들을 촉촉이 적시는 동안, 형언할 수 없을 정도로 저속한 화려함을 지닌 삼라만상이 그의 머릿속에서 실을 잣듯이 끊임없이 떠올랐다. 매일 밤 몰려드는 졸음이 망각의 포옹으로 생생한 장면을 가릴 때까지, 그는 자신의 환상에 무늬를 더해갔다. 얼마 동안 이런 몽상들은 상상력의 배출구를 마련해주었다. 몽상은 현실이 비현실적일 수 있다는 사실을 충분히 암시해주었고, 이 세상의 기반이 요정의 날개 위에 안전하게 놓일 수 있다는 사실을 약속해주었다.

코디를 만나기 몇 달 전, 개츠비는 앞으로 누릴 영광에 대한 본능적인 예감에 이끌려서 남부 미네소타주에 있는 작은 루터교 대학인 세인트올라프 칼리지에 입학했다. 하지만 2주 만에 그만두고 말았는데, 운명의 북소리, 아니 운명 그 자체에 대한 대학의 지나친 무관심에 실망했고, 학비 마련을 위해 시작한 수위 일이 몹시 싫었기 때문이었다. 곧 그는 슈피리어호로 다시 돌아갔고, 댄 코디의 요트가 호숫가의 여울에 닻을 내린 바로 그날까지도 할 일을 계속 찾아다녔다.

당시 쉰 살이었던 코디는 네바다주의 은광과 유콘강, 그리고 1875년 이래로 계속된 모든 광산 러시가 낳은 인물이었다. 몬태나주의 구리 거래 덕분에 엄청난 백만장자가 되면서 코디는 육체적으로는 튼튼했지만 정신적으로는 나약해졌고, 이를 눈치챈 수많은 여자들이 그에게서 돈을 뜯어내려고 별짓을 다했다. 여기자 엘러 케이가 맹트농 여후작⁴⁰처럼 코디의 약점을 이용해서 그를 요트에 태워 바다로 보낸 일이 있었다. 그다지 달갑지 않은 파문을 일으켰던 이 사건은 1902년의 저급한 언론계에서는 다 아는 이야기였다. 그렇게 해서 코디는 가는 곳마다 과분한 환대를 받으며, 해안을 따라 5년간 항해하다가 마침내 리틀걸만에 제임스 개츠의 운명을 바꿀 인물로서 나타났다.

노에 기댄 채 난간이 있는 갑판을 올려다보던 젊은 개츠의 눈에 그 요트는 이 세상의 모든 아름다움과 매력을 대변하고 있었다. 그때 개츠비는 코디에게 미소 지었을 것이다. 어쩌면 미소 지으면 사람들이 자신을 좋아하게 된다는 것을 이미 깨닫고 있었는지도 모른다. 어쨌든 코디는 몇 가지 질문을 던져보고는(그중 한 가지 질문에 답변하다가 새로 지은 이름을 입 밖에 냈다.) 개츠비가 약삭빠르고 대단

---

40 Marquise de Maintenon, 1635~1719. 루이 14세의 정부.

위대한 개츠비

히 야심 찬 젊은이라는 사실을 알아챘다. 며칠 후, 코디는 그를 덜루스로 데려가서 푸른색 외투와 흰색 즈크천 바지 여섯 벌과 요트 모자 하나를 사주었다. 그리고 투올로미 호가 서인도 제도와 바르바리 해안으로 떠날 때 개츠비도 함께 떠났다.

개츠비가 할 일은 딱히 말하기 애매한 코디의 개인적인 일을 처리하는 것이었다. 코디와 함께 지내는 동안 개츠비는 집사, 항해사, 선장, 비서, 심지어 간수 노릇까지 두루 했다. 정신이 멀쩡할 때 댄 코디는 술에 취하면 자신이 얼마나 분별없는 짓을 벌일지 잘 알고 있었기에, 점점 더 개츠비를 신뢰하고 일을 맡겨 그런 우발적인 사고에 대처하려 했다. 이런 관계로 두 사람이 함께하는 5년 동안, 배는 미주 대륙을 세 번이나 돌았다. 어느 날 밤 보스턴에서 엘러 케이가 승선하고 일주일 뒤 댄 코디가 불의의 사고로 죽지만 않았다면 그러한 관계는 영원히 지속됐을지도 모른다.

나는 개츠비의 침실에 걸려 있던 코디의 사진을 지금도 기억한다. 희끗희끗한 머리칼, 강직하면서도 허탈해 보이는 표정에 혈색이 좋은 남자였다. 그는 미국 역사의 한 시기에 서부 개척지 변방에 있던 매음굴과 술집의 사납고 폭력적인 분위기를 동부 해안으로 가져온 난봉꾼 개척자였다. 개츠비가 술을 거의 마시지 않는 것도 간접적으로는 코디에게서 받은 영향 때문이었다. 흥겨운 파티 중에 여자들이 그의 머리에 샴페인을 붓기도 했지만, 개츠비는 습관적으로 술에 손을 대지 않았다.

코디는 개츠비에게 2만 5,000달러의 유산을 남겼다. 하지만 개츠비는 그 돈을 한 푼도 받지 못했다. 그는 자신에게 불리하게 돌아간 법의 적용 방식을 끝내 이해하지 못했고, 결국 수백만 달러의 유산은 고스란히 엘러 케이의 손으로 넘어가고 말았다. 개츠비에게 남은 것이라고는 코디에게서 받은 적절한 교육뿐이었다. 비로소 제이 개츠비라는 모호한 윤곽에 한 인간의 실체가 채워졌다.

개츠비는 한참 뒤에야 이 모든 이야기를 들려주었지만, 지금 여기에 이 이야기를 적는 이유는 진실이라곤 찾아볼 수 없는, 그의 조상에 관한 터무니없는 초기의 소문들을 말끔히 해소하고 싶어서다. 게다가 개츠비가 이 이야기를 들려줬을 때는 내가 그의 말을 모두 믿어야 할지, 아니면 전부 믿지 말아야 할지 혼란스러워하던 시기였다. 그래서 나는 이 짧은 휴식기를 이용해서, 말하자면 개츠비가 한숨을 돌리는 틈에 이 모든 오해를 불식시키려는 것이다.

개츠비의 연애사에 개입하고 난 뒤로, 나 역시 그에 관해 휴식기를 맞았다. 몇 주 동안 그를 만나지도, 그와 전화 통화를 하지도 못했다. 나는 대부분 뉴욕에서 지내면서 조던과 돌아다니거나, 조던의 노쇠한 숙모의 비위를 맞추느라 정신이 없었다. 하지만 어느 일요일 오후, 나는 마침내 개츠비의 집으로 건너갔다. 그의 집에 들어선 지 채 2분도 되지 않아서, 누군가가 술이나 한잔하자며 톰 뷰캐넌을 데려왔다. 물론 나는 깜짝 놀랐지만, 진짜 놀라운 일은 이제껏 그런 일이 전혀 없었다는 사실이었다.

말을 타고 온 일행은 모두 세 명이었다. 톰과 슬론이라는 남자, 그리고 갈색 승마복을 입은 예쁜 여자였다. 그녀는 전에도 온 적이 있었다.

"만나서 반갑습니다. 이렇게 들러주셔서 정말 기쁩니다." 개츠비가 현관에 서서 말했다.

마치 그들이 깊은 관심을 보이기라도 한 듯이!

"자, 앉아서 궐련이나 시가 좀 피우시죠. 곧 마실 것을 좀 가져오도록 하지요." 개츠비는 재빨리 방 안을 돌아다니며 벨을 울렸다.

톰이 그곳에 있다는 사실 때문에 개츠비의 마음은 크게 동요했다. 그들이 그저 술 한잔하러 온 것뿐이라는 사실을 막연하게 깨닫고는, 그들에게 무언가 대접하기 전까지는 계속 불편함을 느끼는 듯했다. 슬론 씨는 아무것도 마시고 싶어 하지 않았다. 레모네이드라도 드실래요? 아뇨, 괜찮습니다. 그러면 샴페인을 좀 드시죠? 아뇨, 괜찮습니다…. 죄송합니다….

"승마는 즐거우셨나요?"

"이 근처의 길은 승마하기에 아주 좋더군요."

"내 생각엔 자동차들 때문에…."

"네."

개츠비는 더 이상 충동을 참지 못하고, 초면이라며 인사한 톰 쪽으로 고개를 돌렸다.

"뷰캐넌 씨, 전에 어디에선가 만났던 것 같습니다."

"아, 네. 그랬죠. 확실히 기억이 납니다." 톰은 무뚝뚝하면서도 정중하게 말했지만, 제대로 기억 못하는 게 분명했다.

"2주 전쯤이었죠."

"맞아요. 여기, 닉과 함께 계셨죠."

"부인 되는 분도 알고 있습니다." 개츠비가 거의 공격적인 태도로 말을 이었다.

"그래요?" 톰이 내게 고개를 돌렸다. "닉, 이 근처에서 사는 거야?"

"바로 옆집에 살아."

"그래?"

슬론 씨는 대화에 끼지 않고, 거만한 자세로 의자에 등을 기댄 채 앉아 있었다. 여자 역시 아무 말도 하지 않고 있다가 하이볼을 두 잔 마시더니, 뜻밖에도 사분사분해졌다.

"개츠비 씨, 우리 모두 다음 파티에 올게요. 괜찮죠?"

"물론이죠. 와주시면 정말 영광이죠."

"거참, 좋겠군요." 슬론 씨가 고마울 것도 없다는 투로 말했다.

"이제 집에 갈 때가 된 것 같군요."

"그렇게 서두르지 마세요." 개츠비가 만류했다. 이제 자제심을 되찾은 그는 톰에 대해 좀 더 알고 싶어 했다.

"괜찮으시다면… 저녁이나 함께하시죠? 어쩌면 뉴욕에서 다른 손님들이 더 올지도 모릅니다."

"그러면 나와 함께 식사하러 가요. 두 분 다요." 여자가 들뜬 목소리로 말했다.

나를 포함해서 한 말이었다. 슬론 씨가 자리에서 일어섰다.

"자, 갑시다." 슬론 씨가 말했다. 그녀에게만 한 말이었다.

"진심으로 하는 얘기예요. 정말 두 분과 함께하고 싶어요. 자리도 많아요." 그녀가 고집을 부렸다.

개츠비는 내 의향이 궁금하다는 듯이 나를 쳐다보았다. 그는 가고 싶어 했지만, 슬론이 우리를 초대하기를 꺼린다는 사실은 모르는 듯했다.

"난 못 갈 것 같아요." 내가 말했다.

"그러면 당신만이라도 가요." 그녀가 개츠비에게 관심을 보이며 재촉했다.

슬론 씨가 그녀의 귀에 대고 뭐라고 속삭였다.

"지금 출발하면 늦지 않을 거예요." 그녀가 큰 소리로 고집스럽게 재촉했다.

"난 말이 없어요. 군대에서 탄 적은 있지만, 말을 산 적은 없어요. 차로 따라갈게요. 잠깐 실례하겠습니다." 개츠비가 말했다.

남은 우리는 현관으로 걸어 나갔다. 그곳에서 슬론과 여자가 좀 떨어져서 격하게 언성을 높였다.

"맙소사, 저 사람, 정말 따라올 모양인데. 여자가 오지 않았으면 하는 걸 모르나?" 톰이 말했다.

"여자가 함께 가자고 재촉했잖아."

"저 여자, 큰 파티를 열 텐데, 그 자리에 저자가 아는 사람은 하나도 없을 거야." 톰이 눈살을 찌푸렸다.

"그런데 대체 어디에서 데이지를 만난 거지? 젠장, 내 사고방식이 너무 고루한지는 모르겠지만, 요즘 여자들은 너무 싸돌아다녀서 마음에 안 들어. 별의별 놈들을 다 만나고 다닌다니까."

갑자기 슬론 씨와 여자가 계단을 내려가더니 말에 올라탔다.

"이만 갑시다. 늦었어. 빨리 가야 돼." 슬론 씨가 톰에게 말하고는 내게 부탁했다. "그 사람에게 마냥 기다릴 수 없었다고 전해줄래요?"

나는 톰과는 악수했고, 나머지 사람들과는 냉랭하게 목례만 나눴다. 그들은 말을 몰아 재빨리 차도를 내려갔다. 개츠비가 모자와 가벼운 외투를 손에 들고 현관으로 나왔을 때 그들은 이미 8월의 무성한 나뭇잎 아래로 사라진 뒤였다.

톰은 데이지가 혼자서 돌아다닌다는 사실에 적잖이 당황한 것이 틀림없다. 다음 토요일 밤에 열린 개츠비의 파티에 그녀를 데려온 것을 보면 말이다. 톰의 존재 때문인지, 그날 저녁에는 숨 막히는 묘한 분위기가 감돌았다. 그해 여름 개츠비가 열었던 어떤 파티보다도 머릿속에 또렷이 남은 자리였다. 똑같은 사람들이나 적어도 같은 부류의 사람들, 엄청난 양의 똑같은 샴페인, 언제나 그렇듯이 다채롭고 다양한 소동. 예전과 다를 것이 없었지만, 전에는 몰랐던 삭막한 분위기가 감돌았고 불쾌한 기운이 느껴졌다. 어쩌면 내가 이미 그 세계에 익숙해져 있어서, 웨스트에그를 그 자체로 완벽한 세계로 여기고 이곳보다 나은 곳이 있으리라고는 전혀 생각하지 않았기에 어떤 세계와도 비교가 되지 않는, 그 나름의 기준과 위대한 인물을 갖춘 세계로 받아들였기 때문인지도 몰랐다. 이제 나는 데이지의 눈을 통해 그 세계를 다시금 바라보고 있었다. 적응이 되어 익숙해진 것을 새로운 눈으로 바라보는 것은 언제나 슬픈 일이다.

그들은 황혼 무렵에 도착했고, 우리가 눈부시도록 화려한 사람들 수백 명 사이를 서성일 때, 꾸민 듯 목 안에서 웅얼거리는 데이지의 목소리가 들렸다.

"이런 걸 보면 너무 흥분돼. 닉, 오늘 밤 언제든 나하고 키스하고 싶으면 말만 해. 기꺼이 키스해줄 테니. 내 이름만 불러줘. 아니면 녹색 카드를 내밀든지. 지금 줄게, 녹색…." 데이지가 속삭였다.

"좀 둘러봐요." 개츠비가 권했다.

"지금 둘러보고 있어요. 정말 멋진 시간을 보내고…."

"말로만 듣던 사람들의 얼굴을 직접 볼 수 있을 겁니다."

톰이 거만한 눈빛으로 사람들을 천천히 훑어보며 말했다.

"우리는 그리 돌아다니는 편이 아니라서요. 실은 아는 사람이 하나도 없다고 생각하던 참이었어요."

"아마 저 부인은 아실 테죠." 개츠비가 하얀 자두나무 아래에 당당히 앉아 있는 여자를 가리켰다. 인간이라기보다는 한 떨기 난초같이 아름다운 여자였다. 톰과 데이지는 지금까지 유령 같은 존재였던 영화배우를 알아보고는, 믿기지 않는다는 듯 묘한 기분에 사로잡혀 그녀를 물끄러미 바라보았다.

"정말 아름답군요." 데이지가 말했다.

"그녀에게 허리 굽힌 사람이 그녀가 출연한 영화의 감독입니다."

개츠비는 격식을 갖춰서, 이 모임에서 저 모임으로 그들을 이끌며 사람들을 소개해주었다.

"이쪽은 뷰캐넌 부인이고… 이쪽은 뷰캐넌 씨입니다…."

개츠비는 잠시 머뭇거리다가 덧붙였다. "폴로 선수죠."

"아, 아닙니다. 난 아니에요." 톰이 얼른 부정했다.

하지만 개츠비는 그 말이 마음에 든 것이 분명했다. 톰은 그날 밤 내내 '폴로 선수'로 통했으니 말이다.

"유명 인사를 이토록 많이 만나본 건 처음이에요. 저 사람, 마음에 들어요. 이름이 뭐였죠? 코가 창백한 남자." 데이지가 소리쳤다.

개츠비는 그를 보고는 대단치 않은 영화 제작자라고 덧붙였다.

"음, 어쨌든 저 사람을 좋아했어요."

"폴로 선수는 그만두는 것이 낫겠어요. 사람들의 시선을 피해서, 그저 유명 인사들이나 전부 바라보고 있는 편이 나을 것 같군요." 톰이 유쾌하게 말했다.

데이지와 개츠비는 춤을 추었다. 우아하고 조심스럽게 폭스트

롯 춤⁴¹을 추는 그의 모습에 깜짝 놀랐던 기억이 난다. 그때까지 그가 춤을 추는 모습은 한 번도 본 적이 없었던 것이다. 춤을 춘 뒤, 그들은 우리 집으로 걸어가서 30여 분 동안 계단 위에 앉아 있었다. 그사이 나는 데이지의 부탁에 따라 정원에서 망을 봐주었다.

"불이 나거나 홍수가 날지도 모르잖아. 혹은 알 수 없는 천재지변이 날 수도 있으니." 데이지가 설명했다.

우리가 저녁 식사를 하려고 함께 앉아 있는데, 까맣게 잊고 있던 톰이 모습을 드러냈다.

"저쪽 사람들과 함께 식사를 해도 될까? 한 친구가 재밌는 이야기를 하고 있거든."

데이지가 상냥하게 대답했다. "그래, 가봐. 누구, 주소를 적을 일이 있거든 여기 작은 금색 연필을 써…."

잠시 후에 데이지는 주위를 둘러보더니, 내게 저 여자는 '품위는 없지만 예쁘다.'라고 했다. 데이지가 개츠비와 단둘이 있었던 30여 분 말고는 별로 즐거운 시간을 보내지 못했음을 알 수 있었다.

우리는 심하게 술에 취한 사람들과 같은 테이블에 앉아 있었다. 내 실수였다. 개츠비가 전화를 받으러 나간 사이, 불과 2주 전에 만났던 사람들과 자리를 함께했던 것이다. 그때는 즐거웠던 일들이 지금 분위기에는 몹시 불쾌했다.

"미스 베데커, 괜찮아요?"

질문을 받은 아가씨는 내 어깨에 몸을 기대려고 했지만 허사였다. 내가 묻자, 그녀는 똑바로 앉으며 두 눈을 떴다.

41 1910년대 초 미국에서 시작된 사교춤.

"뭐, 뭐라고요?"

데이지에게 내일 동네 클럽에서 골프를 치자고 조르던, 덩치 큰 둔한 여자가 나서서 미스 베데커를 대신해 말했다.

"아, 이젠 괜찮아요. 칵테일 대여섯 잔만 마시면 늘 저렇게 소리를 질러대기 시작해요. 내가 그만 마시라고 했건만."

"난 술 안 마셨어." 그녀가 힘없이 말했다.

"네가 고함치는 소리가 다 들려, 내가 여기 계신 시벳 박사님께 말씀드렸어. '의사 선생님, 선생님의 도움이 필요한 사람이 있어요.'라고 말이야."

"틀림없이 이 애도 아주 고마워할 거예요." 또 다른 친구가 고마워하지도 않으면서 그렇게 말했다.

"하지만 당신이 애 머리를 풀장에 처박는 바람에 옷이 다 젖었잖아요."

"난 풀장에 머리 처박히는 게 정말 싫어. 뉴저지에선 거의 익사할 뻔했다니까." 미스 베데커가 툴툴거렸다.

"그러니까 제발 술 좀 끊어요." 시벳 박사가 받아쳤다.

"당신이나 그래! 당신, 손을 떨고 있잖아. 당신에겐 절대로 수술받지 않을 거야!" 미스 베데커기 기친 목소리로 소리쳤다.

이런 분위기였다. 내 마지막 기억은 데이지와 나란히 서서 영화감독과 그의 스타를 지켜본 일이었다. 그들은 아직도 흰 자두나무 아래에 있었는데, 둘 사이를 가르는 창백한 한 가닥 엷은 달빛만 없다면, 얼굴을 맞대고 있는 것이나 다름없었다. 그가 저녁 내내 아주 조금씩 그녀 쪽으로 얼굴을 숙여 그만큼 가까이 다가갔으리라는 생각이 문득 들었다. 심지어 내가 지켜보는 사이, 그는 마지막 남은

1도를 숙여 그녀의 뺨에 키스했다.

"난 저 여자가 좋아. 사랑스러워 보이잖아." 데이지가 말했다.

그러나 나머지 사람들은 데이지의 마음에 들지 않았다. 그건 제스처가 아니라 감정 때문이었으니 뭐라고 따질 문제는 아니었다. 데이지는 브로드웨이가 롱아일랜드의 한 어촌에 만든 전대미문의 '장소'인 웨스트에그를 두려워했다. 진부한 완곡어법을 짜증스러워하는 원초적인 활기, 지름길을 따라 그곳 주민들을 무(無)에서 무로 몰아붙이는 너무나 강압적인 운명에 기겁했다. 결코 이해할 수 없는 단순함 속에서 무언가 무서운 것을 보았던 것이다. 나는 그들이 차를 기다리는 동안 현관 계단에 함께 앉아 있었다.

현관은 어두웠다. 문에서 흘러나오는 밝은 불빛만이 1제곱미터 정도까지 부드럽고 어두운 새벽을 향해 비추고 있었다. 위층 드레스룸의 블라인드에 가끔 어른거리는 그림자 하나가 다른 그림자에 자리를 내주는가 싶더니, 그렇게 자리를 바꾸는 그림자들의 행렬이 계속 이어졌다. 그림자들은 보이지 않는 거울을 보며 파우더를 바르고 립스틱을 칠했다.

"한데, 이 개츠비란 자는 대체 뭐하는 인간이야? 거물 밀주업자라도 되는 거야?" 톰이 갑자기 물었다.

"그런 소린 어디서 들었어?" 내가 되물었다.

"들은 게 아니라 그냥 그런 생각이 들어서. 알다시피 요즘 벼락부자가 된 인간들은 십중팔구 거물 밀주업자잖아."

"개츠비는 아냐." 내가 짧게 대답했다.

톰은 잠시 입을 다문 채 조용히 있었다. 차도의 자갈이 그의 발밑에서 바각거렸다.

"아무튼, 이런 별종들을 한데 모으느라 고생깨나 했겠어."

살랑거리는 미풍에 데이지의 안개 같은 잿빛 모피 깃이 가볍게 흔들렸다.

"최소한 우리가 아는 이들보다는 재미있잖아." 데이지가 힘주어 말했다.

"당신은 별로 재미있어하지도 않던데."

"재미있었어."

톰은 웃으며 나를 돌아보았다.

"그 여자애가 데이지에게 찬물로 샤워 좀 시켜달라고 부탁할 때, 데이지 얼굴 봤지?"

데이지는 음악에 맞춰 리드미컬하고 허스키한 목소리로 가사의 단어 하나하나에 의미를 담아 속삭이듯 노래를 부르기 시작했다. 지금까지 그런 적이 없었고, 앞으로도 다시는 그러지 않을 것 같았다. 멜로디가 높아짐에 따라 목소리도 따라 올라가며 콘트랄토 음역의 목소리처럼 감미롭게 갈라졌다. 이렇게 노래의 변화부마다 데이지의 따뜻하고 인간적인 마력이 공기 중으로 발산됐다.

"초대받지 않은 사람들도 많이 왔어. 그 여자도 초대받지 않고 온 거야. 사람들이 막무가내로 그냥 들어오는데도 그 사람은 너무 예의 발라서 거절을 못하는 거지." 데이지가 갑자기 말을 꺼냈다.

"난 그자가 도대체 어떤 사람인지, 무슨 일을 하는 인간인지 알아야겠어. 꼭 알아낼 거야." 톰이 고집스럽게 말했다.

"지금 당장이라도 알려줄 수 있어. 그 사람은 약국을 소유하고 있어. 아주 많이. 자수성가한 거지."

그때 리무진이 차도로 천천히 올라왔다.

"닉, 그럼 잘 있어." 데이지가 말했다.

데이지의 시선은 나를 떠나 불이 켜진 계단 꼭대기를 훑었다. 열린 문으로 그해 유행하던 슬프면서도 경쾌한 왈츠 「새벽 3시」가 흘러나오고 있었다. 격식을 차리지 않는 개츠비의 파티에는 그녀의 세계에서는 찾아볼 수 없는 낭만적인 가능성이 깃들어 있었다. 노래에 담긴 무엇이 그녀를 다시 집 안으로 불러들이는 것일까? 몇 시인지 모를 이 어스름한 시간에 어떤 일이 일어날까? 어쩌면 전혀 예상치 못한 손님이, 모두를 깜짝 놀라게 할 귀빈이 올지도 모른다. 한순간의 마술과도 같은 만남으로, 개츠비에게 슬쩍 한 번 던지는 눈길만으로, 지난 5년간 한순간도 흔들리지 않았던 그의 열렬한 헌신을 말끔히 없애줄, 눈부시게 빛나는 젊은 여성이 올지도 모른다.

그날 밤, 나는 늦게까지 남아 있었다. 개츠비가 시간이 날 때까지 기다려달라고 부탁했기 때문이다. 나는 어쩔 수 없이, 수영을 즐기던 사람들이 시원하고 즐거운 기분으로 어두운 해변에서 올라오고 머리 위에 있는 손님방의 불이 꺼질 때까지 정원에 남아서 서성였다. 마침내 개츠비가 계단을 내려왔다. 햇볕에 그을린 얼굴 피부는 평소와 달리 긴장한 듯 팽팽했고, 두 눈은 빛났지만 피곤해 보였다.

"데이지는 좋아하지 않더군요." 개츠비가 오자마자 말했다.

"분명 좋아했어요."

"좋아하지 않았어요. 즐거워하지 않았어요." 개츠비는 고집을 꺾지 않았다.

그러곤 잠시 잠자코 있어서, 나는 그가 몹시 침울한 기분에 젖어 있음을 느꼈다.

"데이지가 너무 멀게만 느껴졌어요. 그녀를 이해시키기가 너무 힘들군요."

"춤 말이에요?"

"춤? 친구, 춤 같은 건 중요하지 않아요." 개츠비는 손가락을 탁 튕기는 것으로 자신이 추었던 춤을 전부 떨쳐버렸다.

개츠비가 데이지에게 바라는 것은 톰에게 가서 "난 결코 당신을 사랑한 적이 없어."라고 말하는 것이었다. 그 선언으로 데이지가 지난 3년의 세월을 말끔히 지워버리고 나서야, 그들은 현실적인 대책을 강구할 수 있을 터였다. 그 대책 중 하나는 그녀가 자유로워진 후에 두 사람이 함께 루이빌로 돌아가 그녀의 집에서 결혼식을 올리는 것이었다. 5년 전처럼 말이다.

"그녀는 이해하지 못해요. 예전엔 잘 이해했는데. 우린 몇 시간이고 앉아서…"

개츠비는 별안간 말을 끊더니, 과일 껍질과 버려진 선물과 밟혀 뭉개진 꽃으로 어지럽혀진 길을 오르락내리락했다.

"나라면 데이지에게 너무 많은 걸 요구하지 않겠어요. 과거를 되돌릴 수는 없잖아요." 내가 과감히 말했다. 개츠비는 믿을 수 없다는 듯이 소리쳤다.

"과거를 되돌릴 수 없다고? 아니, 얼마든지 되돌릴 수 있어요!"

개츠비는 과거가 손에 닿지 않는, 자신의 집 그림자 속에 숨어 있기라도 하듯, 미친 듯이 주변을 두리번거렸다.

"난 모든 걸 예전 그대로 되돌려놓을 겁니다. 데이지도 알게 될 거예요." 개츠비는 단호한 표정으로 고개를 끄덕이며 말했다.

개츠비는 과거에 대해 많은 이야기를 했다. 그가 무언가를, 데이지를 사랑하게 한 자신의 환상을 되찾으려 한다는 것을 짐작할 수 있었다. 데이지를 사랑한 이후로 그의 삶은 혼란스럽고 무질서해 졌지만, 다시 한 번 출발점으로 되돌아가 모든 것을 차근차근 되풀이할 수 있다면 그는 되찾고자 하는 것이 무엇인지 알아낼 수 있으리라….

　…5년 전 어느 가을날 밤, 그들은 나뭇잎이 떨어지는 거리를 걷다가 나무 한 그루 없이 달빛으로 인도가 하얗게 빛나는 한 지점에 이르렀다. 그들은 멈춰 서서 서로 마주 보았다. 1년에 두 번 계절이 바뀔 때 찾아오는, 신비스러운 흥분을 품은 서늘한 밤이었다. 주변 집들의 평온한 불빛이 어둠 속으로 흘러들면서 콧노래를 부르는 듯했고, 별들 사이에선 부산스럽게 소란이 이는 것만 같았다. 개츠비가 곁눈질로 보도블록을 보니, 그것이 진짜 사다리가 되어 나무 위 비밀 장소로 올라가는 듯했다. 혼자라면 비밀 장소까지 올라갈 수도 있을 테고, 일단 그곳에 오르고 나면 삶의 젖꼭지를 입에 물고 그 무엇과도 비교할 수 없는 경이로운 젖을 마실 수도 있을 것이다.

　데이지의 하얀 얼굴이 자신의 얼굴에 가까이 다가오는 순간, 그의 심장은 점점 더 빨리 뛰었다. 개츠비는 이 여자와 키스하고 말로 표현할 수 없는 자신의 환상을 곧 사라질 그녀의 숨결과 영원히 결합시키면, 자신의 마음이 하느님의 마음처럼 다시는 마구 뛰지 않으리라는 것을 알고 있었다. 그래서 그는 별에 부딪힌 소리굽쇠가 내는 소리에 귀를 기울이며 좀 더 기다렸다. 그러곤 그녀에게 키스했다. 그의 입술이 닿자 그녀는 그를 위해 한 송이 꽃처럼 피어났고, 이로써 그의 환상과 그녀는 완벽히 결합되었다.

　개츠비가 들려준 모든 이야기, 심지어 놀랍도록 감상적인 이

이야기를 들으면서 나는 머릿속에 무엇인가 떠올렸다. 포착하기 어려운 리듬, 오래전 어디에선가 들었지만 어느새 잃어버린 말의 조각들 말이다. 한순간 어떤 구절이 입가에 맴돌며 모양새를 갖추려 애쓰는 듯, 내 입술이 벙어리처럼 벌어졌다. 놀란 숨을 토해낼 때보다 더 기를 쓰며 말을 내뱉으려는 듯이. 하지만 입에서는 한마디 말도 나오지 않았고, 내가 거의 떠올릴 뻔했던 구절은 영원히 전달할 수 없게 되었다.

7장

개츠비의 집에 불이 켜지지 않았던 어느 토요일 밤, 그에 대한 호기심은 최고조에 달했다. 트리말키오[42] 같은 그의 경력은 시작이 그랬던 것처럼 소리 소문 없이 막을 내렸다.

차츰 시간이 흐르면서, 나는 기대감을 갖고 그의 저택 차도에 들어선 자동차들이 잠시 머물다가 토라져서 가버리는 것을 알게 되었다. 혹시 개츠비가 병이라도 난 건 아닌가 싶어서 찾아갔더니, 험상궂게 생긴 낯선 집사가 문 앞에서 눈을 가늘게 뜨고 미심쩍은 눈초리로 나를 노려보았다.

"개츠비 씨가 어디 아픈가요?"

"아닙니다." 그는 잠시 망설이더니, 마지못해 "선생님."이라고 덧붙였다.

---

42 고대 로마의 작가 페트로니우스의 소설 『사티리콘』에 등장하는 노예 출신의 벼락부자로, 호화로운 연회를 자주 베풀었다.

"요즘 통 보지 못해서 좀 걱정이 돼서요. 캐러웨이가 찾아왔다고 전해주세요."

"누구라고요?" 그가 무례하게 물었다.

"캐러웨이요."

"캐러웨이. 알았습니다. 그렇게 전해드리죠."

그가 갑작스레 문을 쾅 하고 닫았다.

우리 집 핀란드인 가정부가 들려준 말로는, 개츠비는 일주일 전에 하인들을 모두 해고하고 대여섯 명만 새로 고용했는데, 그들은 웨스트에그에 가서 뇌물을 받고 상인과 한통속이 되는 법 없이 전화로 필요한 식품을 적당히 주문한다는 것이었다. 식료품 배달원 말로는 부엌이 마치 돼지우리 같았고, 마을에 떠도는 소문에 의하면 새 고용인들은 전혀 하인 같지 않다고 했다.

다음 날, 개츠비에게서 전화가 왔다.

"떠나려고 하는 건가요?" 내가 물었다.

"아니에요, 친구."

"하인을 전부 해고했다던데."

"입이 무거운 사람들이 필요했어요. 데이지가 자주 놀러 오거든요. 오후에."

그러니까 데이지의 불만스러운 눈총 한 번에 대저택이 카드로 만든 집처럼 깡그리 무너지고 말았던 것이다.

"울프심이 도와주고 싶어 하던 사람들이에요. 모두 형제자매 같은 사람들입니다. 작은 호텔을 경영해본 적도 있고요."

"그렇군요."

개츠비는 데이지의 부탁으로 전화한 것이었다. 내일 데이지의 집에서 함께 점심 식사를 하자며 말이다. 미스 베이커도 온다고 했다. 30여 분 뒤에 데이지가 직접 전화했는데, 내가 간다는 사실을 알자 마음을 놓는 것 같았다. 웬지 분위기가 심상치 않았다. 하지만 그들이 그 자리에서 한 장면을, 더구나 전에 개츠비가 정원에서 대충 들려줬던 처절한 장면을 연출하리라고는 미처 생각하지 못했다.

다음 날은 푹푹 찌는 듯 무더웠다. 아마 그해 여름 막바지에 들어 가장 무더운 날이었을 것이다. 내가 탄 기차가 터널을 나와 햇빛 속으로 들어서자, 내셔널 비스킷 회사의 뜨거운 호각 소리만이 폭발 직전에 이른 한낮의 정적을 깨뜨렸다. 객차의 밀짚 좌석은 금방이라도 불이 날 것처럼 뜨거웠다. 내 옆에 앉은 여자는 흰 블라우스 안으로 땀이 흘러내리는 것을 아랑곳하지 않고 한동안 우아한 자태를 유지하는가 싶더니, 손에 쥔 신문이 축축하게 젖자 죽겠다는 듯이 처량한 목소리로 비명을 질렀다. 그 바람에 그녀의 지갑이 바닥으로 털썩 떨어졌다.

"어머!" 그녀가 헐떡이며 말했다.

나는 지친 몸을 굽혀 지갑을 주워서는, 딴 의도는 전혀 없다는 것을 보여주기 위해 팔을 쭉 뻗어 지갑 끄트머리만 집어서 그녀에게 돌려주었다. 하지만 그 여자는 물론이고 주위에 있던 사람들 모두가 나를 수상쩍게 여겼다.

"아, 덥다! 지독한 날씨군요! 더워! 더워! 더워! 정말 너무 덥죠? 덥지 않나요? 정말…?" 차장이 낯익은 얼굴들을 향해 말했다.

내 정기 승차권이 그의 손에서 거무스름한 얼룩이 묻은 채 돌아왔다. 이렇게 더우니 차장이 붉게 달아오른 누군가의 입술에 키스를 하든 말든, 누군가가 그의 가슴에 머리를 기대 윗옷 주머니를 땀으로 축축하게 적시든 말든 누가 신경이나 쓸까!

…개츠비와 내가 문 앞에서 기다리고 있는 동안, 뷰캐넌의 저택 홀을 통해 약한 바람이 불어와 전화벨 소리를 전해주었다.

"주인어른의 시체라고요! 부인, 죄송합니다만, 지금은 해드릴수 없어요. 이런 한낮에는 너무 더워 손도 댈 수 없습니다!" 집사가수화기에 대고 소리를 질렀다.

그가 실제로 한 말은 "네…. 네…. 알아보겠습니다."였다. 집사가 수화기를 내려놓고는 땀으로 번들거리는 얼굴로 다가와 우리에게서 뻣뻣한 밀짚모자를 받아 들었다.

"부인께서는 응접실에서 기다리고 계십니다!" 그럴 필요까지는 없는데도 그쪽을 가리키면서 집사가 소리쳤다. 이런 무더운 날씨에는 불필요한 몸짓 하나하나가 일상의 활력을 비축하는 데 대한 모독이었다.

차일로 잘 가린 방은 어둡고 서늘했다. 데이지와 조던은 마치 은으로 만든 신상(神像)처럼 커다란 소파에 누운 채, 윙윙대며 돌아가는 선풍기 바람에 날리지 않도록 하얀 옷자락을 누르고 있었다.

"꼼짝도 못하겠어." 두 사람이 입을 모아 말했다.

햇볕에 그을린 피부에 분을 바른 조던의 손가락이 한순간 내 손에 놓였다.

"한데, 운동선수 톰 뷰캐넌 씨는?" 내가 물었다.

이렇게 묻는 순간, 홀에서 소리를 죽인 채 전화 통화를 하는 톰의 퉁명스럽고 허스키한 목소리가 들려왔다.

개츠비는 진홍색 카펫 한가운데 서서 매료된 듯한 시선으로 주위를 둘러보았다. 데이지는 개츠비를 쳐다보며 감미롭고 자극적인 미소를 지었다. 데이지의 가슴에서 미세한 분가루가 공중으로 휙 피어올랐다.

"소문대로라면, 톰이 지금 통화하고 있는 사람은 그의 애인일 거예요." 조던이 속삭였다.

우리는 침묵했다. 홀에서 들려오는 목소리가 짜증스러운 듯 높아졌다.

"그럼, 좋아. 당신한테 차를 팔지 않겠어…. 댁한테 팔아야 할 의무는 없잖아…. 점심시간에 그딴 일로 날 귀찮게 하다니, 도저히 못 참겠어!"

"전화를 끊고서 저러는 거야." 데이지가 냉소적으로 말했다.

"아니, 그렇지 않아. 저건 진짜 거래야. 우연히 알게 됐어." 내가 장담하듯 말했다.

톰이 문을 활짝 열더니 잠시 육중한 몸으로 문을 막고 서 있다가 서둘러 방으로 들어왔다.

"개츠비 씨!" 톰은 적대감을 감쪽같이 감추고는 넓적한 손을 내밀었다.

"반가워요…. 그래, 닉…."

"시원한 음료 좀 갖다줘." 데이지가 소리쳤다.

톰이 다시 방에서 나가자, 데이지가 일어나 개츠비에게 다가가더니 그의 얼굴을 끌어당기고 입에 키스했다.

"내가 당신을 사랑한다는 거 알지?" 데이지가 속삭였다.

"곁에 숙녀 한 분이 있다는 걸 잊었나 봐." 조던이 말했다.

데이지가 의아하다는 듯이 주위를 둘러보았다.

"너도 닉에게 키스하지그래."

"이런 저속한 여자를 봤나!"

"난 신경 안 써!" 데이지가 이렇게 소리치고는 벽돌 벽난로 앞에서 나막신 춤을 추기 시작했다. 그러다가 덥다는 생각이 들었던지, 죄지은 사람처럼 의자에 앉았다. 바로 그때 갓 세탁한 옷을 입은 보모가 조그만 여자아이를 데리고 방으로 들어왔다.

"소-중한 우리 보-물! 널 사랑하는 엄마한테 오렴." 데이지가 두 팔을 벌리며 나지막이 말했다.

보모의 손길에서 벗어난 아이가 방을 가로질러 달려가 엄마의 옷 속으로 수줍게 파고들었다.

"소-중한 우리 보-물! 엄마가 네 예쁜 노랑머리에 분가루를 묻혔구나? 자, 이제 일어나서 '안녕하세요.'하고 인사해야지."

개츠비와 나는 차례로 몸을 숙여 마지못해 내민 작은 손을 잡았다. 그러고 나서 개츠비는 놀란 눈으로 아이를 계속 지켜보았다. 전에는 데이지에게 아이가 있다고 실제로 믿지 못했던 것 같았다.

"점심시간 전에 옷을 갈아입었어." 아이가 간절한 마음으로 데이지를 향해 돌아서며 말했다.

"엄마가 널 자랑하고 싶어서 그랬단다. 넌 엄마의 꿈이야. 아주 깜찍한 꿈." 데이지는 한 줄기 주름이 잡힌 작고 하얀 아이의 목에 얼굴을 묻었다.

"응." 아이가 조용히 수긍했다. "조던 이모도 하얀 옷 입었네."

"엄마 친구들은 마음에 드니?" 데이지가 아이의 몸을 돌려 개츠비를 마주 보게 했다. "아저씨들, 멋지지?"

"아빠 어디 있어?"

"이 앤 아빠 안 닮았어. 날 닮았지. 머리카락하고 얼굴 모양새가 나를 꼭 빼닮았잖아." 데이지가 설명했다.

데이지가 다시 소파에 기대앉았다. 보모가 앞으로 한 걸음 나서며 손을 내밀었다.

"패미, 이리 온."

"안녕, 아가야!"

교육을 잘 받은 아이는 마음 내키지 않는 듯 흘끗 돌아봤지만, 결국 보모의 손을 잡고 문밖으로 나갔다. 바로 그때 톰이 얼음이 가득 든, 찰랑거리는 진리키[43] 넉 잔을 들고 돌아왔다.

개츠비가 잔을 받아 들었다.

"이거 정말 시원하겠어요." 개츠비는 눈에 띄게 긴장한 표정으로 말했다.

우리는 벌컥벌컥 쭉 들이켰다.

"어디에선가 읽었는데, 태양이 해마다 더 뜨거워진다는군요. 머지않아 지구가 태양에 빠져버릴 겁니다…. 아니, 가만있자… 그 반대던가…. 태양이 해마다 식어간다고 하던가…." 톰이 상냥하게 말했다.

"밖으로 나갑시다. 집 구경 좀 시켜드리지요." 톰이 개츠비에게 권했다.

나는 그들과 함께 베란다로 나갔다. 더운 열기 속에 정지해 있는 듯한 푸른 해협에 작은 돛단배 한 척이 더 시원한 바다를 향해 천천히 나아가고 있었다. 개츠비가 잠시 두 눈으로 그 배를 쫓더니, 손을 들어 만 건너편을 가리켰다.

43 진에 라임 주스와 소다수를 첨가해서 만든 칵테일.

"나는 저 건너편에 살아요."

"그렇군요."

우리는 눈을 들어 장미 화단과 뜨겁게 달궈진 잔디밭, 한여름의 더위에 해변을 따라 무성히 자란 잡초 더미를 바라보았다. 보트의 흰 날개가 시원해 보이는 푸른 수평선을 배경으로 천천히 움직이고 있었다. 앞쪽으로는 부채꼴 모양의 바다와 수없이 많은 천혜의 섬들이 펼쳐져 있었다.

"즐길 만한 스포츠죠. 한 시간 정도 저 친구와 함께 저기 나가서 보내고 싶군요." 톰이 턱으로 보트를 가리키며 말했다.

우리는 역시 더위를 막으려 어둡게 블라인드를 친 식당에서 점심을 먹고, 시원한 에일 맥주를 마시며 불안한 흥겨움을 진정시켰다.

"오늘 오후엔 뭘 할까? 그리고 내일은, 그리고 앞으로 30년 동안은?" 데이지가 소리쳤다.

"약한 소리 하지 마. 가을이 오고 날씨가 선선해지면, 새로운 인생이 또 시작될 거야." 조던이 말했다.

"하지만 지금은 너무 덥잖아. 모든 것이 엉망진창이야. 이럴 게 아니라, 우리 시내로 나가요!" 데이지가 금방이라도 울음을 터뜨릴 것 같은 얼굴로 고집을 부렸다.

더위를 두들겨 뚫으려고 안간힘을 다하는 데이지의 목소리가 무의미한 소리에 형태를 부여했다.

"마구간을 고쳐서 차고로 만든다는 이야기는 들어봤을 겁니다. 하지만 차고를 고쳐 마구간으로 만든 사람은 내가 처음일 거예요." 톰이 개츠비에게 말했다.

"누구든 시내에 갈 사람 없어요?"데이지가 집요하게 재촉했다. 개츠비의 시선이 그녀에게 향했다.

"아! 당신 정말 멋져."데이지가 소리쳤다.

두 사람의 눈이 마주쳤다. 그들은 그곳에 단둘이 있는 것처럼 서로를 응시했다. 데이지가 애써 시선을 탁자 쪽으로 떨구었다.

"당신은 늘 멋져."데이지가 같은 말을 되풀이했다.

데이지는 개츠비에게 사랑한다고 말한 셈이었다. 톰 뷰캐넌은 그 사실을 알아차리고는 깜짝 놀랐다. 톰은 입을 조금 벌린 채 개츠비를 쳐다보다가, 마치 오래전에 알았던 사람을 방금 알아본 것처럼 데이지를 돌아보았다.

"당신은 광고에 나오는 남자를 닮았어. 그 광고에 나오는 남자, 알 텐데⋯."데이지는 천연덕스럽게 말을 이었다.

"좋아. 나도 기꺼이 시내에 나가지. 자, 모두들 시내로 갑시다."톰이 재빨리 끼어들었다.

톰은 계속 개츠비와 아내를 번갈아 노려보며 자리에서 일어섰다. 하지만 아무도 움직이지 않았다.

"자, 어서! 대체 왜들 이래? 시내에 나갈 거면 당장 출발하자고."톰이 약간 성질을 부렸다.

톰은 화를 억누르느라 떨리는 손으로 잔을 들어서, 마지막 남은 에일 맥주로 입술을 축였다. 나가자는 데이지의 말을 듣고서야, 우리는 일어나서 불타는 듯한 자갈 차도로 나섰다.

"지금 당장 가자는 거야? 이렇게? 먼저 담배 한 대라도 피워야 하지 않겠어?"데이지가 항의 조로 말했다.

"다들 점심 먹으면서 피웠잖아."

"아, 재미있게 놀자고. 툴툴거리기에는 너무 덥잖아." 데이지가 그에게 졸라댔다.

톰은 아무 대답도 하지 않았다.

"당신 마음대로 해. 조던, 가자." 데이지가 말했다.

세 남자가 자갈길에 서서 발로 뜨거운 자갈을 뒤적이는 동안, 여자들은 2층으로 올라가 외출 준비를 했다. 서쪽 하늘에는 벌써 은빛 초승달이 떠 있었다. 개츠비가 무슨 말을 꺼내려다 마음을 바꾼 듯 그만두었지만, 톰은 마치 기다렸다는 듯이 뒤돌아서 그를 마주보았다.

"여기에 댁의 마구간이 있나요?" 개츠비가 마지못해 물었다.

"이 길로 400미터쯤 내려가면 있지요."

"아."

잠시 대화가 끊겼다.

"도무지 무슨 생각으로 시내에 나가려는지 알 수 있어야지. 여자들 머리통에 든 생각이란 게 이런…." 톰이 울컥 화를 내듯 말했다.

"뭐 마실 거라도 가져가야지?" 2층 창에서 데이지가 물었다.

"위스키를 가져갈게." 톰이 대답하고는 집 안으로 들어갔다.

개츠비가 굳은 표정으로 나를 돌아보았다.

"이 집에선 아무 말도 할 수 없군요, 친구."

"데이지는 분별력 없이 아무런 말이나 하는 편이죠. 그 애의 목소리에 깃든 거라곤 전부…." 나는 머뭇거렸다.

"데이지의 목소리엔 돈이 가득하죠." 갑자기 개츠비가 말했다.

바로 그것이었다. 전에는 미처 깨닫지 못한 사실이었다. 데이지의 목소리엔 돈이 가득했다. 목소리가 지닌 오르락내리락하는 끝없는 매력, 그 짤랑거리는 소리, 심벌즈의 노랫소리…. 하얀 궁전의 고귀한 공주, 그 황금의 아가씨….

톰이 집에서 1리터짜리 술병을 수건으로 감싸서 나왔고, 데이지와 조던이 꽉 끼는 작은 메탈릭 클로스[44]로 된 모자를 쓰고 가벼운 케이프를 팔에 걸친 채 그 뒤를 따랐다.

"모두 내 차로 가죠?" 개츠비가 권했다. 그러곤 뜨겁게 달궈진 녹색 가죽 시트를 만져보았다. "그늘에 세워둘걸."

"변속 기어인가요?" 톰이 물었다.

"네."

"그러면 시내까지 당신이 내 쿠페를 몰고, 내가 당신 차를 몰고 가는 걸로 합시다."

개츠비는 그 제안이 마뜩잖은 모양이었다.

"기름이 얼마 안 남았을 겁니다." 개츠비가 말을 돌려 거절했다.

"기름은 충분해요." 톰이 짓궂게 말했다. 그러곤 유량계를 들여다보았다. "설사 기름이 떨어져도, 약국에 들르면 될 거요. 요즘엔 약국에서 뭐든 살 수 있으니."

생뚱맞은 이 말에 잠시 침묵이 흘렀다. 데이지는 눈살을 찌푸리며 톰을 쳐다보았고, 개츠비의 얼굴에는 마치 누군가에게 말로만 들었던 것 같은, 그러나 딱히 뭐라고 표현할 수는 없는, 아주 낯설지만 어렴풋이 알아볼 수 있는 그런 표정이 스쳤다.

---

44 금속사(絲)를 짜 넣은 직물.

"자, 데이지. 이 서커스단 마차에 태워줄게." 톰이 데이지를 개츠비의 차 쪽으로 밀면서 말했다.

톰이 차 문을 열었으나, 데이지는 그의 팔에서 빠져나왔다.

"당신은 닉하고 조던을 데리고 가. 우리는 쿠페를 타고 뒤따를 테니."

데이지는 개츠비에게 바짝 붙어 걸으며 손으로 그의 상의를 어루만졌다. 조던과 톰과 나는 개츠비의 차 앞 좌석에 올라탔다. 톰은 익숙하지 않은 기어를 시험 삼아 이리저리 조작해보았다. 우리는 곧 숨 막힐 듯한 더위 속으로 쏜살같이 달려나갔다. 뒤에 남겨진 두 사람이 금세 시야에서 사라졌다.

"봤지?" 톰이 물었다.

"뭘?"

톰은 조던과 내가 줄곧 알고 있었다는 것을 깨달았는지, 매서운 눈초리로 나를 노려보았다. 그리고 넌지시 말했다.

"너희들 눈에 내가 바보로 보여, 어? 그래, 어쩌면 그럴지도 모르지. 하지만 내겐… 가끔 어떻게 해야 할지 알려주는 투시력 같은 것이 있어. 안 믿을 테지만, 과학이란 건…."

톰은 돌연 말을 끊었다. 곧 닥칠 돌발적인 사건에 대한 예감이 덮치면서, 이론의 심연 끝에서 그를 끌어냈던 것이다.

"그자에 대해 조사를 좀 해봤어." 톰이 말을 이었다. "진즉 알았더라면 좀 더 깊이 캐봤을 텐데…."

"점쟁이한테라도 가본 거예요?" 조던이 익살스럽게 물었다.

"뭐? 점쟁이?" 우리가 웃자, 톰이 당황한 기색으로 우리를 쳐다보았다.

"개츠비에 관해서요."

"개츠비에 관해서라니! 아니, 그런 일은 없어. 내 말은, 그자의 과거를 좀 조사해봤다는 거야."

"그렇다면 그 사람이 옥스퍼드 출신이란 것도 알아냈겠군요." 조던이 거들었다.

"옥스퍼드 출신이라니! 말도 안 되는 소리! 분홍색 양복이나 걸치고 다니는 주제에 무슨." 톰은 믿지 못하겠다는 표정이었다.

"그래도 옥스퍼드 출신이에요."

"뉴멕시코주의 옥스퍼드겠지. 아니면 그 비슷한 어디든가." 톰은 경멸하듯 코웃음을 쳤다.

"이봐요, 톰. 당신은 그렇게 속물이면서, 왜 그 사람을 점심 식사에 초대한 거예요?" 조던이 삐딱하게 따져 물었다.

"데이지가 초대한 거잖아. 우리가 결혼하기 전부터 그자를 알았던 모양인데…. 어디에서 알게 됐는지 도대체 모르겠군!"

서서히 술기운이 가시면서 우리는 모두 신경이 예민해졌다. 그 사실을 깨닫고는 한동안 말없이 달렸다. 이윽고 저 아랫길에서 닥터 T. J. 에클버그의 색 바랜 두 눈이 시야에 들어왔다. 그제야 나는 기름이 부족할 거라던 개츠비의 말이 떠올랐다.

"시내까지는 충분해." 톰이 말했다.

"하지만 바로 저기 주유소가 있잖아요. 이 찌는 듯한 더위에 오도 가도 못하는 신세가 되는 건 정말 싫어요." 조던이 반대했다.

톰은 성급하게 양쪽 브레이크를 밟았고, 우리는 윌슨 정비소의 간판 아래로 먼지를 일으키며 미끄러져 들어가다가 돌연 멈춰 섰다. 잠시 후, 주인이 정비소 안에서 나오더니 휑한 눈으로 차를 쳐다

위대한 개츠비

보았다.

"기름 좀 넣어줘! 우리가 차를 왜 세웠겠어? 경치나 감상하려고?" 톰이 거칠게 소리쳤다.

"몸이 좀 안 좋아요. 온종일 아팠어요." 윌슨이 꼼짝하지 않고 말했다.

"어쩐 일로?"

"지칠 대로 지친 거죠."

"그럼 나보고 직접 넣으란 말이야? 아까 전화 통화할 땐 멀쩡한 것 같더니만."

윌슨은 기대 있던 문간의 그늘에서 간신히 벗어나 가쁜 숨을 몰아쉬며 휘발유 탱크 뚜껑을 열었다. 햇빛 아래에서 보니 얼굴이 핼쑥했다.

"점심 식사를 방해할 생각은 없었어요. 하지만 당장 돈이 필요해서요. 그 옛날 차, 어떻게 하실지 궁금해서 그랬던 겁니다."

"이 차는 어때? 지난주에 뽑았지."

"노란색 차, 멋지네요." 윌슨이 주유기 손잡이에 힘을 주며 말했다.

"사고 싶나?"

"좋은 기회이긴 한데. 사양하겠습니다. 하지만 지난번 차라면 돈을 좀 남길 수 있을 텐데요." 윌슨이 어렴풋이 미소를 지었다.

"갑자기 왜 돈이 필요한데?"

"여기서 너무 오래 살았어요. 이제 딴 데로 떠나고 싶어요. 마누라나 나나 서부로 이사 가고 싶어요."

"당신 부인도 그러고 싶어 한다고!" 톰이 깜짝 놀라 소리쳤다.

"마누라는 10년 동안 이사 가자는 소리를 했지요." 윌슨은 주유기에 몸을 기댄 채 눈을 가리고 잠시 쉬었다.

"이젠 마누라가 원하든 말든 갈 거예요. 마누라를 데리고."

쿠페가 한바탕 먼지를 일으키며 우리 곁을 스쳐 지나갔다. 우리를 향해 흔드는 손이 얼핏 보였다.

"얼마지?" 톰이 매몰차게 물었다.

"이틀 전에 정말 어이없는 일을 알게 됐죠. 그래서 이곳을 뜨려는 겁니다. 차 문제로 귀찮게 해드린 것도 그 때문이고요."

"얼마냐니까?"

"1달러 20센트요."

무자비하게 내리쬐는 더위에 제정신이 아니었기에, 나는 짜증스러운 시간이 좀 지나고 나서야 윌슨이 의심하는 사람은 톰이 아니라는 것을 깨달았다. 윌슨은 머틀이 자신과는 동떨어진 다른 세계에서 살고 있다는 사실을 알게 됐고, 바로 그 사실에 충격을 받고 병이 난 것이었다. 나는 윌슨을 쳐다보다가 톰에게로 시선을 돌렸다. 톰도 기껏해야 한 시간 전에 윌슨과 비슷한 사실을 깨달았던 것이다. 사람 사이에 지능이나 인종의 차이는 아픈 사람과 건강한 사람의 엄청난 차이에 비하면 아무것도 아니라는 생각이 문득 들었다. 윌슨은 얼마나 아파 보이던지 마치 죄지은 사람처럼, 도저히 용서받을 수 없는 죄를 지은 사람처럼 보였다. 불쌍한 소녀 하나를 임신시키기라도 한 것처럼.

"그 차, 넘길게. 내일 오후에 보내지." 톰이 말했다.

이 부근은 햇볕이 한창인 오후에도 늘 어딘지 모르게 불안한 분위기가 감돌았다. 그래서인지 나는 뒤를 조심하라는 경고라도 받은 듯 뒤돌아보았다. 잿더미 너머로 우리를 노려보는 시선은 닥터 T.J. 에클버그의 거대한 두 눈뿐이었다. 하지만 잠시 후, 나는 5미터도 채 떨어지지 않은 곳에서 또 다른 눈이 기이할 정도로 강렬한 눈빛으로 우리를 지켜보고 있다는 사실을 알아차렸다.

정비소 위층 창문 중에서 커튼 하나가 조금 젖혀져 있었고, 그 사이로 머틀 윌슨이 차를 가만히 내려다보고 있었다. 그녀는 차에 완전히 정신이 팔려 있는 통에 누가 자신을 쳐다보고 있다는 것은 전혀 의식하지 못했다. 머틀의 얼굴에는 인화되는 사진의 피사체가 천천히 형태를 드러내듯, 잇따라 다양한 감정이 떠올랐다. 그녀의 표정은 이상하게도 낯익었다. 여자들의 얼굴에서 흔히 보았던 표정이었는데, 머틀 윌슨의 얼굴에 드리운 표정은 어떤 의미도 없고 딱히 설명할 수도 없었다. 하지만 마침내 질투 어린 두려움으로 휘둥그레진 머틀의 두 눈이 톰이 아닌 조던 베이커에게 꽂혀 있음을 알아차렸다. 머틀은 조던을 톰의 아내로 착각했던 것이다.

단순한 마음이 혼란스러워지면, 그보다 더 혼란스러운 것도 없는 법이다. 차가 달리는 동안 톰은 공황 상태에 빠져서 쓰라림을 맛보고 있었다. 한 시간 전만 해두 함부로 손대지 못할 안전한 곳에 있던 아내와 정부가 갑자기 그의 손아귀에서 빠져나가고 있었다. 윌슨에게서 멀어지는 동시에 데이지를 따라잡기 위해 톰은 본능적으로 액셀을 밟았다. 애스토리아를 향해 시속 80킬로미터로 달리자, 이윽고 고가 철도의 거미줄 같은 대들보 사이로 유유히 달려가는 푸른색 쿠페가 눈에 들어왔다.

"50번가 근처에 있는 큰 극장들이 시원해요." 조던이 제안했다. "난 사람들이 모두 떠난 여름철 오후의 뉴욕이 좋아요. 뭔가 아주 관능적인 것이 느껴져서요. 마치 온갖 진기한 과일들이 곧 손에 떨어질 듯이 무르익었다고나 할까."

'관능적'이란 말에 톰은 더욱 불안감을 느꼈지만, 그가 미처 불평을 늘어놓기도 전에 쿠페가 멈춰 서더니 데이지가 옆으로 차를 대라고 손짓했다.

"어디로 갈 거야?" 데이지가 소리쳤다.

"영화 보는 건 어때?"

"너무 더워. 당신들이나 가. 우리는 드라이브나 하다가 나중에 함께할게." 데이지가 투덜댔다. "어디 길 모퉁이에서 만나자고. 담배 두 대를 물고 있는 사람이 있으면 그게 나인 줄 알아." 데이지는 애써 재치를 부려보았다. 뒤에서 트럭 한 대가 욕설과 함께 경적을 울리자, 톰이 다급하게 말했다.

"여기에서 그딴 걸로 입씨름할 순 없어. 나를 따라 센트럴파크 남쪽, 플라자 호텔 앞으로 와."

톰은 몇 번이나 고개를 돌려 그들 차가 잘 따라오고 있는지 확인했고, 교통 체증 때문에 그들이 늦어지면 차가 시야에 들어올 때까지 속도를 늦추곤 했다. 그들이 옆길로 새서 자신의 삶에서 영원히 사라져버리지 않을까 걱정하는 것 같았다.

그러나 그들은 그렇게 하지 않았다. 그리고 우리는 플라자 호텔의 스위트룸을 잡았다. 설명하기 힘든 행보였다.

그 방으로 몰려 들어가는 것으로 끝이 난, 길고 소란스러운 논쟁은 무슨 내용이었는지 잘 기억나지 않는다. 하지만 그 와중에 속옷이 축축한 뱀처럼 다리를 휘감고 오르는 듯한 느낌과 가끔 땀방울이 등줄기를 타고 시원하게 흘러내렸던 것, 그 육체적인 기억만큼은 지금도 생생하다. 이렇게 방을 잡은 것은 욕실 다섯 개를 빌려 냉수욕을 하자는 데이지의 제안에서 비롯되었는데, 어느 순간 '민트줄렙[45]을 마실 만한 장소'라는 좀 더 구체적인 안이 나왔기 때문이었다. 우리는 저마다 '어이없는 아이디어'라고 거듭 말하면서도 호텔 프런트 직원에게 다 같이 몰려가 계획을 이야기했다. 우리는 스스로 정말 웃기는 짓을 하고 있다고 생각하거나, 아니면 그렇게 생각하는 척했다.

방은 컸지만 숨 막힐 듯 답답했다. 벌써 4시였지만, 열어놓은 창문으로는 센트럴파크의 관목 숲에서 불어오는 뜨거운 바람만이 들어왔다. 데이지는 거울 앞에 가서, 우리에게 등을 돌린 채 머리를 손질했다.

"대단한 스위트룸이네요." 조던이 얌전하게 속삭이자, 모두가 웃음을 터뜨렸다.

"다른 창문도 열어." 데이지가 돌아보지도 않고 명령조로 말했다.

"창문은 다 열었어."

"그러면 전화해서 도끼를 가져오라고 하는 게 좋겠다…."

"이제 더위 따윈 잊어버려. 그렇게 짜증내니 열 배는 더 덥잖아." 톰이 더는 못 참겠다는 듯이 말했다.

톰은 감싸고 있던 수건에서 위스키 병을 풀어서 테이블 위에 올려놓았다.

45 버번위스키에 잘게 부순 얼음, 설탕, 민트 등을 넣은 칵테일.

"데이지를 그냥 내버려둬요, 친구. 시내에 오고 싶어 한 사람은 당신 아닙니까."개츠비가 말했다.

잠시 침묵이 흘렀다. 못에 걸려 있던 전화번호부가 미끄러져 바닥에 떨어지자 조던이 "미안해요."라고 속삭였지만, 이번에는 아무도 웃지 않았다.

"내가 집을게요."내가 나서며 말했다.

"내가 집었어요."

개츠비가 끊어진 끈을 살펴보더니, 재미있다는 듯 "흠!"하고 중얼거리고는 전화번호부를 의자에 던졌다.

"그게 당신이 쓰는 고상한 말투군요?"톰이 날카롭게 말했다.

"뭐 말이죠?"

"말끝마다 '친구' 어쩌는 거 말입니다. 그런 말투는 어디에서 주워들은 거죠?"

"이봐, 톰. 그렇게 계속 인신공격이나 하겠다면, 단 1분도 여기에 더 있지 않겠어. 전화해서 민트 줄렙에 넣을 얼음이나 주문해."데이지가 거울 앞에서 돌아서며 말했다.

톰이 수화기를 들자, 압축된 열기가 소리로 폭발했다. 우리는 아래층 연회장에서 들려오는 멘델스존의 「결혼 행진곡」의 엄숙한 선율에 귀를 기울였다.

"이 무더위에 결혼하는 사람이 있다니!"조던이 우울한 목소리로 말했다.

"그러고 보니, 나도 6월 중순에 결혼했잖아. 6월에 루이빌에서였지! 누군가 기절했는데. 톰. 기절한 게 누구였지?"데이지가 기억을 떠올렸다.

"빌록시." 톰이 짧게 대답했다.

"빌록시라는 남자였어. '블록스' 빌록시. 상자 만드는 사람이었지. 테네시주 빌록시[46] 출신."

"사람들이 그를 우리 집으로 실어 왔죠." 조던이 덧붙였다.

"교회에서 두 집 건너에 우리 집이 있었거든요. 그런데 그 남자가 우리 집에서 3주나 죽치고 있는 거예요. 보다 못해 아빠가 그만 나가달라고 했죠. 그 남자가 떠난 다음 날, 아빠가 돌아가셨어요."

조던은 불경한 말이라도 했다고 생각했는지 잠시 잠자코 있다가 말을 이었다. "그렇다고 두 사건이 특별히 관련이 있는 건 아니에요."

"나도 아는 사람 중에 멤피스 출신의 빌 빌록시라는 사람이 있어요." 내가 말했다.

"그 사람은 블록스 빌록시의 사촌이에요. 나는 빌록시가 떠나기 전에 그의 가족사를 전부 알게 됐어요. 요즘 쓰고 있는 알루미늄 퍼터[47]도 그 사람이 준 거예요."

결혼식이 시작되자 음악 소리가 그치더니, 이제는 창문에서 길게 이어지는 환호성이 들렸다. 간간히 "예… 에… 에!" 하는 소리가 이어지다 이윽고 춤판이 벌어지면서 재즈 음악이 폭발했다.

"우리도 이젠 늙었어. 젊었더라면 일어나 춤을 췄을 텐데." 데이지가 말했다.

"빌록시 꼴이 안 나려면 참아." 조던이 그녀를 말렸다. "한데

---

46 빌록시는 실제로는 미시시피주에 속한다.
47 그린에서 컵을 향해 공을 칠 때 사용하는 골프채.

톰, 그 사람을 어디서 알게 됐죠?"

"빌록시? 전엔 몰랐지. 데이지의 친구였어."톰은 애써 정신을
집중했다.

"내 친구 아니야. 전엔 그 사람을 본 적도 없어. 그는 자가용을
타고 왔어."데이지가 부정했다.

"글쎄, 그 사람이 당신을 안다고 하던데. 루이빌에서 자랐다면
서. 에이서 버드가 막판에 데려와서 그 사람도 초대해줄 수 있느냐
고 물었지."

조던이 미소를 지었다.

"지나가는 차를 얻어 타고 집에 가던 중이었나 보군요. 나한테
는 예일 대학교 출신에, 두 사람과 같은 학년이었고, 학생회장이었다
고 하던데."

톰과 나는 서로 멍하니 쳐다보았다.

"빌록시가!"

"일단, 예일 대학엔 학생회장이란 게 없었어…."

개츠비가 초조한 듯 다리를 떨며 바닥을 톡톡 치자, 톰이 갑자
기 그에게 시선을 던졌다.

"한데 개츠비 씨, 옥스퍼드 출신이라고 하던데?"

"꼭 그렇진 않습니다만."

"아니, 맞잖아요. 옥스퍼드에 다녔다고 했어요."

"네…. 다니긴 했죠."

잠시 침묵이 흘렀다. 그러자 톰이 도저히 못 믿겠다는 듯, 무례
한 말투로 내뱉었다.

"빌록시가 뉴헤이븐에 다닐 때, 당신은 그곳에 다녔겠군요."

다시 침묵이 흘렀다. 웨이터가 노크를 하더니 으깬 민트와 얼음을 들고 들어왔다. 하지만 웨이터의 "감사합니다."라는 말과 문이 살며시 닫히는 소리에도 침묵은 깨지지 않았다. 마침내 놀랄 만한 진실이 밝혀지려는 순간이었다.

"다닌 적이 있다고 말했잖습니까." 개츠비가 말했다.

"물론 들었지만, 언제 다녔는지도 알고 싶군요."

"1919년. 5개월밖엔 있지 않았어요. 바로 그래서 옥스퍼드 출신이라고 딱 부러지게 말하지 못한 겁니다."

톰은 우리도 자신처럼 개츠비의 말을 믿지 않는지 살피려고 주위를 둘러봤다. 그러나 우리는 모두 개츠비를 쳐다보고 있었다. 개츠비가 말을 이었다.

"휴전 이후에 몇몇 장교들에게 기회가 주어졌어요. 영국이나 프랑스에 있는 대학 어디든 갈 수 있었죠."

나는 일어나서 개츠비의 등을 두드려주고 싶었다. 전에 느낀 적이 있던 그에 대한 완벽한 신뢰가 되살아났다.

데이지가 엷은 미소를 지으며 일어서서 테이블 쪽으로 갔다. 그리고 명령조로 말했다.

"톰, 위스키 좀 따. 민트 줄렙을 만들어줄 테니. 한잔 마시고 나면 자신이 바보처럼 보이진 않을 거야…. 이 민트 좀 봐!"

"좀 기다려봐. 개츠비 씨에게 물어보고 싶은 것이 하나 더 있으니." 톰이 딱 잘라 말했다.

"계속해보시죠." 개츠비가 정중하게 말했다.

"당신은 도대체 우리 집에 어떤 분란을 일으키려는 거죠?"

마침내 대놓고 이야기할 수 있게 되자, 오히려 개츠비는 만족스러워했다.

"분란을 일으키고 있는 건 그 사람이 아니야. 당신이지. 제발 좀 자제해." 데이지가 낭패스러운 듯이 두 사람을 번갈아 쳐다보았다.

"자제하라고!" 톰은 믿기지 않는다는 듯이 데이지의 말을 받아 되풀이했다.

"어디에서 굴러먹던 놈인지도, 어떤 인간인지도 모르는 놈이 내 마누라에게 치근대는데, 앉아서 보고만 있으란 거야? 그게 최신 유행인가. 흠, 당신 생각이 그렇다면 난 좀 빼줘…. 요즘 사람들은 가정생활과 가족제도를 비웃기 시작하더니, 이제는 모든 걸 내팽개치고 백인과 흑인이 결혼할 판국이야."

톰은 얼굴이 붉어지도록 횡설수설 열변을 토해내며 문명의 마지막 보루에 홀로 서 있는 인간을 자처했다.

"우린 모두 백인이잖아요." 조던이 중얼거렸다.

"내가 별로 인기 없다는 건 나도 알아. 게다가 성대한 파티 따윈 열지도 않지. 현대 사회에서는 친구를 사귀려고 자기 집을 돼지우리로 만드나 보더군."

나는 다른 사람들처럼 몹시 화가 났지만, 톰이 입을 열 때마다 웃음이 나오려 했다. 톰은 바람둥이에서 도덕군자로 완벽히 변신해 있었다.

"당신에게 할 말이 있습니다, 친구…." 개츠비가 말문을 열었다. 순간 데이지가 그의 의도를 눈치챘다.

"제발 그만!" 데이지가 난처해하며 말허리를 잘랐다. "이제 그만 집으로 가죠. 집에 가는 게 어때?"

"좋은 생각이야. 자, 일어나, 톰. 술 마실 생각이 있는 사람은 아무도 없어." 내가 자리에서 일어섰다.

"개츠비 씨가 하려는 말을 들어야겠어."

"당신 부인은 당신을 사랑하지 않습니다. 당신을 사랑한 적도 없어요. 데이지는 나를 사랑하고 있습니다." 개츠비가 말했다.

"당신, 정말 미쳤군!" 톰이 반사적으로 소리를 질렀다.

개츠비가 한껏 흥분해서 벌떡 일어서서 소리쳤다.

"데이지는 당신을 사랑한 적이 없어. 알아? 그녀는 내가 가난했기 때문에 기다리다가 지쳐서 당신과 결혼한 것뿐이라고 끔찍한 실수였지만, 마음속으로 나 말고는 누구도 사랑한 적이 없어!"

이쯤에서 조던과 나는 자리를 피하려고 했지만, 톰과 개츠비는 서로 경쟁이라도 하듯 함께 있어달라고 고집을 부렸다. 이제는 감출 것도 전혀 없을뿐더러, 자신들의 감정을 간접적으로나마 함께 느껴보는 게 대단한 특권이라도 되는 것처럼.

"데이지, 앉아. 도대체 무슨 일이 있었던 거야? 전부 듣고 싶어." 톰은 아버지처럼 위엄 있는 목소리를 내려고 했지만 뜻대로 되지 않았다.

"내가 이미 말했을 텐데. 5년 동안 이이진 일이시… 당신만 몰랐던 거야." 개츠비가 말했다.

톰이 데이지를 홱 돌아봤다.

"5년 동안이나 이 작자와 만나왔다는 거야?"

"만났다는 건 아니야. 아니, 만날 수 없었지. 하지만 우린 줄곧 서로를 사랑했어, 친구. 그런데도 당신은 전혀 몰랐겠지. 난 가끔 혼자 웃곤 했어…. 당신이 전혀 눈치채지 못한다는 생각에." 말과는 달리, 개츠비의 눈에 웃음기라곤 전혀 없었다.

"아, 그게 다란 말이지." 톰은 성직자처럼 두툼한 손가락을 서로 톡톡 치더니 의자에 등을 기댔다. 그러더니 폭발했다.

"당신, 미쳤군! 5년 전 일에 대해선 뭐라 할 말이 없어. 그땐 데이지를 몰랐으니까…. 뒷문으로 식료품 배달이라도 했나 보군. 그게 아니면 당신 따위는 감히 데이지에게 접근도 할 수 없었을 테니까. 그건 그렇다 치고, 나머지는 전부 염병할 거짓말이야. 데이지는 나와 결혼할 때도 날 사랑했고, 지금도 날 사랑하고 있어."

"아니." 개츠비가 고개를 저으며 말했다.

"누가 뭐래도 데이지는 날 사랑해. 가끔 멍청한 생각을 하고, 자신이 무슨 짓을 하는지도 몰라서 문제이지만." 톰이 현자인 양 고개를 끄덕거렸다. "더구나 나 또한 데이지를 사랑해. 가끔 술에 취해 흥청거리다 바보짓을 하기도 했지만 늘 제자리로 돌아왔고, 마음속으로는 항상 데이지를 사랑해왔어."

"구역질 나." 데이지가 말했다. 그러곤 나를 돌아보았다. 한 옥타브 낮아진 그녀의 목소리, 섬뜩한 경멸에 찬 목소리가 방 안에 울렸다. "우리가 왜 시카고를 떠났는지 알아? 술에 취해 흥청거리며 했던 바보짓을 닉이 못 들었다는 게 놀라워."

개츠비가 데이지에게 다가가서 곁에 섰다.

"데이지, 이젠 다 끝났어. 이젠 문제 될 게 아무것도 없어. 저 사람에게 진실만 말하면 돼…. 저 사람을 사랑한 적이 없다고. 그러면 모든 일이 말끔히 지워지는 거야. 영원히." 개츠비가 진지하게 말했다.

데이지는 물끄러미 개츠비를 쳐다보았다. "아니, 어떻게 내가 저 사람을 사랑할 수 있겠어… 어떻게 그럴 수가?"

"당신은 저 사람을 사랑한 적이 없어."

데이지는 망설였다. 이윽고 호소하듯 조던과 내게 시선을 던졌다. 이제야 자신이 무슨 짓을 하고 있는지 깨달았다는 듯이. 또한 처음부터 어떤 일도 저지를 생각이 전혀 없었다는 듯이. 하지만 이미 일은 벌어졌다. 되돌리기엔 너무 늦었다.

"난 저 사람을 사랑한 적이 없어." 데이지의 말투는 마지못해 말하는 기색이 역력했다.

"카피올라니[48]에서도?" 톰이 불쑥 물었다.

"그래."

아래층 연회장에서 숨 막힐 듯 답답한 낮은 화음이 뜨거운 공기의 흐름을 타고 올라왔다.

"당신 신발을 적시지 않으려고 펀치볼[49]에서 당신을 안고 내려온 그날도? …데이지?" 톰의 허스키한 음색에 부드러움이 묻어났다.

"제발, 그만해." 데이지의 목소리는 냉정했지만, 적의는 사라져 있었다. 데이지는 개츠비를 쳐다보았다. "저기, 제이." 담배에 불을 붙이려는 손이 떨렸다. 돌연 데이지는 담배와 불이 붙은 성냥개비를 카펫 위에 내동댕이쳤다.

"아, 당신은 너무 많은 걸 원해!" 그녀가 개츠비에게 소리쳤다.

"난 지금 당신을 사랑하잖아… 그거면 충분하지 않아? 과거 일은 어쩔 수 없잖아." 데이지는 무력하게 흐느끼기 시작했다. "저이

---

48 하와이 오아후섬 호놀룰루에 있는 공원.
49 하와이 오아후섬 호놀룰루 북쪽에 위치한 분지.

를 한 번쯤은 사랑했어… 하지만 당신도 사랑했어.”

개츠비가 눈을 떴다가 감았다.

“나도 사랑했다고?”개츠비가 데이지의 말을 되풀이했다.

“그것도 거짓말이야. 데이지는 당신이 살아 있는지조차 몰랐어. 아, 그리고 데이지와 나 사이에는 당신이 결코 알지 못하는 일들이 있어. 우리 둘 다 영원히 잊을 수 없는 일들이지.”톰이 맹렬하게 말했다.

톰의 말이 개츠비의 몸뚱이를 물어뜯는 것만 같았다.

“데이지와 단둘이서 이야기하고 싶어요. 데이지는 지금 너무 흥분해서….”개츠비가 고집스럽게 말했다.

“우리 둘만 있는 자리에서도 난 톰을 사랑한 적이 없었다고는 말할 수 없어. 그건 사실이 아니거든.”데이지는 애처로운 목소리로 시인했다.

“물론 사실이 아니지.”톰이 그녀의 말에 동의했다.

“그게 당신에게 중요한 일인 듯이 말하네.”데이지가 남편을 돌아보며 말했다.

“물론 중요하지. 이제부턴 당신에게 잘할게.”

“당신은 이해하지 못하는군. 이젠 당신이 데이지에게 잘해줄 이유가 없어.”개츠비가 당황한 기색을 보이며 말했다.

“잘해줄 이유가 없다고?”톰은 눈을 부릅뜨고 웃었다. 이제는 자제할 여유를 찾았다. “어째서?”

“데이지는 당신 곁을 떠날 거거든.”

“말도 안 되는 소리.”

“하지만 난 정말 떠날 거야.”데이지가 눈에 띌 정도로 힘들여 말했다.

"데이지는 내 곁에서 떠나지 않아! 여자 손에 끼워줄 반지마저 훔치는, 천한 사기꾼 때문에 내 곁을 떠날 리가 없어." 톰의 말이 느닷없이 달려들어 개츠비를 때려눕힐 것만 같았다.

"더 이상 못 참겠어! 아, 제발 여기에서 나가요." 데이지가 소리쳤다.

"대체 당신 정체가 뭐야? 당신이 마이어 울프심과 어울리는 한패라는 건 우연히 알게 됐지…. 당신이 어떤 짓을 하고 다니는지 뒷조사를 좀 해봤거든…. 그리고 내일, 좀 더 깊이 캐볼 생각이야." 톰이 갑작스레 소리쳤다.

"좋을 대로 해, 친구." 개츠비가 침착하게 말했다. 톰은 우리를 돌아보며, 얼른 말을 내뱉었다.

"당신의 '약국'이란 게 뭔지 알아냈거든. 이 작자와 울프심이 이곳과 시카고 뒷골목의 약국을 무수히 사들였어. 그러곤 처방전 없이 에틸알코올을 판 거야. 저 작자가 부리는 비열한 수작 중 하나지. 난 처음 봤을 때부터 밀주업자일 거라고 짐작했는데, 그리 틀리진 않았군그래."

"그게 어쨌다는 거지? 당신 친구인 월디 체이스는 자존심이 없어서 그런지 그 일을 잘만 하던데." 개츠비가 점잖게 말했다.

"한데 당신은 그 친구가 곤경에 빠졌는데도 모른척했지. 안 그래? 뉴저지에서 한 달 동안 감방 신세를 지게 내버려뒀잖아. 아, 이런! 월터가 당신에 대해 뭐라고 말했는지 들어봐야 하는데."

"그 사람은 완전 빈털터리 신세로 우리에게 왔지. 돈을 좀 만지게 되니 무척 기뻐하더군, 친구."

"날 '친구'라고 부르지 마!" 톰이 소리쳤다. 개츠비는 아무 말도 하지 않았다. "월터는 당신을 도박법 위반 혐의로 걸 수도 있었어. 하지만 울프심의 협박에 무서워서 입을 다문 거지."

낯설지만 그의 심정을 읽을 수 있는 표정이 다시 개츠비의 얼굴에 떠올랐다. 톰이 천천히 말을 이었다.

"약국 사업은 푼돈 벌이에 지나지 않아. 당신, 지금 월터가 겁나서 말 못할 만한 다른 흉계를 꾸미고 있지."

데이지를 힐끗 보았더니, 공포에 질린 표정으로 개츠비와 남편을 번갈아 응시하고 있었다. 나는 조던에게 시선을 옮겼다. 눈에 보이지 않는 아주 흥미로운 물건을 턱에 올려놓고 균형을 잡기 시작한 것처럼 보였다. 나는 조던에게서 다시 개츠비에게 시선을 돌렸다가 그의 얼굴에 드리운 표정에 깜짝 놀랐다. 그는 마치 (그의 정원에서 사람들이 수군거리는 비방 따위는 무시하고 하는 말인데) '살인을 저지른' 사람 같은 표정을 짓고 있었다. 한순간 그의 얼굴에 떠오른 표정은 그처럼 기이한 표현 말고는 달리 묘사할 수가 없다.

개츠비는 곧 표정을 지우고는 데이지에게 격앙된 목소리로 말을 토해내기 시작했다. 모든 것을 부정했고, 거론되지 않은 험담에 대해서도 변명했다. 하지만 말을 할수록 데이지는 점점 더 움츠러들었다. 결국 개츠비는 단념하고 말았다. 오후의 해가 저물어가는 사이, 사그라진 꿈만이 남아 계속 싸워댔다. 방 저쪽의 잃어버린 목소리를 향해, 더 이상 만질 수 없는 것을 만지려고 애쓰면서, 불행하지만 절망하지 않고 있는 힘을 다해 싸웠다.

그 목소리가 집으로 가자고 또다시 애원했다.

"제발, 톰! 이제 더 이상 못 참겠어."

겁에 질린 데이지의 두 눈을 보니, 그녀의 의도가 무엇이었든, 용기가 얼마나 컸든, 이제는 전부 완전히 사라졌음을 알 수 있었다.

"데이지, 둘이서 먼저 출발해. 개츠비 씨 차로." 톰이 말했다.

데이지는 깜짝 놀란 듯 톰을 노려보았지만, 톰은 경멸감을 보이면서도 아량을 베풀듯이 자기주장을 굽히지 않았다.

"어서 가. 저 작자가 귀찮게 굴지는 않을 거야. 주제넘은 작은 불장난이 끝났다는 걸 이젠 깨달았을 테지."

두 사람은 한마디 말도 없이 나가버렸다. 마치 유령처럼 우리의 동정심으로부터도 홀연히 사라졌다. 잠시 후 톰이 일어나 마개도 따지 않은 위스키 병을 수건으로 감쌌다.

"이거 마실래? 조던? …닉?"

나는 대답하지 않았다.

"닉?" 톰이 다시 물었다.

"왜?"

"마시겠냐고?"

"아니…. 방금 기억났는데, 오늘이 내 생일이야."

나는 서른 살이 되었다. 내 앞에는 새로운 10년의 길이 불길하고 위협적으로 펼쳐져 있었다.

우리가 톰과 함께 쿠페를 타고 롱아일랜드를 향해 출발한 것은 7시였다. 톰은 기분이 좋은지 계속 웃어대며 쉬지 않고 떠들었지만, 조던과 내겐 그의 목소리가 보도에서 들려오는 낯선 아우성이나 머리 위 고가 철도의 소음처럼 아득하게 느껴졌다. 인간의 공감엔 한계가 있는 법이다. 우리는 도시의 불빛을 뒤로한 채 그들의 비극적인 말다툼이 자연히 사그라진 것에 만족했다. 서른 살…. 앞으로

10년 동안 고독이 이어지리라는 것, 알고 지내는 독신자 수가 점점 줄어들리라는 것, 열정이라는 서류 가방이 점점 얇아지고 머리숱이 점점 적어지리라는 것을 예고하는 나이였다. 하지만 내 옆에는 조던 이 앉아 있었다. 그녀는 데이지와 달리 너무나 똑똑했기에, 다 잊은 꿈을 해를 거듭해가며 간직할 리 없었다. 어둠에 잠긴 다리를 지날 때, 조던은 창백한 얼굴을 내 어깨에 나른하게 기댔다. 살며시 감싸며 위안을 주는 그녀의 손길을 느끼자, 서른 살이 주는 가공할 만한 충격도 사그라졌다.

그렇게 우리는 서늘해져 가는 황혼을 지나 죽음을 향해 계속 달렸다.

재의 계곡 옆에서 싸구려 커피숍을 운영하는 젊은 그리스인 미카엘리스가 사건 심리의 주요 증인이었다. 무더위에도 그는 5시가 넘도록 줄곧 낮잠을 자다가 일어나서 정비소로 어슬렁거리며 걸어 갔다. 사무실에 들러보니, 조지 윌슨이 끙끙 앓고 있었다. 얼마나 심하게 앓는지 허연 머리칼만큼이나 창백한 얼굴로 온몸을 부들부들 떨고 있었다. 미카엘리스가 침대에 누워 있으라고 권했지만, 윌슨은 그러면 일거리를 놓칠 거라며 말을 듣지 않았다. 이렇게 이웃 사람이 윌슨을 설득하고 있는 사이에, 그들의 머리 위에서 큰 소동이 벌어진 듯 요란한 소음이 들렸다.

"저 위에 마누라를 가둬놨어. 모레까지 가둬둘 생각이야. 그러고 나서 멀리 이사 갈 거야." 윌슨이 조용히 설명했다.

미카엘리스는 깜짝 놀랐다. 4년 동안 이웃으로 살아왔지만, 윌슨이 그럴 위인으로 보인 적은 한 번도 없었다. 그는 늘 지쳐 있는 사람이었다. 일이 없을 때면 문간에 의자를 놓고 앉아서 길을 따라 지나가는 사람과 차를 물끄러미 바라보곤 했다. 누가 말이라도 걸면 늘 창백한 얼굴로 상냥하게 웃었다. 사실 윌슨은 자신의 뜻대로 살지 못하고 아내에게 잡혀 사는 남자였다.

사정이 이렇다 보니 미카엘리스는 무슨 일이 있었는지 알아내려 했지만, 윌슨은 한마디도 말하려 하지 않았다. 오히려 찾아온 이 손님에게 묘한 의심의 눈길을 보내기 시작하더니, 대뜸 몇 날 몇 시에 무엇을 하고 있었는지 캐물었다. 미카엘리스가 조금씩 불편함을 느끼려는데, 마침 인부 몇 사람이 정비소 문 앞을 지나 그의 음식점으로 향했다. 그는 나중에 다시 와보기로 하고, 그 기회에 자리를 떴다. 하지만 다시 오지는 못했다. 별다른 이유는 없이 그냥 잊고 말았던 것이다. 7시가 조금 지나서 다시 밖으로 나왔을 때, 아까 윌슨과 나눴던 대화가 떠올랐다. 윌슨 부인이 한껏 목청을 높여 욕지거리를 퍼붓는 소리가 들렸기 때문이다.

"때려봐! 어서 날 때려눕혀보라고, 이 더럽고 쩨쩨한 겁쟁이야!" 악쓰는 여자의 고함 소리가 들렸다.

잠시 후, 윌슨 부인은 손을 흔들고 소리치며 어스름 속으로 뛰쳐나갔다. 미카엘리스가 미처 문밖으로 나서기도 전에 일은 끝나고 말았다.

신문에서 이름 붙인 그 '죽음의 자동차'는 멈추지 않았다. 차는 짙어가던 어둠 속에서 불쑥 나타나 한순간 비극적으로 기우뚱거리더니, 다음 모퉁이를 돌아 모습을 감추었다. 미카엘리스는 그 차의 색깔조차 정확히 기억하지 못했다. 맨 처음 대면한 경찰관에겐 연녹색이라고 말했다. 뉴욕을 향해 가던 다른 자동차 한 대가

100여 미터 지나쳤다 멈춰 서더니, 운전자가 급히 차를 돌려 머틀 윌슨의 목숨이 참혹하게 끊긴 현장으로 돌아왔다. 그녀는 걸쭉하고 검붉은 피가 흙먼지와 엉겨 있는 도로에 고꾸라져 있었다.

미카엘리스와 운전자가 가장 먼저 그녀에게 다가갔다. 아직도 땀으로 축축한 블라우스 앞자락을 찢어보니, 왼쪽 가슴이 축 늘어져 흔들렸다. 몸속 심장의 고동 소리는 들어볼 필요도 없었다. 입은 딱 벌어져 있었고, 양쪽 입가는 약간 찢어져 있었다. 그토록 오랫동안 지녀온 엄청난 생명력을 토해내려니 조금 숨이 찬 듯이.

사고 현장에서 좀 떨어져 있던 우리의 눈에 자동차 서너 대와 구경꾼들이 들어왔다.

"차 사고가 났군! 잘됐어. 마침내 윌슨에게 작은 돈벌이가 생겼으니." 톰이 말했다.

톰은 속도를 줄였지만, 아직 차를 멈출 생각은 없었다. 이윽고 좀 더 가까이 다가갔을 때, 정비소 문 앞에 말없이 모여 있는 사람들의 침통한 얼굴을 보고는 자신도 모르게 브레이크를 밟았다.

"잠깐 보자고. 그냥 보기만 하자고." 톰이 미심쩍다는 듯이 말했다.

정비소 안에서 허망하게 울부짖는 소리가 끊임없이 흘러나왔다. 쿠페에서 내려 문 쪽으로 걸어가는 동안 그 소리는 목이 메는 듯한 신음과 함께 거듭 되풀이되는 "아, 이럴 수가!"라는 탄식으로 바뀌었다.

"아주 끔찍한 사고가 난 모양이야." 톰이 흥분해서 말했다.

톰은 가까이 다가가 까치발로 서서, 빙 둘러선 사람들의 머리

위대한 개츠비

너머로 정비소 안을 들여다보았다. 머리 위로 흔들거리는 철망 속에서 노란 전등 하나만이 불을 밝히고 있었다. 순간 톰이 거친 신음을 내뱉고는, 억센 팔로 사람들을 거세게 밀어젖히며 안으로 뛰어들었다.

사람들은 투덜거리며 다시 모여들어 빙 둘러쌌다. 그래서 나는 잠시 동안 아무것도 볼 수 없었다. 그러다 어느 순간, 새로 온 구경꾼들이 줄을 흐트러뜨리는 바람에 조던과 나는 갑자기 안으로 떠밀렸다.

머틀 윌슨의 시신은 무더운 밤에 오한에 시달리고 있기라도 하듯 두 겹의 담요에 싸인 채 벽 쪽 작업대에 놓여 있었고, 톰은 우리에게 등을 돌린 채 미동조차 없이 시신을 굽어보고 있었다. 그의 옆에 서 있는 오토바이 경찰관은 땀을 뻘뻘 흘리며 수첩에 이름들을 고쳐가며 받아 적고 있었다. 처음에는 텅 빈 정비소 안을 시끄럽게 울리는 높은 신음 소리의 주인공이 누구인지 알지 못했다. 하지만 곧 윌슨이 사무실 문턱에 서서 양손으로 문설주를 부여잡고 몸을 앞뒤로 흔들고 있는 모습이 눈에 들어왔다. 어떤 사람이 나지막한 목소리로 말을 건네며 이따금 윌슨의 어깨에 손을 얹으려 했지만, 윌슨의 귀와 눈엔 아무것도 들리지도, 보이지도 않는 것 같았다. 윌슨의 시선은 흔들리는 전등에서 시신이 놓인 벽 쪽 작업대로 천천히 내려왔다가 다시 전등으로 휙 돌아가곤 했다. 그러면서 그는 쉴 새 없이 높고 끔찍한 신음을 토해냈다.

"아, 이럴 수가! 아, 이럴 수가! 아, 이럴 수가! 아, 이럴 수가!"

이윽고 톰이 불쑥 고개를 쳐들고는 잠시 흐리멍덩한 눈빛으로 정비소 안을 둘러보더니, 경찰관에게 웅얼거리며 앞뒤가 안 맞는 말을 해댔다.

"엠, 에이, 브이… 오…." 경찰관이 따라 읊고 있었다.

"아뇨, 알…. 엠, 에이, 브이, 알, 오…." 한 남자가 고쳐주었다.

"내 말 좀 들어봐요!" 톰이 거친 목소리로 중얼거렸다.

"알, 오…." 경찰관이 말했다.

"지…."

"지…."

톰이 넓적한 손으로 경찰관의 어깨를 덥석 잡았고, 그제야 경찰관이 톰을 향해 얼굴을 들었다.

"뭡니까, 당신은?"

"어찌 된 거죠? 좀 알려줘요!"

"자동차에 치였어요. 즉사했습니다."

"즉사했다." 톰이 경찰관을 빤히 쳐다보며 되풀이했다.

"저 여자가 도로로 뛰어들었어요. 저 여자를 친 그 개새끼는 뺑소니를 쳤습니다."

"차가 두 대였어요. 한 대는 오고 있었고, 한 대는 가고 있었어요, 이해되세요?" 미카엘리스가 말했다.

"어디로 가고 있었는데요?" 경찰관이 날카롭게 물었다.

"서로 양방향으로 가고 있었지요. 한데, 저 여자가…." 미카엘리스가 담요를 향해 손을 반쯤 들어 올렸다가 다시 옆구리로 내렸다. "…저 여자가 뛰어들었고, 뉴욕에서 오던 차가 정면으로 들이받았어요. 시속 오륙십 킬로미터는 됐을 거예요."

"이곳의 지명이 뭐요?" 경찰관이 물었다.

"지명 같은 건 없어요." 잘 차려입은 창백한 표정의 흑인이 가까이 다가왔다.

"노란색 차였지요. 커다란 노란 차. 새 차였어요."

"사고를 목격했나요?" 경찰관이 물었다.

"아뇨. 하지만 그 차가 나를 지나쳐서 60킬로미터도 넘는 속도로 도로를 내달렸어요. 80에서 90킬로미터는 족히 됐을 겁니다."

"이리 와서 이름 좀 얘기해주시죠. 자, 비켜요. 이 사람 이름 좀 적게."

이 대화 중 몇 마디 말이 사무실 문간에서 여전히 몸을 흔들고 있던 윌슨의 귀에 들어간 것이 틀림없었다. 목이 메도록 토해내던 신음을 멈추고, 갑자기 새로운 외침을 내뱉었으니 말이다.

"그게 어떤 차인지는 내게 말할 필요도 없어! 난 그게 어떤 차인지 알아!"

톰을 쳐다보니, 그의 어깨 뒤쪽 근육이 옷 속에서 뻣뻣해지는 것이 느껴졌다. 톰은 재빨리 윌슨에게로 걸어가더니, 앞에 서서 윌슨의 양쪽 팔을 꽉 붙들었다.

"그만 정신 차려." 톰은 무뚝뚝한 말투로 위로하듯이 말했다.

윌슨의 시선이 톰에게 향했다. 윌슨은 깜짝 놀라 발끝에 힘을 실어 벌떡 일어났다. 그때 톰이 똑바로 잡아주지 않았더라면, 윌슨은 무릎을 꿇듯 주저앉고 말았을 것이다.

"내 말 좀 들어봐. 난 방금 뉴욕에서 왔어. 우리가 전에 얘기하던 쿠페를 갖다주려고 말이야. 오늘 오후에 내가 몰던 노란색 차는 내 차가 아니야. 내 말 알아듣겠어? 난 오후 내내 그 차를 보지도 못했어." 톰이 윌슨을 살짝 흔들며 말했다.

톰의 말을 들을 수 있을 만한 거리에 있던 건 흑인과 나뿐이었지만, 경찰관이 톰의 말투에서 뭔가를 눈치챘는지 매서운 눈초리로 노려보았다.

"그게 다 무슨 소리죠?" 경찰관이 물었다.

"난 이 사람의 친구입니다. 이 친구가 사고 낸 차를 안다는군요…. 노란색 차랍니다." 톰이 고개를 돌렸지만, 두 손은 여전히 윌슨의 몸을 꽉 붙들고 있었다.

뭔가 어렴풋이 직감을 느꼈는지, 경찰관은 의심의 눈초리로 톰을 노려보았다.

"그러면 당신 차는 무슨 색이죠?"

"파란색 쿠페입니다."

"방금 뉴욕에서 왔죠." 내가 덧붙였다.

우리 차 뒤에서 조금 떨어져 따라왔던 누군가가 이 사실을 확인해주자, 경찰관은 다른 이에게로 주의를 돌렸다.

"자, 이름을 다시 한 번 알려주세요. 정확히….'

톰은 윌슨을 인형처럼 번쩍 들어서 사무실 안으로 데려가 의자에 앉히고서 돌아왔다.

"누구든 이리 와서 이 사람 곁에 있어줘요." 톰이 명령조로 소리쳤다. 그리고 가장 가까이에 있던 두 남자가 서로의 얼굴을 흘끗 보고는, 마지못해 방 안으로 들어가는 걸 지켜보았다. 그리고 나서 문을 닫고 작업대 쪽으로는 애써 눈길을 주지 않으면서, 계단을 한 단 내려왔다. 톰이 내 곁을 지나치면서 나지막이 말했다.

"그만 나가지."

톰이 위압적으로 두 팔을 휘두르며 길을 텄고, 우리는 시선을 의식하며 여전히 모여 있는 사람들을 밀치고 빠져나왔다. 그 와중에

왕진 가방을 들고 다급히 들어오는 의사를 지나치기도 했다. 터무니없지만 혹시나 하는 실낱같은 희망으로 30분 전에 부른 의사였다. 톰은 길모퉁이를 돌아설 때까지 차를 천천히 몰다가 다음 순간 액셀을 힘껏 밟았고, 그러자 쿠페가 밤의 어둠을 가르며 질주했다. 잠시 후, 허스키한 낮은 목소리로 흐느끼는 소리가 들렸다. 톰을 보니, 눈물이 얼굴을 타고 흘러내리고 있었다.

"빌어먹을 비겁한 놈! 차도 세우지 않다니." 톰이 훌쩍이며 말했다.

바람에 살랑대는 거무스름한 나무들 사이로 뷰캐넌 부부의 저택이 갑자기 모습을 드러냈다. 톰이 현관 옆에 자동차를 세우고는 2층을 올려다보았다. 담쟁이덩굴 사이로 창문 두 개가 환하게 불을 밝히고 있었다.

"데이지가 집에 있나 보군." 톰이 말했다. 차에서 내리며 힐끗 나를 쳐다보더니 약간 눈살을 찌푸렸다.

"닉, 넌 웨스트에그에서 내려줄걸 그랬어. 오늘 밤엔 할 만한 일도 없는데."

톰은 아까와는 완전히 딴 사람이 되어서, 진지하고 단호하게 말했다. 달빛이 비치는 자갈길을 거쳐 현관으로 걸어가는 사이, 톰은 몇 마디 건조한 말로 상황을 정리했다.

"집에 타고 갈 택시를 불러줄게. 기다리는 동안 너와 조던은 부엌에 가서 저녁 좀 차려달라고 해. 뭐라도 먹고 싶으면 말이야." 톰이 문을 열었다. "자, 들어와."

"아니, 됐어. 택시나 불러주면 고맙겠군. 난 밖에서 기다릴게."

조던이 내 팔에 손을 얹었다.

"닉, 들어가지그래요?"

"아니, 난 됐어요."

나는 속이 좀 메스꺼웠기에 혼자 있고 싶었다. 하지만 조던은 잠시 머뭇거렸다.

"이제 겨우 9시 반이에요."

집 안에 들어가면 정말 끔찍할 것 같았다. 하루 사이에 그들에게 진절머리가 났다. 갑자기 조던도 지겹게 느껴졌다. 조던은 내 표정에서 뭔가 낌새를 챘는지 갑자기 홱 돌아서더니, 현관 계단을 뛰어올라 집으로 들어가버렸다. 손으로 머리를 감싸고 잠시 앉아 있는데 안에서 택시를 부르는 집사의 목소리가 들렸다. 나는 정문에서 기다리려고 차도를 따라 천천히 걸어 내려갔다.

20미터도 채 못 가서 내 이름을 부르는 소리가 들려왔다. 관목 사이로 난 길에서 개츠비가 걸어 나왔다. 순간, 아주 섬뜩한 기분이 들었다. 달빛 아래에서 빛나는 그의 연분홍색 양복만이 눈에 들어올 뿐, 아무 생각도 나지 않았다.

"뭘 하고 있는 겁니까?" 내가 물었다.

"그냥 서 있죠, 친구."

왠지 비열한 꿍꿍이속이 있는 것처럼 느껴졌다. 어쩌면 당장 그 집을 털려는지도 몰랐다. 그의 등 뒤에 있는 컴컴한 관목 숲에서 사악한 얼굴들, '울프심 일당들'의 얼굴이 보인다고 해도 나는 별로 놀라지 않을 것 같았다.

"도로에서 사고 난 것, 봤죠?" 잠시 후에 개츠비가 물었다.

"봤어요."

개츠비는 잠시 머뭇거렸다.

"그 여자는 죽었나요?"

"그래요."

"그럴 거라 생각했어요. 그럴 거라고 데이지에게 말했죠. 이왕 충격받을 거라면 한꺼번에 받는 편이 나으니까. 데이지는 충격을 잘 견뎠어요."

개츠비는 오직 데이지의 반응만이 중요하다는 듯이 말했다.

"샛길을 통해 웨스트에그로 갔어요. 차는 내 차고에 넣어두었고요. 우리를 본 사람은 없는 것 같지만, 확신은 못하겠네요." 개츠비가 말을 이었다.

그 순간, 나는 그가 너무나 혐오스러워서 그의 생각이 틀렸다는 말을 해줄 필요조차 못 느꼈다.

"그 여자는 누구죠?" 개츠비가 물었다.

"윌슨이라는 여자예요. 남편이 정비소를 운영하고 있죠. 한데 대체 어쩌다가 사고가 난 건가요?"

"그게, 실은 내가 핸들을 돌리려고 했는데…." 개츠비가 갑자기 말을 끊었다. 사건의 진상이 문득 머릿속에 떠올랐다.

"데이지가 운전했군요?"

"네." 잠시 후에 개츠비가 대답했다. "하지만 물론 내가 운전했다고 할 거예요. 알다시피, 뉴욕을 떠날 때 데이지는 신경이 너무 예민해져 있었어요. 그래서 운전을 하면 마음이 좀 진정되리라고 생각했던 거죠…. 그런데 맞은편에서 오는 차를 지나치는 순간, 그 여자가 난데없이 우리에게 뛰어들었어요. 모든 일이 순식간에 일어났지만, 생각해보면 그 여자는 우리를 아는 사람으로 착각하고는 뭔가 말하려고 했던 것 같아요. 데이지는 처음에는 그 여자를 피해서 마주 오던 차 쪽으로 핸들을 꺾었다가, 겁이 났던지 다시 핸들을 원래대로 돌리고 말았어요. 내 손이 핸들에 닿는 순간 충격이 느껴지더군요. 즉사했을 겁니다."

"갈기갈기 찢겨서…."

개츠비가 움찔했다. "그만해요, 친구. 여하튼… 데이지는 액셀을 계속 밟았어요. 내가 차를 세우게 하려 했지만, 데이지는 그러지 못했어요. 그래서 내가 핸드 브레이크를 당겼죠. 그랬더니 그녀가 내 무릎 위로 쓰러지더군요. 그 뒤로는 내가 차를 몰았어요." 개츠비는 곧 말을 이었다.

"데이지는 내일이면 괜찮아질 겁니다. 난 이곳에서 기다리면서 혹여 그자가 오늘 오후에 있던 불쾌한 일을 핑계로 데이지를 괴롭히지 않을지 지켜보려고 해요. 데이지는 방에 들어가 문을 잠근 채 있다가 만일 그자가 폭력을 쓰려 하면 불을 껐다 켜기로 했어요."

"톰이 데이지에게 손대지는 않을 거예요. 지금 데이지를 생각할 정신이 없거든요."

"난 그자를 못 믿겠습니다, 친구."

"언제까지 대기하고 있을 건가요?"

"필요하다면 밤새 있어야죠. 아무튼 모두 잠들 때까지는 있을 거예요."

미처 생각하지 못한 일이 문득 떠올랐다. 데이지가 운전한 사실을 톰이 알게 되면 어찌 될까? 톰은 그 사고에 뭔가 연관성이 있다고 생각할지도 모른다. 그가 무슨 생각을 할지는 알 수 없는 노릇이었다. 나는 집을 바라보았다. 아래층 창문 두세 개는 불빛으로 환했고, 2층 데이지의 방에서는 분홍색 불빛이 흘러나왔다.

"여기서 기다려봐요. 무슨 소동이 일어날 조짐이 없나 살펴보고 올게요." 내가 말했다.

나는 잔디밭 가장자리를 따라 돌아가 자갈길을 조용히 건넌 다음, 베란다 계단을 살금살금 올라갔다. 거실의 커튼은 활짝 젖혀져 있었고, 방은 텅 비어 있었다. 석 달 전, 그 6월의 밤에 함께 저녁 식사를 했던 베란다를 가로질러서, 식료품 저장실 창문으로 짐작되는 작은 직사각형의 불빛으로 다가갔다. 블라인드가 내려져 있었지만 창턱에서 갈라진 틈을 하나 찾아냈다.

데이지와 톰은 식은 프라이드치킨 한 접시와 에일 맥주 두 병을 사이에 두고 식탁에 마주 앉아 있었다. 톰은 식탁 맞은편의 데이지에게 뭔가 열심히 말하고 있었고, 진지하게 그녀의 손을 꼭 감싸 쥐고 있었다. 데이지는 가끔 톰을 올려다보며 동감한다는 듯이 고개를 끄덕였다.

그들은 행복해 보이지 않았고, 치킨이나 에일 맥주에는 손도 대지 않았다. 그렇다고 불행해 보이지도 않았다. 그 모습에는 분명 자연스러운 친밀감이 감돌고 있었다. 누가 보더라도 두 사람이 무엇인가를 공모하는 중이라고 말했을 것이다.

베란다에서 살금살금 걸어 나오는데, 택시가 어두운 길을 따라 집 쪽으로 들어오는 소리가 들렸다. 개츠비는 아까 그 자리에서 기다리고 있었다.

"집 안은 조용한가요?" 개츠비가 걱정스레 물었다.

"네, 아주 조용해요. 집에 가서 눈 좀 붙이는 편이 좋겠네요." 나는 좀 더듬대며 말했다.

개츠비가 고개를 저었다.

"데이지가 잠들 때까지 여기에서 기다릴 거예요. 잘 가요, 친구."

개츠비는 상의 주머니에 두 손을 넣고는, 나란 존재가 신성한 불침번을 훼손한다는 듯 진지한 표정으로 돌아서서 집을 살폈다. 그래서 나는 달빛 아래 서서 무(無)를 지켜보고 있는 그를 뒤로한 채 그곳을 떠났다.

8장

밤새도록 잠을 이룰 수 없었다. 해협에서는 안개 경보가 신음하듯 끊임없이 울려댔고, 나는 기이한 현실과 잔혹하고 무서운 악몽 사이를 헤매며 반쯤 아픈 몸을 뒤척였다. 새벽녘에 개츠비 저택의 차도로 택시가 올라가는 소리를 듣고는 잠자리에서 벌떡 일어나 서둘러 옷을 입었다. 그에게 해줄 말이 있다는, 조심하라고 경고해줘야 한다는 생각이 문득 들어서였다. 아침이면 너무 늦을 것만 같았다.

그의 집 잔디밭을 가로질러 가보니 현관문이 아직 열려 있었고, 개츠비는 홀 안의 테이블에 몸을 기댄 채 있었다. 축 치진 모습이 실의에 젖어 있는 것 같기도 하고, 깜박 잠이 든 것 같기도 했다.

"아무 일도 없었어요. 계속 대기하고 있었는데, 4시쯤에 데이지가 창가로 다가와서 잠깐 서 있다가 불을 *끄더군요*." 개츠비는 힘없이 말했다.

우리는 담배를 찾느라 커다란 방들을 뒤지고 다녔는데, 그날처럼 그 집이 커 보인 적은 없었다. 우리는 큰 천막 같은 커튼을 옆으로 젖히고는, 전등 스위치를 찾느라 한없이 높고 컴컴한 벽을 더듬었다. 한 번은 유령 같은 피아노 건반 위로 넘어지며 꽝 소리를 내기도 했다. 납득하기 어려울 정도로 사방이 온통 먼지투성이였고, 여러 날 환기를 하지 않았는지 곰팡이 냄새가 코를 찔렀다. 나는 처음 보는 테이블 위에서 담배 상자를 발견했는데, 안에 든 건 말라비틀어진 담배 두 개비뿐이었다. 우리는 거실의 프랑스식 창문을 활짝 열어젖히고 자리에 앉아 어둠 속으로 담배 연기를 내뿜었다.

"여기를 떠나는 게 좋겠어요. 틀림없이 당신 차를 찾아낼 거예요." 내가 말했다.

"지금 떠나라고요, 친구?"

"일주일 정도 애틀랜틱시티나 몬트리올에 가 있지그래요."

개츠비는 생각해보려고도 하지 않았다. 데이지가 어떻게 할지 알기 전에는 그녀 곁을 떠날 수 없었던 것이다. 그는 마지막 한 가닥 희망을 부여잡고 있었는데, 차마 그에게 그것까지 놓게 할 수는 없었다.

개츠비가 젊은 시절에 댄 코디와 함께 겪은 이상한 이야기를 들려준 것이 바로 그날 밤이었다. 그가 그 이야기를 털어놓을 수 있었던 것은 '제이 개츠비'가 톰의 비정한 악의에 부딪혀서 유리처럼 산산이 부서지는 바람에, 비밀스럽고 기나긴 광상극(狂想劇)이 막을 내렸기 때문이었다. 이제 와서 생각해보니, 그는 무슨 말이든 숨김없이 털어놓을 마음이 있었지만 무엇보다도 데이지에 관해서 이야기를 하고 싶었던 것 같다.

데이지는 개츠비가 처음 만난 '양갓집' 딸이었다. 개츠비는 숨겨진 다양한 능력으로 그런 류의 사람들과 접촉하긴 했지만, 그들과는 늘 보이지 않는 가시철조망이 있었다. 데이지는 홀딱 반할 만큼 매혹적인 여자였다. 처음에는 캠프 테일러의 다른 장교들과 함께 그녀의 집에 갔지만, 그 후로는 혼자서 갔다. 정말 놀라웠다. 전에는 그토록 아름다운 집에 가본 적이 없었다. 하지만 그 집에 숨 막힐 듯한 강렬한 분위기가 감돌았던 것은 바로 데이지가 살고있기 때문이었다. 개츠비가 부대의 야영 막사에 무심하듯이, 그녀는 그 집에 무심했다. 그 집은 무르익은 신비로움으로 가득 차 있었다. 계단을 올라가면 더할 나위 없이 아름답고 시원한 침실이 나올 것 같았고, 복도에서는 즐겁고 유쾌한 일들이 일어날 것만 같았다. 꼭꼭 숨겨놓은 곰팡내 나는 로맨스가 아니라 신선하고 생기 넘치는, 올해 출시된 반짝이는 새 자동차 같은 분위기를 풍기는 로맨스가 있을 것 같았고, 시들지 않는 꽃들이 마냥 춤추고 있을 것만 같았다. 이미 많은 남자들이 데이지에게 넋이 나가 있다는 사실 또한 개츠비의 마음을 들뜨게 했다. 그래서 그의 눈에는 데이지가 더욱더 소중하게 보였다. 개츠비는 집 곳곳에서 그녀에게 넋이 나간 남자들의 존재를 느꼈다. 그들이 남겨놓은 살짝 떨리는 감정의 그림자와 메아리가 도처에 스며들어 있었던 것이다.

하지만 개츠비는 데이지의 집에 오게 된 것이 어마어마한 우연이란 사실을 잘 알고 있었다. 제이 개츠비로서의 미래가 아무리 찬란하다 해도 당시에는 아무 경력도 없는 무일푼의 청년에 불과했고, 자신의 정체를 가려주는 투명 망토인 제복은 언제 어깨에서 흘러내릴지 몰랐다. 그래서 개츠비는 주어진 시간을 최대한으로 이용했다. 얻을 수 있는 것이라면 무엇이든 탐욕스럽고 염치없이 손에 넣었다. 결국 고요한 10월의 어느 밤, 그는 데이지를 차지했다. 오히려 그녀의 손을 만질 권리조차 없었기에 그렇게 그녀를 차지한 것이다.

개츠비는 속임수를 써서 데이지를 차지했기 때문에 스스로를 경멸했을지도 모른다. 그렇다고 해서 있지도 않은 수백만 달러 재산을 소유한 척했다는 것이 아니라, 데이지에게 의도적으로 안도감을 심어주었다는 뜻이다. 그는 자신이 데이지와 같은 계층의 사람이고, 따라서 그녀를 충분히 감당할 만한 능력이 있다고 믿게 만들었다. 사실 개츠비에겐 그런 능력이 없었다. 뒷바라지해줄 만한 부유한 가족도 없을뿐더러, 비정한 정부의 변덕에 따라 세계 어디로 내몰릴지 모르는 처지였다.

하지만 개츠비는 스스로를 경멸하지 않았고, 상황은 그가 상상했던 것과는 다르게 흘러갔다. 그는 얻을 수 있는 것만 손에 넣고 떠나버릴 생각이었는지도 모른다. 하지만 어느새 자신이 헌신적으로 성배를 좇고 있었다는 것을 깨달았다. 데이지가 특별하다는 것은 알았지만, '양갓집' 딸이 얼마나 특별할 수 있는지는 미처 깨닫지 못했다. 결국 데이지는 부유한 자신의 집으로, 부유하고 풍족한 삶 속으로 사라져버렸다. 개츠비에겐 아무것도 남기지 않은 채 말이다. 개츠비는 데이지와 결혼이라도 한 듯한 기분에 젖었지만, 그뿐이었다.

이틀 후 그들이 다시 만났을 때 숨이 막힌 쪽은, 어째서인지 배신당하는 입장이 된 쪽은 개츠비였다. 데이지의 저택 현관은 별처럼 빛나는 사치품으로 반짝였다. 데이지가 몸을 돌리고 개츠비가 그녀의 신비롭고 사랑스러운 입술에 키스하는 사이, 고리버들로 된 긴 의자조차 근사하게 삐걱거렸다. 감기에 걸린 데이지의 목소리는 전보다도 허스키했고, 그 덕분에 더욱 매력적이었다. 개츠비는 부(富)가 가두어 보호하는 젊음과 신비, 수많은 옷에서 풍기는 신선함, 그리고 가난한 사람들의 치열한 삶 저편에서 은처럼 빛나며 안정되고 당당한 삶을 영위하는 데이지라는 존재를 절실히 알게 되었다.

"내가 데이지를 사랑한다는 사실을 깨닫고는 얼마나 놀랐는지 말로는 표현할 수가 없어요, 친구. 한동안은 데이지가 차버리길 바랄 정도였죠. 하지만 데이지는 그러지 않았어요. 데이지도 나를 사랑했거든요. 데이지는 자신이 모르는 것을 내가 잘 안다는 사실 때문에 나를 아주 박식한 사람으로 생각했어요…. 그래, 그렇게 되면서 나는 야망의 길에서 멀어지며 순간순간 더 깊이 사랑에 빠져들었죠. 그러다 보니 갑자기 무엇에도 신경 쓰지 않게 되더군요. 앞으로 할 일을 데이지에게 들려주며 더 좋은 시간을 보낼 수 있는데, 굳이 거창한 일을 벌여봐야 무슨 소용이 있겠어요?"

외국으로 떠나기 전날 오후, 개츠비는 데이지를 팔에 안은 채 오랫동안 말없이 앉아 있었다. 쌀쌀한 가을날이라 방 안에는 난로가 타오르고 있었고, 데이지의 볼은 붉어져 있었다. 가끔 그녀가 들썩이면 개츠비는 팔의 위치를 조금씩 바꿨다. 그리고 한번은 그녀의 반짝이는 어두운 머리칼에 입을 맞추기도 했다. 그날 오후는 마치 이튿날로 예정된 긴 이별을 위해 깊은 추억을 만들어주려는 듯, 한동안 그들의 마음을 평온하게 해주었다. 그들이 사랑에 빠져 있는 한 달 동안, 데이지의 입술이 조용히 개츠비의 어깨를 스치는 순간이나 그가 잠이 든 듯한 그녀의 손끝을 부드럽게 어루만지는 순간만큼 두 사람이 친밀한 감정을 느끼거나 마음속 깊이 교감한 적은 없었다.

개츠비는 전쟁에서 대단한 활약을 보였다. 전선으로 나가기 전에 이미 대위였던 그는 아르곤 전투 후에는 소령으로 진급해서 사단 기관총 부대의 지휘관이 되었다. 휴전 이후로 고국으로 돌아가려 미친 듯이 애썼지만, 곤란한 문제가 생겼거나 착오가 있었는지 옥스퍼드로 파견되고 말았다. 개츠비는 불안감에 사로잡혔다. 데이지의 편지에서 초조함이 묻어나는 절망의 흔적을 느꼈기 때문이다. 데이지는 개츠비가 귀국하지 못하는 이유를 알 수 없었다. 그녀는 바깥세상의 압력을 느끼고 있었다. 그를 직접 보고, 곁에서 그의 존재를 느끼며, 결국 자신의 선택이 옳았다는 사실을 다시금 확인하고 싶었다.

데이지는 젊었고, 그녀의 인위적인 세계는 난초와 즐겁고 쾌활한 속물근성의 향기를 풍겼으며, 인생의 슬픔과 암시를 새로운 선율에 실어서 그해의 리듬을 연주하는 오케스트라 분위기로 가득했다. 밤새 색소폰이 「빌 스트리트 블루스」[50]의 절망적인 곡조를 구슬프게 불어대는 동안, 수백 켤레의 금색과 은색 슬리퍼가 반짝이는 먼지를 일으키며 이리저리 움직였다. 차를 마시는 어스레한 시간이면 방마다 늘 이처럼 은연하고 달콤한 열기로 쉴 새 없이 들썽거렸고, 슬픈 트럼펫 소리에 마룻바닥 사방으로 흩날리는 장미 꽃잎처럼 새로운 얼굴들이 이리저리 떠돌아다녔다.

사교 시즌이 돌아오자, 데이지는 황혼 무렵에 시작되는 이런 세계를 다시 돌아다니기 시작했다. 하루에 대여섯 남자와 대여섯 번의 데이트를 계속했고, 새벽녘이면 침대 옆 바닥의 시들어가는 난초

50 1917년 윌리엄 크리스토퍼 핸디가 작곡한 곡.

들 사이에 구슬과 시폰으로 장식한 이브닝드레스를 널브러뜨린 채 꾸벅꾸벅 졸았다. 데이지의 마음속에선 내내 결단을 내려야 한다고 아우성치고 있었다. 그녀는 당장 자신의 인생이 구체적인 모습을 갖추길 바랐다. 그리고 결단을 내리려면 어떤 힘이 필요했다. 그것은 사랑, 돈, 두말할 필요도 없이 아주 가까이 있는, 현실적인 것이었다.

봄이 한창일 때 톰 뷰캐넌이 출현하면서 그 힘은 구체적인 모습을 드러냈다. 그의 인격과 지위에서 건실한 무게감이 느껴졌고, 데이지는 우쭐한 기분이 들었다. 물론 약간의 안도감과 갈등이 교차했다. 옥스퍼드에 있던 개츠비는 이런 사연이 담긴 편지를 받았다.

어느덧, 롱아일랜드에 새벽이 밝았다. 우리는 돌아다니며 아래층의 나머지 창문들을 모두 열어서, 잿빛과 황금빛으로 변하는 햇살로 집 안을 가득 채웠다. 돌연 이슬 위로 한 그루의 나무 그림자가 길게 드리웠고, 유령 같은 새들이 푸른 나뭇잎들 사이에서 지저귀기 시작했다. 바람이 거의 불지 않는 가운데 대기의 공기가 천천히 상쾌하게 흐르는 것을 보니 이날은 선선하고 화창할 듯했다.

"데이지가 그를 사랑한 적이 있었다고는 생각하지 않습니다."

개츠비가 창문에서 돌아서며 도전적인 눈길로 나를 쳐다보았다.

"당신도 기억할 거예요, 친구. 어제 오후엔 데이지가 너무 흥분한 상태였다는걸. 그자가 그딴 식으로 지껄이니, 데이지가 겁을 먹을 수밖에. 나를 저열한 사기꾼으로 취급했잖습니까. 그 바람에 데이지는 자신이 무슨 말을 하는지도 몰랐던 거예요."

개츠비는 침울한 표정으로 자리에 앉았다.

"물론 신혼 초에는 그자를 사랑했을지도 모르죠…. 하지만 그

때도 나를 더 사랑했습니다. 알겠습니까?"

개츠비가 갑자기 이상한 말을 했다.

"어쨌든, 그건 개인적인 문제일 뿐이죠."

이 말을 어떻게 이해해야 할까? 옳고 그름을 판정할 수 없는 문제에 대해 지나치게 집착한다고밖에 할 수 없지 않을까?

개츠비가 프랑스에서 돌아왔을 때, 톰과 데이지는 아직 신혼여행 중이었다. 그는 군대에서 받은 마지막 봉급으로 루이빌을 향해 떠났다. 비참했지만, 그러지 않고는 견딜 수 없었기에 나선 여행이었다. 그곳에서 일주일간 머물면서, 11월 밤에 데이지와 함께 거닐었던 거리를 걸어보았고 그녀의 흰색 차를 타고 갔던 호젓한 장소들에도 다시 가보았다. 데이지의 집이 다른 집보다 늘 더 신비롭고 즐거워 보였듯이, 그녀는 떠났지만 그 도시 또한 그의 뇌리에는 우울한 아름다움이 깃든 곳으로 깊이 새겨져 있었다.

개츠비는 좀 더 열심히 찾았다면 데이지를 만났을지도 모른다고 생각하며 그곳을 떠났다. 어쩐지 그녀를 뒤에 두고 떠나는 기분이 들었던 것이다. 그는 무일푼이었고, 올라탄 일반 객차는 몹시 더웠다. 그래서 객차의 연결 통로로 나가서 접이식 의자에 앉았다. 역이 미끄러지듯이 멀어져갔고, 낯선 건물들의 뒷모습이 스쳐 지나갔다. 이윽고 봄의 들판으로 나오자, 노란색 전차가 잠시 기차와 경주를 벌였다. 어쩌면 저쪽 전차에 탄 사람들은 언젠가 우연히 거리를 걷다가 데이지의 창백하고 매력적인 얼굴을 보았을지도 모른다.

철로가 구부러지면서 기차는 태양에서 멀어져갔다. 태양은 점점 낮게 기울면서 데이지가 숨 쉬던, 멀리 사라져가는 도시 위로 축복하듯 빛을 흩뿌리는 것처럼 보였다. 개츠비는 한 줌의 공기라도 잡으려는 듯, 그녀의 존재 때문에 아름다웠던 그곳을 한 조각이라도 구하려는 듯 필사적으로 손을 뻗었다. 하지만 눈물로 시야가 흐려진 그의 눈에 모든 것이 너무 빨리 지나가버렸다. 그는 그 도시의 일부, 가장 신선하고 멋진 것을 영원히 잃어버렸다는 사실을 깨달았다.

우리가 아침 식사를 마치고 현관으로 나온 것은 9시였다. 밤사이 날씨가 확연히 달라져서 대기에 가을 기운이 감돌았다. 마지막까지 남은 개츠비의 옛 하인인 정원사가 계단 아래로 다가왔다.

"개츠비 씨, 오늘 수영장 물을 뺄까 하는데요. 곧 나뭇잎이 떨어지기 시작할 테고, 그러면 배수관이 막히거든요."

"오늘은 그냥 놔둬요." 개츠비가 대답했다. 그는 변명이라도 하듯 나를 돌아보았다.

"친구, 그게 말이죠, 여름 내내 수영장에 한 번도 들어가보질 않았거든요."

나는 시계를 쳐다보고 자리에서 일어났다.

"기차 시간이 12분밖에 안 남았군요."

나는 시내로 가고 싶지 않았다. 제대로 말할 기분이 아니었지만, 그것 때문만은 아니었다. 실은 개츠비를 혼자 두고 싶지 않았던 것이다. 나는 그 기차를 놓치고, 다음 기차도 놓치고 나서야 자리에서 일어섰다.

"전화할게요." 마침내 내가 말했다.

"그래요, 친구."

"12시쯤 할게요."

우리는 천천히 계단을 걸어 내려갔다.

"아마 데이지도 전화를 하겠죠?" 그는 내가 그 말을 확증해주 길 바라는 듯, 걱정스러운 눈길로 나를 쳐다보았다.

"그럴 거예요."

"그럼, 잘 가요."

나는 악수를 나누고서 길을 나섰다. 하지만 울타리에 이르기 전, 무엇인가가 머릿속에 떠올라 돌아섰다.

"그 인간들, 썩어빠진 족속이에요. 당신은 그 빌어먹을 족속을 모두 합친 것보다도 훨씬 나아요." 나는 잔디밭 너머로 소리쳤다. 그 때 그렇게 말했던 것을 떠올리면 지금도 흐뭇하다. 나는 처음부터 끝까지 개츠비를 인정하지 않았기 때문에, 그 말이 그에게 해준 유 일한 칭찬이었다. 처음에 개츠비는 정중하게 고개를 끄덕이더니, 곧 무슨 뜻인지 알았다는 듯 얼굴 가득 환하게 미소를 지었다. 마치 우 리가 줄곧 그 사실에 열광적으로 공모해왔다는 듯한 표정이었다. 화 려한 연분홍색 양복이 하얀 계단을 배경으로 밝게 빛나는 한 점이 되자, 석 달 전에 처음으로 그의 고풍스러운 저택을 찾았던 날 밤이 떠올랐다. 잔디밭과 차도는 개츠비가 부패한 짓을 저질렀다고 억측 하는 얼굴들로 붐볐다…. 그리고 그는 저 계단에 서서 자신의 부패 하지 않은 꿈을 감춘 채, 그 사람들에게 손을 흔들며 작별 인사를 하고 있었다.

나는 환대해줘서 고맙다고 했다. 우리는 늘 그에게 환대해줘서 고맙다고 말했다. 나도, 다른 사람들도.

"잘 있어요. 아침 잘 먹었어요, 개츠비." 내가 소리쳤다.

뉴욕 시내에서 잠시 끝없이 쌓인 주식 시세표를 작성하느라 애쓰다가, 그만 회전의자에 앉은 채 잠이 들었다. 정오가 되기 직전에 전화벨 소리에 화들짝 놀라서 벌떡 일어났다. 이마엔 땀방울이 송골송골 맺혀 있었다. 조던 베이커였다. 그녀는 종종 그 시간에 전화를 걸곤 했다. 계획된 일정 없이 호텔과 클럽과 집을 수시로 오갔기 때문에 이때가 아니면 전화하기 어려웠던 것이다. 평소 전선을 타고 들려오는 조던의 목소리는 푸른 골프장에서 사무실 창문으로 날아든 잔디 조각처럼 신선하고 시원했지만, 그날 오전에는 왜인지 거칠고 메마른 느낌이 들었다.

"데이지의 집에서 나왔어요. 지금은 햄프스테드에 있어요. 오늘 오후에 사우샘프턴으로 내려갈 거예요."

조던이 데이지의 집에서 나온 것은 잘한 일일 테지만 그녀의 행동에 나는 언짢은 기분이 들었고, 이어서 내뱉은 말을 듣고는 몸이 굳고 말았다.

"어젯밤에는 나한테 너무했어요."

"그 상황에 그게 그리 중요합니까?"

잠시 침묵이 흘렀다. 그리고….

"하지만… 당신을 보고 싶어요."

"나도 보고 싶어요."

"사우샘프턴에 가지 말고 오후에 시내로 갈까요?"

"아뇨…. 아무래도 오늘 오후엔 안 될 것 같아요."

"알았어요."

"오늘 오후엔 정말 안 되겠어요. 여러 가지로….”

한동안 이런 식으로 이야기를 나누다가 갑자기 대화가 끊겼다. 누가 먼저 딸각 소리를 내며 수화기를 내려놓았는지 모르지만,

나는 신경 쓰지 않았다. 그녀와 다시는 말을 할 수 없게 된다고 해도, 그날만은 찻잔을 놓고 테이블에 마주 앉아 이야기를 나눌 수 없었다.

몇 분 후, 개츠비의 집으로 전화를 걸었지만 통화 중이었다. 네 번이나 전화를 걸었더니 마침내 교환원이 화를 내며, 디트로이트에서 걸려온 장거리 전화 때문에 계속 통화 중이라고 알려주었다. 나는 기차 시간표를 꺼내 3시 50분 기차 시간에 작게 동그라미를 쳤다. 그러곤 의자에 등을 기대고 앉아 생각에 잠겨보려 애썼다. 그때가 12시 정각이었다.

그날 아침에 기차를 타고 재의 계곡을 지날 때, 나는 일부러 반대 칸으로 자리를 옮겼다. 온종일 호기심 많은 사람들이 그곳으로 몰려들 것이다. 아이들은 먼지 속에서 검붉은 얼룩을 찾을 테고 말 많은 사람들은 무슨 사건이 벌어졌는지 거듭해서 떠들어대다가 어느 순간 그 이야기가 점점 현실감을 잃고 더 이상 그들의 입에도 오르내리지 않게 될 것이며, 결국 머틀 윌슨의 비극적 죽음도 잊힐 것이다. 이제 조금 과거로 돌아가서, 전날 밤 우리가 떠난 후 정비소에서 무슨 일이 일어났는지 이야기하는 것이 좋을 듯싶다.

경찰은 머틀의 여동생 캐서린의 소재를 파악하는 데 어려움을 겪었다. 그날 밤, 캐서린은 술을 마시지 않는다는 자신의 규칙을 깬 게 분명했다. 사건 현장에 도착했을 때는 얼마나 술에 취했던지, 구급차가 이미 플러싱으로 떠났다는 말도 알아듣지 못했다. 사람들이 그 사실을 간신히 이해시켜주었더니, 구급차가 떠난 것이 이 사건에서 도저히 견딜 수 없는 부분이기라도 한 듯 이내 기절해버렸다. 누군가가 친절을 베푼 건지, 아니면 호기심이 발동한 건지, 캐서린을 차에 태워 언니의 시신이 간 길을 따라 끝까지 데려다주었다.

자정이 한참 지난 시간까지도 새로 온 구경꾼들이 정비소 앞으로 밀려들었고, 그러는 동안 윌슨은 사무실 소파에 앉아 앞뒤로 몸을 흔들어대고 있었다. 한동안 사무실 문이 열려 있었기 때문에 정비소로 들어오는 사람은 누구라도 그 안을 들여다볼 수밖에 없었다. 마침내 누군가가 남 보기 부끄럽다며 문을 닫았다. 미카엘리스와 몇몇 사람이 윌슨과 함께 있었다. 처음에는 네댓 명이었다가 나중에는 두세 명으로 줄었다. 조금 지나서 미카엘리스는 마지막으로 남은 낯선 사람에게 15분만 더 기다려달라고 부탁하고는, 자신의 가게에 가서 커피를 한 주전자 끓여 왔다. 그 후로 미카엘리스는 새벽까지 혼자서 윌슨 곁을 지켰다.

3시쯤 됐을 때, 두서없이 내뱉던 윌슨의 중얼거림에 변화가 생겼다. 점점 차분해지더니 노란색 차에 대해 이야기하기 시작했다. 노란색 차의 주인이 누구인지 알아낼 방법이 있다고 하더니, 두 달 전에 아내가 얼굴에 상처를 입고 콧등이 부어오른 채로 시내에서 돌아온 적이 있다고 불쑥 말했다.

하지만 자신이 한 말에 놀라서 움찔하더니, 신음 소리와 함께 다시 "아, 이럴 수가!"라고 울부짖기 시작했다. 미카엘리스는 서툴게나마 윌슨의 마음을 딴 데로 돌려보려고 애를 썼다.

"조지, 결혼한 지는 얼마나 됐죠? 자아, 잠깐만 가만히 앉아서 내가 묻는 말에 대답 좀 해봐요. 결혼한 지 얼마나 됐죠?"

"12년."

"아이는요? 자, 조지, 가만히 좀 앉아 있어봐요⋯. 내가 묻고 있잖아요. 아이는 있어요?"

딱딱한 갈색 딱정벌레들이 전등의 희미한 불빛에 날아들어 딱딱 부딪쳤다. 바깥 도로를 질주하는 차 소리가 들릴 때마다, 미카엘리스는 몇 시간 전에 뺑소니를 친 차의 소리를 듣는 것만 같았다. 미카엘리스는 정비소로 들어가고 싶지 않았다. 시신이 놓여 있던 작업대가 피로 얼룩져 있었기 때문이다. 그래서 거북하게 사무실을 이리저리 서성였고, 그 덕에 아침이 되기도 전에 안에 있는 물건들을 죄다 익히게 되었다. 그리고 이따금씩 윌슨 곁에 앉아서 그를 진정시키려 애썼다.

"조지, 가끔이라도 다니던 교회가 있나요? 나간 지 오래된 곳이라도. 내가 그 교회에 전화해서 목사님을 오게 할까요? 목사님과 이야기를 나눠보면 어때요?"

"다니는 교회 없어."

"조지, 교회에 다녀야 해요. 이런 때에 대비해서요. 그래도 한 번쯤은 교회에 가봤을 거 아녜요. 교회에서 결혼식을 올리지 않았나요? 자, 조지, 내 말 좀 들어봐요. 교회에서 결혼하지 않았어요?"

"너무 오래전 일이야."

대답하려고 애쓰다 보니 몸을 흔드는 리듬이 깨졌다. 윌슨은 잠시 잠자코 있더니 한편으론 다 알고 있는 듯하고, 다른 한편으론 당황한 듯한 표정이 푹 꺼진 눈동자에 다시금 되살아났다.

"저기 서랍 안을 좀 봐." 윌슨은 책상을 가리키며 말했다.

"어느 서랍이요?"

"저 서랍…. 그거."

미카엘리스는 가장 가까이에 있는 서랍을 열었다. 그 안에는 가죽과 은실을 꼬아 만든 조그맣고 비싸 보이는 개줄 말고는 아무것도 없었다. 새것처럼 보이는 물건이었다.

"이거요?" 개줄을 들어 보이며 미카엘리스가 물었다.

윌슨이 처다보고는 고개를 끄덕였다.

"어제 오후에 발견했어. 마누라가 이러쿵저러쿵 둘러대려 했지만, 난 그게 수상쩍은 물건이란 걸 눈치챘어."

"부인이 이걸 샀다는 말인가요?"

"마누라가 얇은 종이에 싸서 화장대 위에 놓아뒀더군."

미카엘리스는 대체 무엇이 수상하다는 건지 알 수 없었다. 그래서 윌슨 부인이 개줄을 샀을 만한 이유를 열 가지 넘게 말해주었다. 하지만 윌슨이 "아, 이럴 수가!"라고 다시금 나지막이 중얼거리는 것으로 보아, 이미 머틀에게서 똑같은 변명을 들은 모양이었다. 윌슨을 위로하려고 미카엘리스가 꺼낸 여러 이유들은 결국 공기 중으로 흩어지고 말았다.

"그러니까 그놈이 내 마누라를 죽인 거야." 윌슨이 말했다. 그의 입이 갑작스레 딱 벌어졌다.

"누가 죽였다고요?"

"알아낼 방법이 있어."

"조지, 지금 정상이 아니에요. 이번 일로 너무 스트레스를 받아서, 지금 자신이 무슨 말을 하는지도 모르고 있어요. 아침까지 조용히 앉아 쉬는 게 좋겠어요." 미카엘리스가 친구처럼 말했다.

"그놈이 내 마누라를 죽였어."

"조지, 그건 사고였어요."

윌슨은 고개를 저었다. 두 눈을 가늘게 뜨고 입을 약간 벌리며,

조금은 오만한 표정으로 "흠!" 하는 소리를 내뱉었다.

"난 알아. 난 원래 남을 의심하지 못하는 사람이고, 누구를 조금이라도 해칠 짓은 생각도 못해. 하지만 내가 뭔가 알게 된다면, 그건 정말로 아는 거야. 그 차에 탄 놈이었어. 마누라는 그놈에게 말을 걸려고 달려갔는데, 놈이 차를 멈추지 않은 거야." 윌슨이 단호하게 말했다.

미카엘리스도 그 장면을 목격했지만, 특별한 의미가 있으리라고는 생각해보지 않았다. 그는 윌슨 부인이 어떤 차를 세우려 했다기보다는 그저 남편에게서 도망치려 했다고 생각했다.

"부인이 뭣 때문에 그랬겠어요?"

"앙큼한 년이거든." 질문에 대한 충분한 답인 것처럼 윌슨이 말했다. "아…. 아…. 아…."

윌슨은 다시 몸을 흔들어대기 시작했고, 미카엘리스는 손으로 개 줄을 비틀며 서 있었다.

"조지, 전화를 걸 만한 친구 있어요? 내가 대신 전화해줄 테니까."

헛된 희망이었다. 윌슨에게 단 한 명의 친구도 없다는 것은 미카엘리스도 확신하는 바였다. 그는 마누라 하나도 감당하지 못하는 인간이었으니까. 이윽고 되살아난 푸르스름한 빛이 창가에 비치며 방 안의 분위기가 달라지자, 미카엘리스는 마음이 놓였다. 새벽이 멀지 않았던 것이다. 5시쯤 되자, 전등을 꺼도 될 만큼 바깥이 환하게 밝았다.

윌슨의 멀건 두 눈이 재의 계곡으로 향했다. 작은 잿빛 구름들이 환상적인 모양으로 여린 새벽바람에 이리저리 떠돌고 있었다. 윌

위대한 개츠비

슨이 오랜 침묵을 깨고 중얼거렸다.

"마누라에게 말했지. 날 속일 순 있어도 하느님은 속일 수 없다고. 나는 마누라를 창가로 데려갔어…" 윌슨은 간신히 자리에서 일어나 뒤쪽 창가로 걸어가서 창문에 얼굴을 기대고 섰다. "…그러곤 이렇게 말했어. '하느님은 네가 한 짓을, 네가 한 모든 짓을 아셔. 넌 날 속일 수는 있어도 하느님을 속일 순 없어!'"

윌슨의 뒤에 선 미카엘리스는 그가 닥터 T. J. 에클버그의 두 눈을 물끄러미 바라보는 것을 보고는 깜짝 놀랐다. 밤의 어둠이 걷히면서, 그 두 눈은 창백하고 거대한 모습을 막 드러내고 있었다.

"하느님은 모든 것을 보고 계시지." 윌슨이 거듭 말했다.

"저건 광고판이잖아요." 미카엘리스가 윌슨에게 사실을 납득시키려 했다. 무엇에 이끌렸는지, 윌슨은 창가에서 돌아서서 다시 방 안을 바라보았다. 하지만 이내 창유리에 얼굴을 바짝 붙이고는 밝아오는 여명을 향해 고개를 끄덕이며 오랫동안 그 자리에 서 있었다.

6시 무렵, 미카엘리스는 몹시 지쳐 있었다. 그렇다 보니, 밖에서 자동차 멈추는 소리가 들려오자 반가웠다. 지난밤 곁에 있다가 다시 오겠다고 약속하고 떠났던 사람 중 하나였다. 미카엘리스는 그 사람 몫까지 3인분의 아침 식사를 준비했지만, 결국 그 사람과 단둘이서 먹었다. 윌슨은 전보다 더 조용해졌고, 미카엘리스는 집에 돌아가 잠을 청했다. 네 시간 후에 미카엘리스가 깨어나 정비소로 서둘러 돌아와보니, 윌슨은 이미 사라지고 없었다.

나중에 밝혀진 윌슨의 행적을 보면, 그는 줄곧 걸어서 우선 포트 루스벨트로 갔다가, 그곳에서 다시 개즈힐로 가서 샌드위치를 샀으나 먹지는 않고 커피만 한 잔 마셨다. 정오까지도 개즈힐에 도착하지 못한 걸 보면, 지친 나머지 천천히 걸었던 것 같다. 여기까지는 윌슨이 어떻게 시간을 보냈는지 그리 어렵지 않게 설명할 수 있다. '미친 사람처럼 행동하는' 남자를 보았다는 아이들이 있었고, 길가에서 이상한 표정으로 자신을 빤히 쳐다보더라는 운전자들도 있었다. 그 후 세 시간 동안의 행적은 묘연했다. 미카엘리스에게 "알아낼 방법이 있어."라고 했던 말을 근거로, 경찰은 윌슨이 그동안 근처 정비소를 일일이 뒤지고 다니며 노란색 차를 찾았을 거라고 추정했다. 하지만 윌슨을 봤다는 정비공은 한 사람도 없었다. 어쩌면 윌슨에게는 자신이 알고 싶은 것을 좀 더 쉽고 확실하게 알아낼 만한 방법이 있었는지도 모른다. 2시 반쯤, 웨스트에그에서 윌슨은 누군가에게 개츠비의 집으로 가는 길을 물었다. 그렇다면 그때쯤엔 윌슨이 개츠비의 이름을 알고 있었다는 말이 된다.

2시에 개츠비는 수영복을 입고는, 전화가 오면 수영장으로 전해달라고 집사에게 일러두었다. 개츠비는 여름 동안 손님들을 즐겁게 해주었던 공기 매트리스를 꺼내려고 차고에 들러, 운전기사의 도움을 받아 매트리스에 공기를 채웠다. 그러고 나서 어떤 일이 있어도 오픈카를 밖에 내놓지 말라고 기사에게 지시했다. 이상한 지시였다. 앞면 오른쪽 흙받기를 수리해야 하는데 말이다.
개츠비는 매트리스를 어깨에 메고 수영장으로 향했다. 잠깐 걸음을 멈추고 매트리스를 반대쪽 어깨로 옮겨 멨고, 그 모습을 본 기사가 도와주겠다고 나섰지만 개츠비는 고개를 젓고는 나뭇잎이 노랗게 물들기 시작한 나무들 사이로 금세 사라졌다.

전화는 한 통도 오지 않았지만, 집사는 낮잠도 마다한 채 4시까지 기다렸다. 전화를 받을 사람이 사라지고 한참이 지난 뒤에도 그렇게 기다렸다. 개츠비도 전화가 오리라고는 믿지 않았을 것이고, 어쩌면 더는 신경 쓰지 않았을지도 모른다. 만약 그것이 사실이라면 개츠비는 옛날의 따뜻한 세상을 잃어버렸다고, 단 하나의 꿈만을 갖고 너무 오랫동안 살아온 것에 대해 아주 값비싼 대가를 치렀다고 생각했을 것이다. 개츠비는 장미꽃이 얼마나 기괴한지, 갓 돋은 풀잎 위로 쏟아지는 햇빛이 얼마나 생경한지 문득 깨닫고는, 소름 끼치는 나뭇잎 사이로 낯선 하늘을 올려다보며 틀림없이 몸서리쳤을 것이다. 새로운 세계, 실체 없는 물질적인 세계, 가엾은 유령들이 꿈을 공기처럼 마시며 정처 없이 떠돈다…. 형체 없는 나무들 사이로 그를 향해 미끄러지듯 홀연히 다가오는 저 잿빛 환영처럼.

운전기사, 울프심의 부하 중 하나였던 그가 총소리를 들었다. 나중에 그는 그 총소리를 별로 대수롭지 않게 생각했다고 말할 뿐이었다. 나는 기차역에서 곧장 개츠비의 집으로 차를 몰았다. 불길한 예감에 사로잡혀 현관 계단을 뛰어 올라갔더니, 그제야 모두들 깜짝 놀란 표정을 지었다. 하지만 그들이 이미 사태를 모두 알고 있었다고 나는 지금도 굳게 믿고 있다. 운전기사, 집사, 정원사, 나 이렇게 네 사람은 한마디 말도 채 맺지 못하고 서둘러 수영장으로 내려갔다.

한쪽 끝에서 흘러나온 신선한 물이 반대쪽 배수구로 빠져나가면서, 수영장의 물은 보일 듯 말 듯 아주 천천히 흘렀다. 찰랑거림이 거의 눈에 띄지 않을 만큼의 잔물결에 떠밀려 개츠비를 태운 매트리스가 수영장 아래로 불규칙하게 흔들려 가고 있었다. 수면에 잔물결

하나 만들기도 벅찬 한 줄기 연약한 바람도 예상치 못한 짐을 실은 매트리스의 예상치 못한 방향을 가로막기에는 충분했다. 매트리스는 낙엽 한 더미에 부딪치자, 천천히 회전하면서 컴퍼스의 다리처럼 물 위에 가느다란 붉은 원을 그렸다.

　우리가 개츠비의 시체를 집 안으로 옮긴 뒤에, 정원사가 얼마 떨어지지 않은 잔디밭에서 윌슨의 시체를 발견했다. 이것으로 학살극은 막을 내렸다.

9장

그로부터 2년이 지난 지금, 그날의 낮과 밤 그리고 그 이튿날을 돌이켜보면 경찰과 사진기자와 신문기자가 개츠비의 저택을 문턱이 닳도록 들락거렸던 것만 떠오른다. 정문에는 줄이 쳐졌고 그 옆에서 경찰관이 구경꾼의 접근을 막았지만, 사내아이들은 곧 우리 집 마당을 통해 저택으로 들어갈 수 있다는 사실을 알아냈다. 그래서 수영장 주변에는 항상 아이들 몇 명이 입을 딱 벌린 채 모여 있었다. 그날 오후, 형사처럼 보이는 사람이 자신만만한 태도로 허리를 굽혀서 윌슨의 시체를 내려다보며 '미친놈'이라는 표현을 썼다. 우연히도 그의 목소리에서 권위가 느껴졌는지, 그 말이 이튿날 조간신문 기사의 기조가 되었다.

신문 기사는 대부분 아주 끔찍했다. 정황에 의존한 추측성 기사인 데다 기괴하고 자극적이며 사실과는 거리가 멀었다. 심리에서 미카엘리스의 증언으로 윌슨이 아내를 의심했다는 사실이 드러났을 때, 나는 이 모든 이야기가 곧 선정적인 가십거리가 되리라는 생각이 들었다. 그런데 할 말이 있을 법한 캐서린은 입도 뻥긋하지 않았다. 그녀는 이 사건과 관련해서도 놀라운 평소 성격을 보여주었다. 캐서린은 새로 그린 눈썹 아래로 단호한 눈빛을 하고 검시관을 바라보면서, 언니는 개츠비를 만난 적이 한 번도 없으며, 남편과는 더할 나위 없이 행복하게 살았고, 부정한 짓은 절대 하지 않았다고 증언했다. 캐서린은 자신이 한 말을 스스로에게 납득시키면서, 아주 사소한 의심조차 참을 수 없다는 듯 손수건에 얼굴을 파묻고 흐느꼈다. 결국 윌슨은 '슬픔 때문에 미친' 사람으로 치부되면서 이 일은 아주 단순한 사건으로 처리되고 말았다. 그렇게 사건은 마무리되었다.

하지만 이 모든 것은 사건의 본질과 동떨어진 듯 보였다. 문득 나 혼자만 개츠비의 편에 서 있다는 사실을 깨달았다. 내가 웨스트에그에 전화를 걸어서 이 끔찍한 사건 소식을 알린 순간부터, 개츠비에 관한 온갖 추측과 현실적인 질문 모두가 쏟아졌다. 처음에는 놀랍고 당황스러울 뿐이었다. 하지만 개츠비가 집 안에 누워서 움직이지도, 숨을 쉬지도, 말을 하지도 못하는 것을 보자, 점차 내게 책임이 있다는 생각이 들었다. 나 말고는 누구도 관심을 갖지 않았기 때문이다. 그러니까, 누구라도 결국에는 미약하게나마 가질 권리가 있는, 강렬한 개인적인 관심 말이다.

개츠비의 시체를 발견한 지 30분 뒤에, 나는 주저 없이 본능적으로 데이지에게 전화를 걸었다. 하지만 데이지와 톰은 그날 오후에 일찌감치 짐까지 챙겨서 집을 떠나고 없었다.

"주소를 남기지 않았나요?"

"남기지 않았습니다."

"언제 돌아온다고 하던가요?"

"그런 말씀은 없었습니다."

"어디로 갔는지 모르나요? 어떻게 연락할 수 있을까요?"

"전 모릅니다. 말씀드릴 수 없어요."

나는 개츠비를 위해 누구라도 데려오고 싶었다. 그가 누워 있는 방으로 들어가 안심시켜주고 싶었다. "개츠비, 당신을 위해 누구든 데려올게요. 그러니 걱정 말아요. 나만 믿으라고요. 정말 누구든 데려올 테니…."

마이어 울프심이라는 이름은 전화번호부에 없었다. 집사가 브로드웨이에 있는 사무실 주소를 알려줘서 안내계에 전화를 걸었다. 하지만 전화번호를 알아낸 시간은 이미 5시가 한참 지난 뒤였기에 아무도 전화를 받지 않았다.

"한 번 더 연결해주시겠습니까?"

"벌써 세 번이나 했어요."

"아주 중요한 일입니다."

"죄송하지만, 아무도 없는 것 같아요."

나는 응접실로 돌아왔다. 갑자기 그곳을 가득 메운 사람들이 다시는 찾아올 리 없는 손님, 그저 공무 집행을 위해 들른 사람들이라는 생각이 일순간 뇌리를 스쳤다. 그들이 시트를 걷고 냉정한 눈길로 개츠비를 바라볼 때도 내 머릿속에서는 그의 항의가 계속해서 아우성쳤다.

'이봐요, 친구, 나를 위해 누구든 데려와줘요. 노력 좀 해봐요. 지금 이 일을 혼자 겪으려니 너무 힘들어요.'

누군가가 내게 질문을 던졌지만, 나는 뿌리치고 나와서 2층으로 올라가 잠기지 않은 책상 서랍을 서둘러 뒤졌다. 개츠비는 부모님이 돌아가셨다고 분명하게 말한 적이 없었다. 하지만 아무것도 찾지 못했다. 그저 지나간, 격렬한 삶의 증거인 댄 코디의 사진만이 벽에서 내려다보고 있었다.

　이튿날 아침 나는 울프심에게 쓴 편지를 집사의 손에 들려 뉴욕으로 보냈다. 개츠비에 관한 신상 정보를 묻는 내용과 함께 다음 기차로 속히 와달라는 재촉이 들어 있었다. 막상 편지를 쓰고 나니, 공연한 요구를 한 것은 아닌가 싶었다. 정오가 되기 전에 데이지에게서 전화가 오리라고 확신했듯이, 울프심 또한 신문을 보는 대로 즉시 출발했으리라 확신했던 것이다. 하지만 전화도, 울프심도 오지 않았다. 그저 더 많은 경찰관과 사진기자와 신문기자만이 찾아왔을 뿐이다. 집사가 가져온 울프심의 답장을 보았을 때, 나는 그들 모두에 대한 반감, 개츠비와 나 사이에 싹트는 냉소적인 유대감을 느꼈다.

　친애하는 캐러웨이 씨, 이번 일은 내 생애에서 가장 끔찍한 충격 가운데 하나여서, 도저히 사실이라고 믿기 힘들 정도입니다. 범인이 저지른 미친 짓은 우리 모두에게 많은 생각을 할 기회를 주는군요. 하지만 현재 나는 아주 중요한 사업에 발목이 잡혀 있는 터라 도저히 갈 수 없습니다. 또한 그 일에 연루될 수도 없는 입장입니다. 나중에라도 내가 도울 수 있는 일이 있으면, 에드거를 통해 편지로 알려주기 바랍니다. 이런 소식을 들으니, 너무 충격이 커서 내가 어디에 있는지조차 모르겠고 혼절할 지경입니다.

당신의 친애하는
마이어 울프심

바로 아래에 급히 쓴 듯한 추신이 덧붙어 있었다.

장례식 등에 대해 알려주기 바랍니다. 그의 가족에 대해선 전혀 모릅니다.

　　그날 오후 전화벨이 울리고 장거리 전화 교환원이 시카고에서 온 전화라고 했을 때, 나는 드디어 데이지에게서 전화가 왔다고 생각했다. 하지만 전화가 연결되자, 아주 가늘고 멀게 느껴지는 남자의 목소리가 들렸다.
　　"슬레이글입니다…."
　　"네?" 처음 듣는 이름이었다.
　　"말도 안 되는 일이에요, 그렇지 않아요? 내 전보 받았어요?"
　　"아무런 전보도 못 받았는데요."
　　"파크, 그 자식이 사고를 쳤어요. 카운터 너머로 채권을 넘겨주다가 붙잡히고 말았어요. 불과 5분 전에 뉴욕에서 번호가 적힌 회람장을 받았나 봐요. 혹시 뭐 아는 거 없어요? 이런 촌구석에선 도무지 알 수가 없어서…." 남자가 황급히 말했다. 니는 숨이 차서 말을 가로막았다.
　　"이봐요! 이봐요, 난 개츠비 씨가 아닙니다. 개츠비 씨는 죽었어요."
　　전화기 저편에서 외마디 탄식이 들리더니 긴 침묵이 이어졌다…. 이윽고 짧게 툴툴대는 소리와 함께 전화가 끊겼다. 미네소타주의 한 도시에서 헨리 C. 개츠라고 서명된 전보가 도착한 것은 사흘째 되는 날이었던 것 같다. 전보에는 바로 출발할 테니 자신이 도착할 때까지 장례식을 연기해달라고만 적혀 있었다.

그는 개츠비의 아버지였다. 침통한 표정의 노인은 아주 무력해 보였고, 절망감으로 어쩔 줄 몰라 했다. 따뜻한 9월인데도 싸구려 긴 외투로 몸을 감싸고 있었다. 감정이 격해졌던지 그의 눈에서는 계속 눈물이 흘러내렸다. 내가 손에서 가방과 우산을 받아들자, 개츠 씨가 숱이 적은 회색 수염을 연신 쓸어내리는 바람에 외투를 벗기는 데 애를 먹었다. 개츠 씨가 금방이라도 쓰러질 것만 같아서, 나는 그를 음악실로 데려가서 앉혔다. 그리고 사람을 시켜 먹을 것을 가져오게 했다. 하지만 개츠 씨는 아무것도 먹으려 하지 않았고, 손을 떠는 바람에 우유 잔을 엎지르고 말았다.

"시카고 신문에서 봤습니다. 시카고의 모든 신문에 났더군요. 신문을 보고 바로 출발한 겁니다."

"연락할 방법을 몰랐습니다."

아무것도 눈에 들어오지 않았지만, 그는 연신 방 안을 두리번거렸다.

"미친놈의 짓이지. 그놈은 미친 게 분명해."

"커피 좀 드시겠어요?" 나는 개츠 씨에게 권했다.

"됐어요. 난 이젠 괜찮습니다. 이름이…."

"캐러웨이라고 합니다."

"음, 이젠 괜찮아요. 지미는 어디 있죠?"

나는 그를 그의 아들이 누워 있는 응접실로 데려다주고는 그곳에 남겨둔 채로 나왔다. 아이들 몇 명이 계단을 올라와서 홀 안을 들여다보고 있었다. 방금 온 사람이 누구인지 말해주었더니, 아이들은 마지못해 자리를 떴다.

잠시 후, 개츠 씨가 문을 열고 나왔다. 약간 붉어진 얼굴에 입이 살짝 벌어진 채, 두 눈에선 이따금씩 눈물이 뚝뚝 흘러내렸다. 개츠 씨는 죽음에 소스라치게 놀랄 만한 나이는 아니었다. 그제야 처음으로 주위를 둘러보았다. 높고 화려한 홀, 다른 방과 통하는 커다란 방들이 눈에 들어오자, 슬픔은 경외에 찬 뿌듯함과 뒤섞이기 시작했다. 나는 개츠 씨를 부축해서 2층 침실로 데리고 올라갔다. 그가 외투와 조끼를 벗는 동안, 나는 그가 올 때까지 모든 장례 일정을 연기했다고 말해주었다.

"어떻게 하실지 몰라서요, 개츠비 씨…."

"내 성은 개츠예요."

"…개츠 씨, 시신을 서부로 운구하고 싶어 할지도 모른다고 생각했습니다."

개츠 씨는 고개를 저었다.

"지미는 항상 동부를 좋아했지. 동부에 자리 잡았으니. 당신은 우리 아들의 친구였나요?"

"친한 친구였지요."

"알고 있겠지만, 녀석은 앞날이 창창한 아이였어요. 아직 젊지만, 머리가 비상했죠."

개츠 씨는 눈길을 끄는 손짓으로 머리를 가리켰고, 나는 고개를 끄덕였다.

"죽지 않았다면 큰 인물이 됐을 거예요. 제임스 J. 힐[51] 같은 인

---

51 James J. Hill, 1838~1916. 피츠제럴드의 고향인 미네소타주의 세인트 폴에 살았던 거물 철도업자.

물처럼. 나라 건설에도 큰 몫을 했을 테고."

"그랬을 겁니다." 나는 좀 거북했지만 동의를 표했다.

개츠 씨는 침대에서 수놓인 침대보를 벗기려고 더듬다가 뻣뻣하게 누웠다. 그러더니 금방 잠에 빠져들었다.

그날 밤, 겁먹은 듯한 어떤 사람이 전화를 해서는 이름을 밝히지도 않고 내게 누구냐고 물었다.

"캐러웨이라고 합니다." 내가 대답했다.

"아! 난 클립 스프링어입니다." 그는 안도하는 듯했다.

나 역시 안도했다. 개츠비의 장례식에 올 친구가 한 명 더 생긴 것 같았기 때문이다. 나는 신문에 부고를 내서 구경꾼들이 꼬이게 할 마음이 전혀 없었기에, 몇몇 사람에게 직접 전화를 걸던 참이었다. 하지만 장례식에 올 사람을 찾아내기란 쉽지 않았다.

"장례식은 내일입니다. 3시에 이곳 집에서요. 누구든 올 만한 분이 있으면 연락 좀 해주세요."

"아, 그러죠. 물론 만날 사람이 있을 것 같진 않지만, 만나게 되면 그렇게 할게요." 그가 성급하게 대답했다.

"물론 당신은 오겠죠?"

"음, 되도록 갈게요. 내가 전화한 건…."

"잠깐만요. 꼭 온다고 말해주지 않겠어요?" 내가 그의 말을 가로막았다.

"음, 실은… 실은, 그리니치에 아는 사람들과 함께 있어요. 이 사람들이 내일 내가 함께 있어주길 바라고 있어서요. 실은 야유회 같은 것이 있거든요. 물론 빠져나오도록 최선을 다해보겠습니다."

나는 참다 못해 "흥!" 하는 소리를 내뱉었다. 클립스프링어가

이 소리를 들었는지 신경질적인 말투로 말했다.

"내가 전화한 건, 거기 두고 온 신발 때문이에요. 수고스럽겠지만 집사를 통해 보내줬으면 해요. 테니스화인데, 그게 없으니 난감하군요. 여기 주소는 B. F⋯."

바로 수화기를 내려놓았기 때문에, 나머지 주소는 듣지 못했다. 그 후로 나는 개츠비에게 면목이 없었다. 내가 전화를 걸었던 한 신사는 개츠비가 그런 꼴을 당해도 싸다는 식으로 말했다. 하지만 내 실수였다. 그자는 개츠비에게 술을 얻어 마시고는 술기운을 빌려서 개츠비를 아주 심하게 조롱했던 사람이었다. 그에게 전화하는 바보짓은 하지 말았어야 했다.

장례식 날 아침, 나는 마이어 울프심을 만나기 위해 뉴욕으로 갔다. 그러지 않고서는 그와 연락할 방법이 없을 것 같았다. 엘리베이터 보이가 일러준 대로 밀고 들어간 문에는 '스와스티카 지주회사'라는 상호가 붙어 있었다. 처음에는 안에 아무도 없는 것 같았다. 하지만 내가 헛수고하듯 여러 차례 "누구 없어요?"라고 소리치자, 칸막이 뒤편에서 언쟁이 들리는가 싶더니 곧 예쁘장한 유대인 여자가 안쪽 문에서 나타나서는 적의에 찬 검은 눈으로 나를 유심히 살폈다.

"아무도 안 계십니다. 울프심 씨는 시카고에 가셨어요."

첫 문장은 거짓말임이 분명했다. 안에서 누군가가 엉망인 음정으로 「로사리오」를 휘파람으로 부르기 시작했으니 말이다.

"캐러웨이가 만나고 싶어 한다고 전해주세요."

"시카고에서 데려올 순 없잖아요. 안 그래요?"

바로 그 순간, 울프심의 입에서 나온 것이 틀림없는 목소리가 문 안쪽에서 "스텔라!" 하고 불렀다.

"책상 위에 성함을 남기고 가요. 돌아오면 전할게요." 그녀가 재빨리 말했다.

"하지만 저 안에 있는 거, 다 압니다."

그녀는 내 쪽으로 한 걸음 다가서더니 몹시 화난 듯, 양손으로 엉덩이를 위아래로 쓸어댔다.

"당신 같은 젊은 사람은 이곳에 아무 때나 제멋대로 들어올 수 있다고 생각하지. 이젠 아주 진절머리가 나. 내가 시카고에 있다면 있는 거라고." 그녀가 꾸짖듯이 말했다.

내가 개츠비의 이름을 꺼냈다. 그녀는 나를 다시 처다보았다.

"아, 이런! 잠깐만요, 이름이 뭐라고 했죠?"

그녀가 안으로 모습을 감췄다. 그러자 곧 마이어 울프심이 엄숙한 표정으로 문 앞에 서서 두 손을 내밀었다. 울프심은 정중한 목소리로 우리 모두에게 슬픈 시기라고 말하면서, 사무실로 나를 데려가서 시가를 권했다.

"그 친구를 처음 만났을 때가 생각나는군. 막 제대한 젊은 소령이었는데, 온몸에 전쟁 때 받은 훈장을 주렁주렁 달고 있었지. 워낙 곤궁한 형편이라 계속 군복만 입고 있었어. 평상복을 살 돈이 없었거든. 내가 그 친구를 처음 본 건 43번가의 와인브레너 당구장이었어. 그 친구가 들어와 일자리를 부탁했지. 이틀 동안 아무것도 못 먹었다기에 내가 '가서 점심이나 같이 합시다.'라고 말했지. 그 친구는 30분 만에 4달러어치도 넘게 먹어치우더군."

"그에게 사업을 주선해줬나요?"

"주선해줬느냐고! 내가 그 친구를 키웠지."

"아."

"내가 그 친구를 아무것도 없는 데서, 시궁창에서 일으켜 세웠어. 난 그 친구가 아주 잘생긴 데다 신사다운 젊은이라고 첫눈에 알아봤지. 오그스퍼드 출신이라고 했을 땐 꽤 쓸모가 있겠다는 생각이 들더군. 그래서 미국 재향군인회에 가입시켰더니, 높은 자리에 오르더군. 그 친구는 곧바로 올버니로 가서 내 의뢰인을 위해 일했어. 우리는 하나부터 열까지 그처럼 죽이 잘 맞았지…." 울프심이 통통한 손가락 두 개를 치켜들었다. "…늘 함께했어."

나는 두 사람의 그런 협력이 1919년 월드시리즈 조작 때도 이루어졌는지 궁금했다. 잠시 후 내가 입을 열었다.

"이제 그가 죽었습니다. 당신은 가장 친한 친구였으니, 오늘 오후의 장례식에는 꼭 참석할 줄로 알겠습니다."

"나도 가고 싶어."

"그럼 오세요."

울프심의 코털이 약간 떨렸고, 고개를 저을 땐 눈에 눈물이 고였다.

"그럴 수 없어…. 그 일에 말려들 순 없지."

"말려들 것이라곤 없어요. 이젠 다 끝난 일입니다."

"사람이 피살된 일엔 어떤 식으로든 연루되고 싶지 않아. 난 빠지겠어. 젊었을 땐 달랐지. 친구가 죽으면 무슨 일이 있어도 끝까지 함께했어. 감상적이라고 생각할 테지만, 정말로 그땐 그랬어. 끝까지 함께 갔지."

울프심이 그 나름의 이유 때문에 장례식에 오지 않기로 마음먹었다는 걸 깨닫고는 나는 자리에서 일어났다.

"당신은 대학을 나왔지?" 울프심이 느닷없이 물었다.

일순간 '연줄' 이야기를 하려는 것은 아닌가 싶었지만, 울프심은 그저 고개를 끄덕이며 나와 악수를 나눴다.

"죽은 다음이 아니라 살아 있을 때 우정을 보여주는 법을 배우자고. 죽은 뒤엔 모든 일을 내버려두는 것이 내 원칙이지."

울프심의 사무실에서 나왔을 때 하늘은 잔뜩 흐려져 있었다. 나는 가랑비를 맞으며 웨스트에그로 돌아왔다. 옷을 갈아입고 옆집으로 갔더니, 흥분한 개츠 씨가 홀에서 이리저리 서성이고 있었다. 아들과 아들의 재산에 대한 자부심이 한없이 커지고 있는 듯했다. 이윽고 개츠 씨가 내게 뭔가를 보여주려 했다.

"지미가 내게 이 사진을 보냈죠. 이것 좀 봐요." 개츠 씨는 떨리는 손으로 지갑을 꺼냈다.

그것은 개츠비의 저택 사진이었는데, 여러 사람의 손을 탔는지 귀퉁이가 닳고 더러워져 있었다. 그는 사진 속을 일일이 가리키며 열심히 설명했다.

"자, 이걸 봐요!" 이렇게 말하고는 내 눈에서 감탄의 빛을 찾으려는 듯했다. 그 사진을 사람들에게 너무나 자주 보여줘서 그런지, 그에게는 실제 집보다 사진이 훨씬 현실적으로 느껴지는 듯했다.

"지미가 내게 이걸 보내줬죠. 정말 아주 멋진 사진이에요. 사진 잘 나왔죠?"

"정말 잘 나왔군요. 최근에 지미를 만나본 적이 있나요?"

"2년 전에 날 보러 왔다가, 지금 살고 있는 집을 사주었죠. 물론 그 애가 집을 나갔을 때는 격을 졌지만, 이제와 생각해보니 그 애에겐 그럴 만한 까닭이 있었어요. 그 애는 자기 앞에 찬란한 미래가 펼쳐져 있다는 것을 알고 있었던 거죠. 출세한 뒤로는 나한테 아주 잘해줬거든요."

개츠 씨는 그 사진을 치우기가 못내 아쉬운 듯, 잠시 머뭇거리며 내 눈앞에서 들고 있었다. 이윽고 지갑에 사진을 도로 넣고는 호주머니에서 『호펄롱 캐시디』[52]라는 제목의 너덜너덜한 낡은 책 한 권을 꺼냈다.

"이걸 봐요. 그 애가 어렸을 때 읽었던 책이에요. 보면 잘 알 수 있을 거예요."

개츠 씨는 뒤표지를 펼치고는 빙 돌려서 내게 보여주었다. 백지인 맨 마지막 페이지에 '일정표'라는 단어와 '1906년 9월 12일'이라는 날짜가 적혀 있었다. 그리고 그 밑에 이렇게 쓰여 있었다.

기상 ······································· 오전 6:00

아령 운동과 벽 타기 ················· 오전 6:15~6:30

전기학 및 기타 공부 ················· 오전 7:15~8:15

일 ·································· 오전 8:30~오후 4:30

야구와 운동 ··························· 오후 4:30~5:00

웅변술과 바른 자세 훈련 ··············· 오후 5:00~6:00

발명 공부 ····························· 오후 7:00~9:00

52 미국 작가 클래런스 E. 멀퍼드(Clarence E. Mulford, 1883~1956)가 카우보이를 주인공으로 쓴 소설 시리즈로, 첫 권 『바-20』이 1906년에 출간된 이래 총 28권이 출간되었다. 『호펄롱 캐시디』는 시리즈 세 번째 작품으로, 1910년에 출간되었기에, '1906년 9월 12일'과는 연도가 맞지 않는다.

결심

새프터스 혹은 ○○○(해독 불가능한 장소 이름)에서 시간을
낭비하지 말 것.

피우는 것이든 씹는 것이든 금연.

이틀에 한 번씩 목욕하기.

매주 교양서적이나 잡지 한 권씩 읽기.

매주 5달러(줄을 그어 지웠음) 3달러씩 저축하기.

부모님께 더 잘하기.

"이 책을 우연히 발견했죠. 이걸 보면 알 거예요, 안 그런가요?"

"알 것 같네요."

"지미는 꼭 출세할 애였죠. 그 애는 늘 뭐든 이런 식으로 결심
했어요. 그 애가 자기계발에 얼마나 힘썼는지 알아요? 늘 엄청나게
노력했죠. 한번은 날더러 돼지처럼 먹는다고 했다가, 나한테 두들겨
맞았죠."

개츠 씨는 책을 그냥 덮기가 마냥 아쉬운 듯, 각 항목을 큰 소
리로 읽고는 간절한 눈길로 나를 빤히 쳐다보았다. 내가 그 목록을
베껴서 그대로 따라 하길 바라는 눈치였다.

3시가 조금 안 되어, 플러싱에서 루터교 목사가 도착했다. 다
른 차는 없는지 무심결에 창밖을 내다보았다. 개츠비의 아버지 역시
그랬다. 시간이 지나 하인들이 안으로 들어와 홀에 서서 기다리고
있으려니, 개츠 씨는 걱정스러운 표정으로 두 눈을 깜박이기 시작했
다. 그러곤 걱정스러운 듯 자신 없는 목소리로 자꾸 비를 탓했다. 목
사는 몇 번이고 손목시계를 흘끗흘끗 들여다보았다. 그래서 내가 목

사를 한쪽으로 데려가 30분만 더 기다려달라고 부탁했다. 하지만 소용없는 짓이었다. 아무도 오지 않았다.

5시 무렵, 장례 행렬을 이룬 자동차 세 대가 묘지에 도착해서 제법 굵어진 가랑비를 맞으며 정문에 멈춰 섰다. 끔찍하게 새까만, 비에 젖은 영구차가 선두에 섰고, 그 뒤로는 개츠 씨와 목사와 내가 탄 리무진이, 그리고 맨 뒤에는 하인 네댓 명과 웨스트에그의 우편 배달원 한 명이 탄 개츠비의 스테이션왜건이 따라왔다. 모두 비에 흠뻑 젖어 있었다. 우리가 정문을 지나 묘지 안으로 들어서는데, 차 한 대가 멈춰 서더니 누군가가 질척한 땅 위로 고인 물을 튀기며 쫓아오는 소리가 들렸다. 나는 돌아보았다. 석 달 전의 어느 날 밤, 서재에서 개츠비의 책을 보며 감탄을 금치 못하던, 올빼미 안경을 쓴 남자였다.

그날 밤 이후로 나는 그를 본 적이 없었다. 그가 어떻게 장례식에 대해 알았는지 모른다. 심지어 그의 이름조차 모른다. 퍼붓는 빗줄기가 두꺼운 안경을 세차게 때리자, 그는 개츠비의 무덤을 가린 보호 천막이 벗겨지는 걸 보려고 안경을 벗어서 닦았다.

그 순간 잠시 개츠비에 관해 생각해보려 했지만, 그는 이제 너무 먼 곳에 있었다. 데이지가 전보나 조화 하나 보내지 않았다는 사실을 원망하는 마음 없이 떠올릴 뿐이었다. 누군가가 "비가 내리니 죽은 자에게 복이 있도다."라고 속삭이는 소리가 들렸다. 그러자 올빼미 눈이 기운찬 목소리로 "아멘."이라고 말했다.

우리는 재빨리 흩어졌고, 비를 뚫고 차 있는 곳으로 내려갔다. 올빼미 눈이 정문에서 내게 말을 건넸다.

"집에는 가보질 못했어요." 그가 말했다.

"아무도 안 왔어요."

"그럴 수가! 이런, 괘씸한! 수백 명의 인간들이 그 집에 뻔질나게 드나들었건만." 그가 깜짝 놀랐다.

그가 안경을 벗어 다시 안팎을 닦았다.

"불쌍한 자식." 그가 말했다.

지금도 가장 생생히 기억하고 있는 것들 중의 하나는 대학 예비학교 시절과 그 이후 대학 시절, 크리스마스 무렵에 서부로 돌아오던 일이다. 12월의 어느 날 저녁 6시, 시카고보다 더 멀리 가는 학생들은 어둠침침하고 낡은 유니언 역에 모여서, 벌써 즐거운 휴가 기분에 사로잡힌 시카고 친구들과 서둘러 작별 인사를 나누곤 했다. 이런저런 여학교에서 돌아오는 털 코트 차림의 여학생들이 기억나고, 옛 친구들이 보이면 차가운 입김을 내뿜으며 재잘재잘 잡담을 나누거나 머리 위로 손을 흔들어대던 일이 떠오른다. 또한 "오드웨이네 갈 거야? 허시네는? 슐츠네는?" 하고 서로 물으면서 초대 날짜를 맞춰보던 일도, 장갑 낀 손으로 꼭 쥐고 있던 길쭉한 녹색 기차표도 기억난다. 그리고 마지막으로, 출입구 옆 선로에 멈춰 서 있는 '시카고, 밀워키 앤드 세인트폴 철도 회사'의 칙칙한 노란색 기차들이 크리스마스 그 자체처럼 유쾌해 보였던 것도 기억난다.

기차가 겨울밤 속으로 달릴 때면, 우리와 나란히 길게 흩날리는 진짜 눈, 우리의 눈이 창문에 부딪치며 반짝였고 작은 위스콘신 역의 어렴풋한 불빛들이 스쳐 지나갈 때면, 갑자기 예리하고 거친 무언가가 공기 속으로 파고들었다. 저녁을 먹고 난 후 싸늘한 객

위대한 개츠비

차 연결 통로를 지나오면서, 우리는 그 공기를 깊이 들이마셨다. 그 기묘한 한 시간 동안 이 지방과 형용할 수 없는 일체감을 느낀 끝에, 우리는 구별할 수 없는 한 몸이 되어 이 지방에 녹아들었다.

그곳이 바로 나의 중서부다. 밀밭이나 대초원 또는 사라져버린 스웨덴계 이민자의 마을이 아니라, 젊은 날 가슴 설레게 하던 귀향 열차, 서리가 내린 컴컴한 밤의 가로등과 썰매의 방울 소리, 그리고 불 켜진 창문 밖의 눈 위에 드리운 크리스마스 화환의 그림자 말이다. 나는 그것들의 일부다. 그 기나긴 겨울을 몸소 느끼며 조금은 엄숙해지는 마음, 몇십 년 동안 가문의 이름이 여전히 주소를 대신하는 도시의 캐러웨이 집안에서 성장한 것에 대한 약간의 자부심. 이제야 깨달았지만, 이것은 결국 서부의 이야기였다. 톰과 개츠비, 데이지와 조던과 나는 모두 서부 사람이었다. 그래서 우리에게는 동부 생활에 적응하지 못하는 공통적인 결함이 있는지도 모른다.

동부가 나를 가장 흥분시켰을 때조차, 오하이오주 너머로 불규칙하게 마구 뻗어가며 팽창하는 따분하기 짝이 없는 도시들, 아이와 아주 늙은 노인만 빼고 모두 사사건건 끊임없이 캐묻기 좋아하는 도시들보다 동부가 훨씬 좋다는 사실을 절실히 깨달았을 때조차, 내 눈에 동부는 늘 어딘지 모르게 뒤틀린 구석이 있어 보였다. 특히 웨스트에그는 유난히 환상적인 꿈을 꿀 때면 아직도 여지없이 나타난다. 그곳은 엘 그레코[53]가 그린 야경을 보는 것만 같다. 음산하게 드리운 하늘과 어렴풋이 빛나는 달 아래 웅크린 전통적이면서

---

53 El Greco, 1541~1614. 그리스 태생의 에스파냐 화가. 르네상스 말기에 펠리페 2세의 궁중화가를 지냈다.

도 기괴한 수백 채의 집들. 그림의 전경에는 연미복을 입은 엄숙한 표정의 남자 넷이 흰 이브닝드레스를 입은 술 취한 여인 하나가 누워 있는 들것을 들고 인도를 따라 걸어가고 있다. 들것 옆으로 축 늘어진 여인의 손에서는 보석들이 차갑게 반짝인다. 남자들은 엄숙한 표정으로 어떤 집으로 들어가지만, 엉뚱한 집이다. 아무도 여인의 이름을 알지 못하고, 누구도 신경 쓰지 않는다.

개츠비가 죽은 후로 이런 광경이 뇌리를 떠나지 않았다. 동부는 나로서는 바로잡을 수 없는 뒤틀린 모습으로 계속 나를 따라다녔다. 그래서 바싹 마른 낙엽을 태우는 불꽃의 푸른 연기가 공중으로 피어오르고 빨랫줄에 걸린 젖은 빨래가 바람에 뻣뻣하게 얼 무렵, 나는 고향으로 돌아가기로 결정했다.

떠나기 전에 마무리 지어야 할 일이 하나 있었다. 어쩌면 그냥 내버려 두는 편이 좋을지도 모를, 거북하고 마음 내키지 않는 일이었다. 하지만 나는 일을 정리하고 싶었고, 너그럽고 무심한 바다가 내 쓰레기를 쓸어가도록 두고 싶지 않았다. 나는 조던 베이커를 만나서 우리 모두에게 일어난 일과 이후 내게 일어난 일에 대해 이야기했고, 그녀는 커다란 의자에 가만히 기댄 채 내 이야기에 조용히 귀를 기울였다.

조던은 골프복 차림이었다. 멋진 삽화 속 인물 같다고 생각했던 것이 기억난다. 멋을 부려 살짝 들어 올린 턱, 낙엽 빛깔의 머리칼, 무릎 위에 얹어놓은 손가락 없는 장갑의 빛깔과 똑같은 갈색 얼굴. 내가 말을 마치자, 조던은 아무런 설명도 없이 다른 남자와 약혼했다고 말했다. 고개만 까딱해도 결혼하려 들 만한 남자가 몇 명 있긴 할 테지만, 어쩐지 조던의 말은 미심쩍었다. 하지만 나는 짐짓 놀라는 척했다. 잠시 실수하는 것은 아닌가 싶어서, 재빨리 다시 생각해보았다. 하지만 결국 자리에서 일어나 작별 인사를 건넸다. 조던이 불쑥 말했다.

"어쨌든 당신이 날 찬 거예요. 전화로 날 차버렸어요. 지금은 당신에게 전혀 관심이 없지만, 그땐 처음 겪는 일이라 한동안 좀 아찔하더군요."

우리는 악수를 나눴다.

"참, 기억해요? 언젠가 운전에 대해 나눴던 얘기." 조던이 덧붙였다.

"그럼요, 정확히는 아니지만."

"미숙한 운전자는 다른 미숙한 운전자를 만나기 전까지만 안전하다고 했죠? 그래요, 난 그런 미숙한 운전자를 만났던 거죠. 안 그래요? 내 말은, 경솔하게도 내가 말도 안 되는 억측을 했다는 거예요. 당신이 정직하고 솔직한 사람이라고 생각했으니까. 그것이 당신의 숨은 자존심이라 생각했죠."

"난 이제 서른이에요. 스스로를 속여가며 그 사실을 명예로 여기기엔 난 너무 나이 들었어요. 5년 전이라면 몰라도."

조던은 아무 대답도 하지 않았다. 화가 났지만, 그래도 마음 한구석으로는 그녀에 대한 어렴풋한 사랑을 간직한 채, 몹시 서운해하며 나는 발길을 돌렸다.

10월 말 어느 오후, 나는 톰 뷰캐넌을 보았다. 그는 내 앞에서 날렵하고 공격적인 자세로 5번가를 따라 걸어가고 있었다. 앞을 가로막는 방해물이 있으면 언제든 물리치려는 듯이 양손을 앞으로 조금 내밀고, 쉴 새 없이 움직이는 두 눈에 맞춰 민첩하게 고개를 이쪽 저쪽 돌리며 두리번거렸다. 그를 따라잡지 않으려고 내가 발걸음을 늦추는 순간, 톰이 발걸음을 멈추더니 인상을 찌푸리고는 보석상의 진열장을 들여다보았다. 그러다 불현듯 나를 발견하고는 뒤돌아 걸어와서 내게 손을 내밀었다.

"왜 이래, 닉? 나하고 악수도 하기 싫은 거야?"

"그래. 내가 널 어떻게 생각하는지 알잖아."

"돌았군, 닉. 돌아도 단단히 돌았어. 대체 왜 이래?"톰이 재빨리 말했다.

"톰, 그날 오후에 윌슨에게 뭐라고 했어?"내가 물었다.

톰이 나를 말없이 빤히 쳐다보았고, 나는 윌슨의 행방이 묘연했던 시간에 대해 내가 추측한 것이 옳았다는 사실을 알았다. 나는 얼른 발길을 돌렸지만, 톰이 쫓아와서 내 팔을 움켜잡았다.

"사실대로 말했어. 우리가 막 떠날 채비를 하는데, 그자가 문간에 나타났어. 집에 우리가 없다고 사람을 시켜 전했지만, 그자가 막무가내로 2층으로 올라오려 했어. 그자는 완전 미쳐 있었어. 그 차의 주인이 누군지 말하지 않으면 당장 나를 죽일 태세였지. 집 안에 들어와 있는 내내 호주머니 속의 권총을 꼭 쥐고 있었거든…."톰이 도전적으로 갑자기 말을 끊었다. "내가 말해준 게 어쨌다는 거야? 그 자식은 자업자득이야. 그 자식이 데이지의 눈을 속인 것처럼, 네 눈도 속인 거야. 뱃심 한번 좋은 놈이지. 개새끼를 치듯 머틀을 치고서 달아났으니 말이야."

나는 할 말이 없었다. 그것이 진실이 아니라는, 차마 입 밖에 낼 수 없는 사실 말고는.

"내가 전혀 괴로워하지 않았을 것 같나…. 이봐, 그 아파트를 넘기려고 갔다가 찬장에 놓인 그 빌어먹을 개 비스킷 상자를 보고 어땠는지 알아? 그 자리에 주저앉아 어린애처럼 엉엉 울었다고. 정말 끔찍했어…."

나는 톰을 용서할 수도, 좋아할 수도 없었지만, 그가 한 일이 그에게는 자신이 한 짓이 전적으로 정당했다는 것을 알았다. 정말 너무나 무심했고, 혼란스러웠다. 톰과 데이지, 그들은 무심한 인간들이었다. 물건이든 생물이든 박살 내놓고는, 돈이든 무지막지한 무관심이든 자기들을 함께 묶어줄 것이면 무엇이든 그 안으로 숨어들어서는, 자기들이 만든 쓰레기를 다른 사람들이 치우도록 내버려 둔 것이다….

나는 톰과 악수했다. 악수하지 않는 게 어리석은 짓처럼 보였다. 불현듯 어린아이와 이야기하고 있다는 느낌이 들었기 때문이다. 이윽고 톰은 진주 목걸이를 사기 위해, 아니, 어쩌면 커프스 단추 한 쌍을 사기 위해 보석상 안으로 들어가면서, 나의 촌스러운 결벽증에서 영원히 벗어났다.

내가 떠날 때 개츠비의 저택은 여전히 텅 비어 있었다. 그 저택의 잔디밭도 내 집 잔디밭만큼이나 무성하게 자라 있었다. 마을의 한 택시 기사는 저택 정문을 지나 요금을 받을 때면, 잠깐이라도 차를 세우고 그곳을 가리키곤 했다. 어쩌면 그가 사건이 일어났던 밤에 데이지와 개츠비를 이스트에그까지 태워다준 택시 기사였을지도 모른다. 그는 그 사건에 대한 이야기를 자기 마음대로 꾸몄을지도 모른다. 나는 그 이야기를 듣고 싶지 않아서, 기차에서 내릴 때면 그를 피했다.

　　토요일 밤은 뉴욕에서 보내곤 했다. 개츠비가 열었던 빛나고 눈부신 파티가 너무나도 생생하게 뇌리에 남아 있어서, 그의 정원에서 흘러나오는 희미한 음악과 웃음소리, 저택 차도를 오르내리는 차소리가 계속 들리는 듯했기 때문이다. 어느 날 밤엔 실제로 자동차소리를 들었고, 헤드라이트 불빛이 그 집 현관 계단에 멈추는 것을 보았다. 하지만 굳이 누구인지 알아보지는 않았다. 아마도 지구의 맨 끝에 있다가, 파티가 끝난 줄도 모르고 찾아온 마지막 손님이었을 것이다.

　　마지막 날 밤, 트렁크에 짐을 꾸리고 식료품점에 차를 팔고서 그 집으로 건너가서, 한 저택의 엄청난 쇠락, 그 부조리한 쇠락을 다시 한 번 바라보았다. 하얀 계단 위에 어떤 아이가 벽돌 조각으로 갈겨쓴 음란한 낙서가 달빛을 받아 선명하게 드러나 있었다. 나는 돌계단 위로 이어진 낙서를 구두 바닥으로 문질러 지웠다. 그러고 나서 해변으로 어슬렁어슬렁 걸어 내려가 모래밭에 벌렁 드러누웠다.

　　해변가의 저택들은 대부분 문이 닫혀 있었고, 빛이라곤 해협을 가로지르는 연락선이 비추는 어렴풋한 불빛뿐이었다. 그리고 달이 더 높이 떠오르면서 불필요한 집들이 서서히 사라지기 시작하자, 한때 네덜란드 선원들의 눈에 화려하게 꽃을 피웠던 이 옛 섬의 정체를 점차 깨닫게 되었다. 이 섬은 신세계의 싱그러운 초록빛 가슴이었던 것이다. 이 섬에서 사라진 나무들, 개츠비의 저택에 자리를 내준 나무들은 한때 속닥거리며 모든 인간의 마지막이자 가장 위대한 꿈을 은근히 자극했을 것이다. 덧없고 매혹적인 한순간, 인간은 틀림없이 이 대륙을 목도하며 숨을 죽였을 것이다. 인류 역사상 마지막으로 경이로움을 받아들일 능력에 필적하는 무언가와 대면하고서, 이해할 수도 없고 원하지도 않는 심미적 명상에 저절로 빠져들 수밖에 없었을 것이다.

그곳에 앉아 옛 미지의 세계에 대해 깊이 생각하면서, 개츠비가 데이지의 저택 부두 끝에서 반짝이는 초록 불빛을 처음 발견했을 때 느꼈을 경이로움을 떠올렸다. 개츠비는 이 푸른 잔디밭까지 머나먼 길을 지나왔다. 그의 꿈은 틀림없이 손에 잡힐 듯 너무나 가까이 있는 것처럼 느껴졌을 것이다. 개츠비는 몰랐다. 그 꿈이 이미 그의 뒤로 지나가버렸다는 것을, 밤하늘 아래 공화국의 어두운 들판이 펼쳐진 도시 저편 저 광막한 어둠 속 어딘가에 있다는 것을.

개츠비는 초록 불빛을 믿었다. 해가 갈수록 우리 앞에서 밀어져가는 황홀한 미래를 믿었다. 그것은 우리를 피했지만, 그건 중요하지 않다…. 내일 우리는 좀 더 빨리 달릴 것이고, 좀 더 멀리 팔을 뻗을 것이다…. 그러면 어느 청명한 아침에는….

그리하여 우리는 물살을 거슬러 오르는 배처럼, 끊임없이 과거로 떠밀리면서도 계속해서 앞으로 나아가는 것이다.

해설

임종기(옮긴이)

새로 탄생할 작품이야말로, 그것을 만들어내고자 고투하는 자신의
영혼이야말로, 그를 이끌어주는 먼 등대의 불빛이었다. 마치『위대한
개츠비』의 주인공인 불행한 제이 개츠비가 후미진 맞은편 물가에서
점멸하는 등대의 불빛을 유일한 버팀목 삼아 오탁으로 가득한 세상
을 열심히 살아가듯이.

— 무라카미 하루키[1]

1 F. 스콧 피츠제럴드의 삶과 문학

재즈 시대를 대변하는 작가의 탄생

F. 스콧 피츠제럴드는 1896년 9월 24일에 미국 중서부 미네소
타주 세인트폴에서 태어났다. 아버지 에드워드 피츠제럴드는 부유

---

[1] 무라카미 하루키,『잡문집』, 이영미 옮김(비채, 2011), 314쪽.

하진 않았지만 공화국 초기부터 미국에 터를 잡고 있던 유서 깊은 가문 출신으로, 미국 국가를 작사한 프랜시스 스콧 키와는 먼 친척 뻘이었다. 그래서 친척의 이름을 본떠서 아들의 이름을 지었다. 어머니 몰리 매퀼런은 세인트폴에서 식료품 도매업으로 자수성가한 아일랜드계 이민자의 딸이었다.

아버지는 가구업을 하다가 실패한 후 뉴욕의 비누 제조업체인 프록터 앤드 갬블에서 영업사원으로 일하다, 10년 만에 해고당한 후로는 세인트폴로 돌아와 장인에게 얹혀살았다. 이런 부모의 배경 때문에 피츠제럴드는 자신의 몸에 장사꾼인 아일랜드계 촌놈의 피와 교양을 갖춘 미국 조상의 피가 흐른다고 생각했고, 미국의 삶에 대해서도 애정과 환멸이라는 양가적인 감정을 갖게 되었다.

피츠제럴드는 세인트폴 아카데미를 다니다가 뉴저지주의 가톨릭계 고등학교인 뉴먼 스쿨을 거쳐 프린스턴 대학교에 입학한다. 그는 세인트폴 아카데미 시절부터 글 쓰는 것을 좋아해서 13세 때 교지 《세인트폴 아카데미 나우 앤드 덴》에 첫 단편 「레이먼드 모기지의 미스터리The Mystery of the Raymond Mortgage」를 발표하고, 뉴먼 스쿨 재학 시절엔 교지 《뉴먼 뉴스》에 「불운의 산타클로스A Luckless Santa Claus」, 「고통과 과학자Pain and the Scientist」 등의 단편을 발표한다. 프린스턴 대학교에서는 평생 우정을 나눈 비평가 에드먼드 윌슨과 시인 존 필 비숍을 만나 어울렸고, 뮤지컬 클럽인 프린스턴 트라이앵글 클럽에 가입해 열성적으로 활동하며 대본을 쓰기도 했으며, 유머 잡지인 《프린스턴 타이거》와 문학지 《나소 리터러리 매거진》에 다양한 단편소설, 희곡, 시를 기고하면서 작가로서의 기량을 연마한다.

이처럼 그는 연극과 문학에 지나친 관심을 쏟다가 학업을 등한시한 탓에 정학을 당하고 만다. 다시 복학하지만, 4학년 때인 1917년 10월에 프린스턴을 떠나 제1차 세계대전에 참전할 생각으로 입대해서 육군 소위로 임관한다. 자신의 바람과는 달리 참전은 못하게 되었고, 그는 시간 날 때마다 틈틈이 장편소설『낭만적 에고이스트The Romantic Egoist』를 집필하여 1918년 출판사 찰스 스크리브너에 출간을 의뢰하지만, 거절당한다.

그 후, 앨라배마주 몽고메리에서 복무하던 중, 댄스파티에서 주 대법원 판사의 딸 젤다 세이어Zelda Sayre를 만나 사랑에 빠진다. 1919년 2월에 제대한 후, 젤다와 약혼하고 광고회사에 취직했으나 미래가 불투명하다는 이유로 파혼당한다. 그는 한동안 파혼으로 인한 괴로움 때문에 술에 절어 살지만, 문학에 대한 열정을 되살려 소설가가 되기로 결심하고, 광고회사를 그만두고『낭만적 에고이스트』개작에 몰두한다.

1919년 9월, 그의 문학적 열정에 화답하기라도 하듯이 찰스 스크리브너는『낭만적 에고이스트』를『낙원의 이쪽This Side of Paradise』이란 제목으로 바꿔 출간하기로 결정한다. 그의 미래가 다시 환해 보이자, 젤다가 그에게 돌아온다. 이듬해인 1월에 젤다와 다시 약혼하고 3월에 '길 잃은 세대'의 목소리를 담은 소설『낙원의 이쪽』을 출간한다. 이로서 피츠제럴드는 극적인 전환점을 맞이한다. '재즈 시대', '길 잃은 세대'를 대변하는 작가로 새롭게 탄생한 것이다. 1920년 4월, 마침내 피츠제럴드는 젤다와 결혼한다. 돈이 없어서 영영 사랑을 잃을 뻔했던 그가 돈과 명예와 사랑을 동시에 얻은 것이다.

피츠제럴드의 성공과 좌절

베스트셀러가 된 『낙원의 이쪽』 덕분에 많은 돈과 명성을 얻은 피츠제럴드는 《새터데이 이브닝 포스트》, 《스마트 세트》, 《스크리브너스》 등 여러 잡지들에서 높은 원고료로 청탁을 받는다. 그리고 1920년 9월에는 재즈 시대의 목소리를 반영하는 이야기들을 모은 첫 단편집 『아가씨와 철학자Flappers and Philosophers』를 발표한다.

이처럼 데뷔작과 함께 문단에 화려하게 등장한 피츠제럴드는 호화로운 삶을 추구했던 아내 젤다와 함께 사교계를 들락거리며 사치스러운 생활에 빠져들어서 번 돈을 탕진하고, 기성세대의 삶의 방식을 거부하는 『낙원의 이쪽』의 젊은이들처럼 술과 담배에 절어 산다. 단숨에 유명 인사가 된 피츠제럴드는 젤다와 함께 유럽을 떠돌아다니며 무절제하고 사치스러운 생활을 평생 지속했고, 돈을 벌기 위해 글을 써내야 했다.

1921년에 영국, 프랑스, 이탈리아를 여행하며 호화로운 삶에 젖어 있던 그는 9월에 《메트로폴리탄 매거진》에 자신들의 미래처럼 점차 퇴락해가는 부부의 이야기를 그린 장편소설 『아름답고 저주받은 아름다운 사람들The Beautiful and Damned』을 연재하기 시작해서 이듬해 3월에 출간하고, 9월에 두 번째 단편집 『재즈 시대의 이야기 Tales of the Jazz Age』를 발표한다.

피츠제럴드는 곧 롱아일랜드의 그레이트넥(웨스트에그)으로 이주하고는 여전히 호화로운 생활을 영위했다. 1923년 4월에 희곡 『채소The Vegetable』를 출간하고, 1924년 4월에 프랑스로 이주해서 파리와 니스를 떠돌다가, 여름에 생라파엘에서 『위대한 개츠비』를 쓰기 시작한다. 그사이 젤다는 프랑스 조종사인 에두아르 조장과 잠깐 애정 행각을 벌이면서 앞으로 부부 사이에 생길 심각한 갈등을 예고한다.

그해 가을, 피츠제럴드는 『황금 모자를 쓴 개츠비Gold-Hatted Gatsby』라는 제목으로 『위대한 개츠비』의 초고를 탈고한다. 겨울에 이탈리아와 스페인을 여행하며 개작한 후, 이듬해인 1925년 4월에 마침내 자신의 최고 걸작인 『위대한 개츠비』를 출간했다. 이 작품은 출간 즉시 비평가들과 동료 작가들로부터 호평받았지만, 과도한 음주와 무절제한 낭비를 보상해줄 만한 돈은 벌지 못했다. 여전히 지나친 음주와 사치스러운 생활에서 벗어나지 못하던 그로서는 돈을 벌기 위해 대중잡지에 많은 단편소설을 기고해야 했다.

한편, 그는 『위대한 개츠비』를 출간한 직후인 1925년 5월에 프랑스 파리의 몽파르나스에서 어니스트 헤밍웨이를 만나 길고 긴 악연을 시작한다. 이미 세 권의 장편과 많은 단편을 출간한 유명 작가였던 피츠제럴드는 내세울 것이라곤 이름 없는 잡지에 실린 단편과 시 몇 편밖에 없던 무명 소설가 헤밍웨이를 기꺼이 친구로 받아들인다. 매일 술에 취해서 다양한 소동을 일으키며 헤밍웨이 부부에게 민폐를 끼치기도 했지만, 피츠제럴드는 헤밍웨이의 후원자를 자처하며 자신이 속한 출판사 찰스 스크리브너와 그를 연결시켜주고, 경제적인 도움을 주기도 했으며, 프로 작가로서 초보 작가인 헤밍웨이에게 문학적 조언을 아끼지 않았다. 그리고 헤밍웨이의 첫 장편 데뷔작 『태양은 다시 떠오른다The Sun Also Rises』의 원고를 꼼꼼히 읽고 대대적으로 손질하게 하는 등, 그가 작가로서 성공하도록 발 벗고 나선다. 하지만 10년이 흐르는 사이에 (여러 가지 크고 작은 소동 끝에) 두 사람의 관계는 악화되어간다.

1926년 2월, 피츠제럴드는 세 번째 단편집 『모든 슬픈 젊은이들All the Sad Young Men』을 출간한다. 이 무렵 젤다와의 관계가 삐걱거렸고 그녀는 정신적으로 불안정한 모습을 보이기 시작하더니, 1928년에 파리에서 발레 선생 에고로바에게 깊이 빠져서 피츠제럴드의 속을 태운다. 헤밍웨이에 의하면, 젤다는 피츠제럴드에게 질투심을 일으키고 술독에 빠뜨려서 글을 못 쓰게 만들어버렸다고 한다.

재즈 시대의 종말과 추락

그[피츠제럴드]의 재능은 나비의 날개에 인분(鱗粉)[2]이 만들어낸 무늬처럼 타고난 것이었다. 예전에 그는 나비가 제 날개의 무늬를 의식하지 못하듯이 자신의 재능을 자각하지 못했다. 심지어 그것이 쓸려버리거나 훼손되었을 때도 알아채지 못했다. 나중에야 상처 입은 자신의 날개와 그 구조를 인식하고는 깊이 사유하기에 이르렀지만, 그때는 더 이상 날 수 없었다. 비상에 대한 의욕을 잃었기 때문이다. 그는 그저 비상에 대한 의욕이 쉽사리 샘솟던 시절만을 떠올릴 수 있을 뿐이었다.

—어니스트 헤밍웨이[3]

1929년 10월, 미국 주식시장의 붕괴와 함께 대공황이 시작되

---

2 나비, 나방 따위의 날개에 있는 비늘 모양의 분비물로 비늘 가루라고도 하며, 날개의 무늬와 색을 나타낸다.

3 Ernest Hemingway, A Moveable Feast, A Touchstone Book, Simon & Schuster New York, 1996, p147.

면서 재즈 시대는 막을 내린다. 이는 곧 재즈 시대의 감성을 지닌 피츠제럴드의 시대가 끝났다는 의미였다.

젤다와 관계가 악화될 대로 악화된 1930년 5월, 젤다가 스위스 글리옹의 발몽 요양원에 입원해서 신경 쇠약 진단을 받는다. 이때부터 젤다는 신경 쇠약에 시달리며 정신병원을 들락거린다. 그러던 중 1932년에 그녀의 유일한 작품 『나를 위해 왈츠를 남겨주오 Save Me the Waltz』를 발표한다. 그리고 피츠제럴드는 1931년 2월에 자전적 삶을 반영한 단편소설 「다시 찾아온 바빌론 Babylon Revisited」을 발표하고, 1934년에 네 번째 장편소설 『밤은 부드러워 Tender Is the Night』를 발표한다. 아내의 정신분열과 자신의 알코올 중독 체험을 바탕으로 쓴 자전적 소설인 『밤은 부드러워』는 오랫동안 심혈을 기울인 작품이었지만, 큰 호응은 얻지 못한다.

젤다의 정신병 때문에 피폐해질 대로 피폐해진 상황에서 (자신을 구원해주리라 믿었던) 자기연민에 빠진 작품 『밤은 부드러워』가 실패하자, 그는 절망한 나머지 불안감과 회의감 속에서 점점 더 술에 의지하다가 결국 회복할 수 없는 알코올 중독자가 되고 만다. 그 이후로 재능을 잃어가다가, 헤밍웨이의 말처럼 더 이상 비상할 수 없게 되었다. 피츠제럴드는 자신의 말대로 "마치 금이 간 접시, 즉 '손님들 앞에 내놓기는 부끄럽지만 크래커를 담거나 남은 음식을 담아 아이스박스에 넣어둘 때 사용하기에는 제법 쓸 만한 접시'"같은 존재가 되어버린다. 어느새 날개를 달고 높이 비상한 헤밍웨이와 대조적으로 찬밥 신세가 되고 만 그는 "내면의 것을 모두 퍼 올려 탕진해버린 감정의 파산자이자 '자기연민을 담은 깡통'을 들고 있는 거지였으며, '황량한 산악 지대에서 손에 빈 총을 부여잡고 아래의 목표물을 겨냥한 채 여명을 맞이하는' 무기력한 군인"같은 존재였다.[4] 그래도 마지막 순간까지 글이 자신을 구원해주리라는 믿음을 완전히 포기하지는 않는다. 하루키의 말처럼 "아내의 발광도, 세간의 냉랭한 묵살도, 서서히 육체를 좀먹어가는 알코올도, 옴짝달싹할 수 없을 만큼 불어난 빚도 그 뜨거운 믿음을 앗아갈 수는 없었다."[5]

1935년 네 번째 단편집 『기상나팔 소리Taps at Reveille』를 발표하고, 1937년에는 엄청나게 늘어난 빚을 갚고 새로운 인생을 찾고자 할리우드에서 시나리오 작가로 활동한다. 여러 편의 시나리오를 썼지만, 특별히 성공한 작품은 없었다. 하지만 그곳에서 칼럼니스트 실라 그레이엄을 만나서 사랑에 빠진다. 피츠제럴드를 진정으로 사랑했던 그녀는 알코올 중독에 결핵과 신경 쇠약에 시달리던 그의 곁을 (그가 영원히 눈감을 때까지) 떠나지 않는다. 그녀의 간호를 받으며, 피츠제럴드는 에드먼드 윌슨의 편집으로 사후에 출간되는 마지막 장편소설 『라스트 타이쿤The Love of the Last Tycoon』의 집필에 열정을 쏟는다. 할리우드의 영화 제작자인 어빙 솔버그Irving Thalberg를 모델로 삼은 주인공 스타의 자전적인 이야기를 통해서 자신의 문학 주제였던 아메리칸 드림, 꿈과 환상, 이상과 환멸, 희망과 좌절, 성공과 몰락을 다시 한 번 현란하게 그려내려 했지만, 끝내 완성하지 못하고 1940년 12월 21일에 그레이엄의 아파트에서 심장마비로 세상을 떠난다. 그때의 나이가 44세였다. 그로부터 8년 뒤, 하일랜드 정신병원에 입원해 있던 젤다 역시 화재로 생을 마감한다.

4 스콧 도널드슨, 『헤밍웨이 vs. 피츠제럴드』, 강미경 옮김(갑인공방, 2006), 278쪽.
5 무라카미 하루키, 『잡문집』, 이영미 옮김(비채, 2011), 314쪽.

2 『위대한 개츠비』: 로맨스, 성장소설, 풍자소설

헨리 제임스 이후 미국 소설이 내디딘 첫걸음.

—T. S. 엘리엇

피츠제럴드의 당시 사회상을 그려내는 솜씨는 『펜더니스(Pendennis)』
와 『허영의 시장(Vanity Fair)』의 새커리에 비견할 만하다.

—거트루드 스타인

『위대한 개츠비』는 1925년 출간 당시에는 독자들로부터 큰 호
응을 얻지 못했지만, 피츠제럴드 스스로도 놀라운 작품이라고 말할
만큼 심혈을 기울인 회심의 역작이다. 에드먼드 윌슨, 길버트 셀디
즈, 헤밍웨이, T. S. 엘리엇, 거트루드 스타인, 이디스 워튼 등 동시대
평론가와 작가로부터 호평을 얻었고, 1950년대에 들어 미국에서 피
츠제럴드에 대한 재평가가 이루어지면서 진정한 최고의 미국 문학,
세계문학의 걸작으로 평가받으며 오늘날까지 변함없이 스테디셀러
로 사랑받고 있다. 고전의 반열에 오른 작품이 으레 그렇듯 『위대한
개츠비』는 너새니얼 웨스트, 리처드 예이츠, J. D. 샐린저 등을 비롯
하여 많은 작가들에게 지대한 영향을 미쳤다. 특히 이 작품을 유독
사랑했던 무라카미 하루키는 직접 일본어로 번역하기도 했고, 『노
르웨이 숲』에서는 "『위대한 개츠비』를 세 번이나 읽을 정도면 나하
고 친구가 될 수 있을 것 같은데."라고 말하기도 했다.

재즈 시대, 그리고 광란의 1920년대

이 소설이 출간된 1920년대는 소위 재즈 시대라고 불린다. 피츠제럴드는 에세이 「재즈 시대의 메아리Echoes of the Jazz Age」에서 1919년의 노동절 폭동에서 시작되어 1929년 10월에 막을 내린 10년간을 재즈 시대라고 언급하며 "기적의 시대였고, 예술의 시대였고, 과도의 시대였고, 풍자의 시대였다"라고 말했다.

제1차 세계대전이 끝나고 대공황이 닥치기 전까지 구가했던 광란의 1920년대에 미국은 실업률이 감소하고 주가가 치솟는 등 유례없는 경제 호황을 누린다. 그 어느 때보다도 생활이 풍요로워지자, 소비가 미덕이 되었고 새로운 유행이 전염병처럼 퍼졌으며 물질적 풍요로움을 상징하는 승용차들이 거리를 질주했다. 피츠제럴드는 이렇게 표현했다. "무일푼이라 해도 돈에 대해 걱정할 필요가 없었다. 주변에 널려 있었으니."

재즈 시대는 이처럼 물질적으로는 풍요로웠을지 몰라도, 정신적으로 빈곤한 시대였다. 도시화와 함께 사치와 향락 문화가 번성했고, 금주법 시대였지만 밀주가 횡행했으며, 밀수, 매음, 도박 등 불법 사업으로 부를 축적했던 알 카포네 같은 갱이 활개 쳤다. 그런가 하면 격변하는 사회 속에서 방향 감각을 상실한 허무주의의 시대이기도 했다. 기성의 가치 체계와 세대를 거부하는 새로운 세대의 젊은이들은 재즈 선율에 맞춰 격렬하게 몸을 흔드는 찰스턴 춤, 술과 담배, 광란의 파티에 빠져들며, 극단적이고 과격한 자기 표현에 몰입했다. 그야말로 환희와 환멸이 교차하는 시대였으니, 어쩌면 피츠제럴드에게는 예술과 사랑, 완전한 자유를 꿈꿀 수 있는 낭만의 시대였을지도 모른다.

환희와 환멸이 교차하는 시대에 생존해가는 이들, 즉 파티의 환락에 사로잡힌 사람들, 월드시리즈를 조작한 암흑세계의 인물인 울프심, 부정한 경기 방식에 죄의식을 느끼지 못하는 골프 선수 조던 베이커, 돈 많은 정부(情夫)에 의지해 밑바닥 삶에서 벗어나려는 머틀, 성공을 위해 도시에 정착했지만 점차 환멸을 느끼는 닉, 타인을 죽음으로 몰아넣고도 양심의 가책을 전혀 느끼지 못하는 상류층 인사인 톰과 데이지 부부 그리고 환상과 꿈에 사로잡힌 낭만주의자 개츠비의 감성과 욕망, 사랑, 희망과 좌절, 환상과 환멸을 산문시적으로 절묘하게 그려낸 작품이 『위대한 개츠비』다.

빈농의 아들인 개츠비는 캠프 테일러에서 장교로 근무하다가 상류층 여자인 데이지를 만나 사랑에 빠지지만, 미국의 제1차 세계대전 참전과 함께 유럽 전선으로 떠나는 바람에 이별한다. 데이지는 그의 귀국을 기다리지 않고 부자인 톰 뷰캐넌과 결혼한다. 금주법의 시대인 1920년대에 미국으로 돌아온 개츠비는 결혼한 데이지를 되찾기 위해서는 돈이 있어야 한다고 생각하고, 울프심과 손잡고 밀주를 비롯해 온갖 불법적이고 부정한 방법으로 엄청난 돈을 번다. 거부가 된 그는 시간을 되돌려 데이지를 다시 만나려 한다. 그 계획의 일환으로 작은 만을 사이에 두고 데이지의 저택과 마주 보는 웨스트에그에 호화로운 저택을 구하고, 그녀의 관심을 끌기 위해 매일 밤 성대한 파티를 연다. 그러나 정작 데이지는 눈길 한번 주지 않고, 향락에 빠진 이들만이 그의 파티에 모여들어 흥청거린다. 피츠제럴드와 젤다가 그랬듯이.

피츠제럴드는 실제로 재즈 시대의 대변인처럼 살았다. 그는 사치와 파티, 과도한 음주에 빠져 흥청거렸다. 오죽하면 헤밍웨이가 그에게 이런 말을 했을까. "술 때문에 눈도 보이지 않는 데다 췌장까지 도려내야 한다는 소문이 사실인가?"[6] 개츠비가 연 광란의 파티에 도 취된 이들의 모습에는 피츠제럴드와 젤다 부부의 삶이 투영되어 있 는 것이다.

데이지와 해후한 개츠비는 지나간 일을 다시 되돌릴 수 있다고 굳게 믿으며, 자신의 꿈을 향해 무모하게 달려든다. 하지만 넘을 수 없는 현실이라는 벽에 부딪치고, 그의 꿈과 이상은 허무하게 한순간 에 좌절되고 만다. 그의 꿈이자 이상이었던, 그가 사랑했던, 데이지 는 그로서는 감당할 수 없는 세계, 그와는 전혀 다른 차원의 세계에 서 살고있는, 부와 안락함을 벗어나지 못하는 속물이었다. 개츠비가 꾸었던 꿈은 실현 불가능한 이상이며 허상이었던 것이다. 그러므로 비극으로 막을 내릴 수밖에 없는 『위대한 개츠비』는 결국 순수한 사 랑과 꿈의 실현을 위해, 이상과 환상을 좇았던 낭만적 이상주의자 의 매혹적인 로맨스다. 또한 개츠비의 꿈과 파멸을 지켜보며 정신적 으로 성숙해가는 닉 캐러웨이의 성장소설이자, 새커리의 『허영의 시 장』처럼 당시 사회(혼돈의 재즈 시대, 광란의 1920년대)를 예리하게 파 헤친 풍자소설이기도 하다.

꿈-환상과 환멸, 구원

『위대한 개츠비』는 같은 해에 출간된 『미국의 비극An American Tragedy』[7]처럼 아메리칸 드림, 상류사회에 대한 환상에 사로잡힌 한

---

6   스콧 도널드슨, 『헤밍웨이 vs. 피츠제럴드』, 강미경 옮김(갑인공방, 2006), 87쪽.
7   미국 작가 시어도어 드라이저(Theodore Dreiser, 1871~1945)의 소설.

젊은이의 비극을 그리고 있다. 하지만『미국의 비극』에서는 볼 수 없는 개츠비의 낭만적인 환상과 숭고한 이상이 중심 주제를 이룬다. 허황된 욕망을 채우려는『미국의 비극』의 클라이드와는 달리, 개츠비의 환상은 무모하지만 아름답다. 그의 꿈에서 느껴지는 순수하고 낭만적인 이상주 때문이다. 개츠비에겐 희망을 품을 줄 아는 비범한 재능이 있었다.

대공황 직전, 어느 때보다 물질적으로 풍요로웠던 시대, 화려한 대도시 하늘 아래 돈이 가장 우선시되는 가치 판단의 기준이었던 시대, 미지의 세계인 상류사회에 대한 환상에 사로잡혀 있던 개츠비는 부자가 되면 첫사랑이자 꿈의 대상인 데이지를 손에 넣을 수 있을 거라고 굳게 믿는다. 그는 어리석게도 시간을 되돌릴 수 없다는 사실을 모른다. "화살처럼 날아간 시간"은 피츠제럴드의 단편「컷글라스 그릇The Cut-Glass Bowl」에서 인생을 파괴하는 컷글라스처럼 "충족되지 않은 욕망의 종착역"이자, 그의 힘이 미칠 수 없는 한계라는 사실을 깨닫지 못한 것이다.

겉으로는 풍요롭고 화려해 보였던 1920년대 미국 사회는 실제로는 대공황을 코앞에 두고 많은 사회적 모순과 갈등을 안고 있었다. 소설의 배경이 되는 뉴욕 롱아일랜드의 화려하면서도 기괴한 풍경은 사회 분위기를 상징적으로 보여준다. 이스트에그에는 폴로 경기용 말 떼를 거느리고 나타난 톰 뷰캐넌처럼 조상 대대로 부유한, 유서 깊은 가문의 전통적 부자들이 살고 있었고, 그 맞은편인 웨스

시골 청년 클라이드가 출세를 꿈꾸며 도시로 나왔다가 점점 도덕성을 잃고 결국 사형을 당한다는 내용이다.

트에그에는 개츠비처럼 갑자기 떼돈을 번 신흥 부자들이 살고 있었다. 웨스트에그의 화려한 저택을 구입한 개츠비는 상류사회인 이스트에그의 초록 불빛을 선망의 눈길로 바라보며 이스트에그의 눈길을 끌기 위해 매일 밤마다 환하게 불을 밝히고 화려한 파티를 열지만, 스스로를 귀족처럼 생각하는 톰의 눈엔 경멸의 대상으로 비칠 뿐이다. 데이지마저도 개츠비의 실체를 깨닫고는, 남편에게 내연녀가 있다는 사실을 알면서도 부도덕한 남편 곁을 떠나지 않는다. 환상에 사로잡혀서 무모할 정도로 이상을 좇았던 개츠비는 가슴속에 품어왔던 꿈이, 화려하고 아름다워 보였던 데이지가 허상이란 사실을 끝내 깨닫지 못하고 추락한다. 하지만 그를 추락으로 이끈 톰과 데이지 부부는 일말의 죄의식도 없이 안전한 일상으로 돌아간다. 자신의 안위와 이익 앞에선 타인의 고통쯤은 아랑곳하지 않는 그들은 포악한 자본주의 신의 눈길을 피해 갈 수 있었다.

불빛을 찾아드는 나방처럼 매일 밤 개츠비의 저택에 모여들어 흥청망청 파티를 즐기는 도시 사람들은 겉으로 보기에는 화려하고 활력이 넘쳐 보이지만, 실은 그저 하룻밤의 들뜬 축제 분위기에 젖어서 혼자 몸부림칠 뿐, 타인과 정서적 교감을 나눌 줄 모르는 나약하고 무기력한 존재들이다.

이렇듯 화려한 삶을 영위하는 듯하지만 실상은 무기력한 현대인들은 '재의 계곡'으로 표상되는 도시 뒤켠의 황폐한 불모지에서 벗어날 수 없는 소외된 존재들이다. 웨스트에그와 뉴욕시의 중간쯤에 감춰져 있는 '재의 계곡'은 산업 폐기물을 버리는 황량한 지대로, 모든 것을 잿빛으로 만들어버린다. 옛 네덜란드 선원들이 보았던 '신세계의 싱그러운 초록빛 가슴'과는 상반되는 '재의 계곡' 그 잿빛 지대에는 모든 것을 삼켜버리는 재가 밀처럼 자랄 뿐, 꿈과 희망이란 것이 있을 리 없다.

　퇴색한 광고판의 두 눈이 신처럼 내려다보고 있는 그곳은 이름 만큼이나 기괴하다. 자본주의 신의 눈길을 피해서 그곳을 벗어나고 싶어 한 윌슨 부부는 죽어서야 벗어날 수 있었고, 그곳과 같은 지난 날의 삶에서 벗어났다고 생각했던 개츠비는 그곳을 지나간 후 파멸하고 만다. 그리고 그의 꿈이 지나간 자리에는 그를 삼켜버린 것, 더러운 먼지가 떠돌 뿐이다. 마지막 작품 『라스트 타이쿤』에서 피츠제럴드가 말했듯이, 미국의 삶에 (개츠비가 꿈꿨던) 2막은 없었던 것이다.

　닉 캐러웨이란 화자는 개츠비가 꿈꿔온 이상과 비극적인 파멸을 좇는다. 그는 마치 자신의 소설을 들려주듯 글을 이끌어가며 개츠비의 지칠 줄 모르는 꿈과 이상을 목도하고, 파멸을 지켜보며 아메리칸 드림의 허상을 깨닫는다.

　이처럼 아메리칸 드림의 허상이 드러나는 순간, 개츠비의 인생은 비극으로 끝나고 타락한 세태에 환멸을 느낀 닉 캐러웨이는 도시를 떠나지만, 우리는 삶이 꼭 비관적이거나 절망적이지만은 않다는 사실을 안다. "내일 우리는 좀 더 빨리 달릴 것이고, 좀 더 멀리 팔을 뻗을 것"이니, "그리하여 우리는 물살을 거슬러 오르는 배처럼, 끊임없이 과거로 떠밀리면서도 계속해서 앞으로 나아가는 것"이니 말이다.

작가 연보

1896 9월 24일 세인트폴 로렐 애비뉴 481에서 프랜시스 스콧 키 피츠제럴드 Francis Scott Key Fitzgerald가 태어남.

1898 4월 세인트폴에서 가구 사업에 실패한 아버지 에드워드 피츠제럴드 Edward Fitzgerald가 비누 제조 회사 프록터 앤 갬블사Procter&Gamble에 영업 사원으로 취직해 가족 모두 뉴욕주 버펄로로 이주함.

1901 1월 피츠제럴드 가족이 뉴욕주 시러큐스로 이주함. 7월 여동생 애너벨 Annabel이 태어남.

1903 9월 피츠제럴드 가족이 다시 버펄로로 이주함.

1908 3월 에드워드가 직장에서 해고당하고, 7월 피츠제럴드 가족이 다시 세인트폴로 돌아옴. 9월 스콧은 지역 명문 학교인 세인트폴 아카데미에 입학함. 이때부터 글쓰기에 소질을 보임.

1909 10월 스콧은 세인트폴 아카데미의 문예지 〈세인트 폴 아카데미 나우 앤 덴St. Paul Academy Now and Then〉에 첫 단편 〈레이먼드 모기지의 미스터리 The Mystery of the Raymond Mortgage〉를 발표함.

1911 9월 뉴저지주 해컨색의 가톨릭계 기숙학교 뉴먼 스쿨에 입학함. 이곳에서 시거니 웹스터 페이Sigourney Webster Fay 신부를 만나 큰 영향을 받음.

뉴먼 스쿨 재학 시절, 〈뉴먼 뉴스Newman News〉에 〈불운의 산타클로스A Luckless Santa Claus〉, 〈고통과 과학자Pain and the Scientist〉 등의 단편과 세 편의 희곡 〈레이지 J에서 온 소녀The Girl from Lazy J〉, 〈붙잡힌 그림자The Captured Shadow〉, 〈겁쟁이Coward〉를 발표함.

1913 9월 프린스턴 대학교에 입학함. 스콧은 프린스턴 대학교에서 미래에 비 평가로 활약할 에드먼드 윌슨Edmund Wilson과 시인이 될 존 필 비숍John Peale Bishop을 만나 친분을 쌓음. 재학 시절 스콧은 뮤지컬 클럽인 프린스 턴 트라이앵글 클럽Princeton Triangle Club에 가입해 열성적으로 활동하며 뮤지컬 대본을 쓰고, 유머 잡지인 〈프린스턴 타이거Princeton Tiger〉와 문학 지 〈나소 문학 매거진Nassau Literary Magazine〉에 다양한 단편소설, 희곡, 시 를 기고함.

1915 11월, 과외활동에 치중하느라 공부를 등한시한 결과, 학점 미달로 낙제하 여 귀향함. 12월 부유한 사교계 출신 지네브라 킹Ginevra King을 파티에서 만나 사랑에 빠지나 이후에 절교당함. 그녀는 스콧의 많은 소설의 모델이 됨.

1916 9월 다시 프린스턴 대학으로 돌아갔지만 학점 미달로 중퇴함.

1917 10월 육군 소위로 임관함. 11월 캔자스주 포트 레번워스에서 장편소설, 『낭만적 에고이스트The Romantic Egoist』를 집필하기 시작함.

1918 2월 군에서 휴가를 나와 프린스턴에서 『낭만적 에고이스트』의 초고를 탈 고하고 출판사 스크리브너스에 출간을 의뢰하지만 8월, 10월 두 차례 거 절당함. 7월 몽고메리의 컨트리클럽 댄스파티에서 대법관 앤서니 세이어 의 딸 젤다 세이어를 만나 사랑에 빠짐. 11월 뉴욕주 롱아일랜드에 위치한 캠프 밀스에 전속되어 해외 파병을 기다리던 중 1차 세계 대전이 종결됨.

1919 2월 제대하고 곧바로 젤다와 약혼하고 뉴욕의 한 광고회사에 취업함. 6월 젤다는 스콧의 미래가 불투명해 보이자 파혼을 선언함. 파혼 직후 스콧 은 광고 회사를 그만두고 세인트폴로 돌아와 부모의 집에서 『낭만적 에고 이스트』를 다시 쓰기 시작함. 9월 16일, 스크리브너 출판사의 편집자 맥

스웰 퍼킨스가 『낭만적 에고이스트』를 『낙원의 이쪽This Side of Paradise』으로 제목을 바꿔 출간하기로 결정함. 이후 〈새터데이 이브닝 포스트The Saturday Evening〉를 비롯한 여러 잡지에 단편을 팜. 그의 미래가 밝아 보이자 젤다가 그에게 돌아옴.

1920 1월 젤다와 다시 약혼함. 3월 26일, 『낙원의 이편』을 출간하고, 여러 잡지에 다양한 단편소설들을 발표하면서, "재즈 시대", "길 잃은 세대"를 대변하는 작가로 주목받음. 4월 3일, 젤다와 결혼하고 코넷티컷 웨스트포트에 거주함. 9월 10일, 재즈 시대의 목소리를 반영하는 이야기들을 모은 첫 단편집, 『아가씨와 철학자Flappers and Philosophers』를 발표함.

1921 영국, 프랑스, 이탈리아를 여행하며 호화로운 삶에 젖어 있던 스콧은 9월 〈메트로폴리탄 매거진The Metropolitan Magazine〉에 자신들의 미래처럼 점차 퇴락해가는 부부의 이야기를 그린, 장편 소설 『아름답고 저주받은 사람들The Beautiful and Damned』을 연재하기 시작함. 9월 딸 프랜시스 스콧Frances Scott이 태어남.

1922 3월에 『아름답고 저주받은 사람들』을 출간하고, 9월 두 번째 단편집, 『재즈 시대 이야기들Tales of the Jazz Age』을 출간함. 10월 롱아일랜드의 부촌 그레이트 넥으로 이주해 호화로운 생활을 하며 『위대한 개츠비The Great Gatsby』의 영감을 얻음.

1923 4월 희곡 『채소The Vegetable』를 출간하고 11월 뉴저지주 애틀랜틱시티에서 시험 공연을 하나 실패함.

1924 4월 프랑스로 이주해 파리와 니스를 떠돌다가 여름에 생라파엘에서 『위대한 개츠비』를 쓰기 시작함. 이 사이에 젤다는 프랑스의 조종사인 에두아르 조장Edouard Jozan과 잠깐 애정 행각을 벌여 앞으로 부부 사이에 생길 심각한 갈등을 예고함. 가을에 『위대한 개츠비』의 초고인 『황금 모자를 쓴 개츠비Gold-Hatted Gatsby』를 탈고함.

1925 4월 『위대한 개츠비』를 출간하고 호평을 받음. 5월 프랑스 몽파르나스에서 헤밍웨이를 만나 친구가 되고, 파리 근교에서는 이디스 워튼을 만남.

1926 2월 『위대한 개츠비』가 브로드웨이 무대에 오르고, 세 번째 단편집 『모든 슬픈 젊은이들All the Sad Young Men』이 출간됨. 11월 『위대한 개츠비』가 영화화됨. 12월 미국으로 돌아옴.

1927 할리우드 영화사에서 일하던 중 만난 여배우 로이스 모란Lois Moran과 짧은 기간 사귀고 이로 인해 젤다와 심한 갈등을 겪음. 3월 델라웨어 주 윌밍턴 근교 앨러슬리로 이주함.

1928 4월 유럽 여행을 떠나, 파리에서 여름과 가을을 보내고 10월, 미국 앨러슬리로 돌아옴.

1929 3월 젤다와의 심한 갈등 끝에 프랑스와 이탈리아로 여행을 떠남.

1930 2월 아프리카로 여행을 떠남. 4월, 젤다가 파리에서 신경쇠약, 정신 질환 증세와 함께 첫 발작을 일으켜, 파리와 스위스를 오가며 정신 요양원에 입원해 치료를 받음.

1931 1월 부친 사망으로 미국으로 귀국함. 9월 젤다가 퇴원하자 미국으로 영구 귀국하여, 훗날 'F. 스콧 피츠제럴드와 젤다 피츠제럴드 박물관'이 될 몽고메리 펠더 애비뉴819 번지로 이주함.

1932 1월 플로리다 주 세인트피터즈버그 여행 중 젤다가 다시 발작을 일으켜 2월, 존스 홉킨스 대학 정신 병원에 입원하고, 자전적 소설을 쓰기 시작해, 6주 만에 완성함. 젤다가 스콧 작품의 편집자인 맥스웰에게 자신의 소설의 원고를 보내면서 스콧과의 갈등과 불화가 깊어짐. 10월 7일, 젤다의 첫 장편소설, 『나를 위해 왈츠를 남겨 주오Save Me the Waltz』가 출간됨.

1933 8월 메릴랜드 주 볼티모어 파크 애비뉴 1307번지로 이사함.

1934 젤다가 세 번째 발작을 일으켜 메릴랜드의 정신병원에 입원함. 4월 12일, 스콧의 네 번째 장편소설 『밤은 부드러워Tender is the Night』가 출간됨. 반응이 기대에 못 미치자 스콧은 깊은 회의감에 빠져 점점 더 술에 의존하게 됨.

1935 네 번째 단편집, 『기상나팔 소리Taps at Reveille』를 발표함.

1936 2~4월, 『크랙업The Crack-up』(1945년)에 실릴 에세이들을 잡지 『에스콰이

어』Esquire에 발표함. 4월 젤다와 함께 애슈빌에 머무름. 9월 어머니가 사망함.

1937   엄청나게 늘어난 빚을 갚고 새로운 인생을 찾고자 할리우드의 시나리오 작가로 활동함. 여러 편의 시나리오를 썼지만, 특별히 성공한 작품은 없음. 그곳에서 칼럼리스트, 실라 그레이엄Sheilah Graham을 만나 사랑에 빠지고, 그를 진정으로 사랑했던 그녀는 알코올 중독에 결핵과 신경쇠약에 시달리던 스콧이 사망할 때까지 그의 곁을 지킴.

1939   할리우드에서 여러 편의 시나리오 작업에 착수하나 음주벽 때문에 별 성과를 내지 못하고 귀향함. 할리우드를 소재로 한 마지막 장편소설이 될 『라스트 타이쿤The Last Tycoon』을 집필하기 시작함.

1940   1월 『에스콰이어』에 단편 〈패트 호비의 크리스마스 소원Pat Hobby's Christmas Wish〉을 발표함. 5월 할리우드로 이사함. 11월 첫 심장 발작으로 쓰러진 스콧은 12월 21일 44세 나이에 실라 그레이엄의 아파트에서 심장마비로 세상을 떠남. 12월 27일 메릴랜드 주 록빌 유니언 묘지에 묻힘.

1941   스콧의 친구인 에드먼드 윌슨이 편집한 미완성 장편 『라스트 타이쿤』이 출간됨.

1945   에드먼드 윌슨이 편집한 스콧의 에세이와 편지 모음집 『크랙업』이 출간됨.

1948   3월 10일, 젤다가 입원해 있던 하일랜드 병원에 화재가 발생해 젤다도 세상을 떠남. 3월 17일 젤다가 스콧이 묻힌 록빌 유니언 묘지에 묻힘.

1975   11월 7일 스콧과 젤다의 유해는 메릴랜드주 록빌의 세인트메리 가톨릭 교회 묘지로 함께 이장됨.

위대한 개츠비

클래식 라이브러리   017

1판 1쇄 인쇄 2025년 2월 5일
1판 1쇄 발행 2025년 2월 13일

지은이   F.스콧 피츠제럴드
옮긴이   임종기
펴낸이   김영곤
펴낸곳   아르테

편집팀 정지은 김지혜 이영애 김경애 박지석 양수안
출판마케팅팀 한충희 남정한 나은경 최명열 한경화
영업팀 변유경 김영남 강경남 황성진 김도연 권채영
          전연우 최유성
제작팀 이영민 권경민
디자인 김단아

출판등록 2000년 5월 6일 제406-2003-061호
주소 (우 10881) 경기도 파주시 회동길 201(문발동)
대표전화 031-955-2100
팩스 031-955-2151

ISBN 979-11-7117-086-5 04800
ISBN 978-89-509-7667-5 (세트)

아르테는 (주)북이십일의 문학·교양 브랜드입니다.

──── 책값은 뒤표지에 있습니다.
──── 이 책 내용의 일부 또는 전부를 재사용하려면 반드시
        (주)북이십일의 동의를 얻어야 합니다.
──── 잘못 만든 책은 구입하신 서점에서 교환해 드립니다.

『슬픔이여 안녕』『평온한 삶』『자기만의 방』『워더링 하이츠』『변신』『1984』『인간 실격』『도리언 그레이의 초상』
『월든』『코·초상화』『수레바퀴 아래서』『데미안』『비켓덩어리』『사랑에 대하여』『허클베리 핀의 모험』『이방인』
『위대한 개츠비』『라쇼몬』

클래식 라이브러리 시리즈는 계속 출간됩니다.

작품으로 만나는 거장의 숨결
아르테 세계문학 시리즈 '클래식 라이브러리'

채널로 만나는 클래식 라이브러리 시리즈

+ 인스타그램 북이십일 | www.instagram.com/book_twentyone
+ 지인필 | www.instagram.com/jiinpill21
+ 아르테 | www.instagram.com/21_arte

홈페이지 | www.book21.com

클래식 클라우드
거장을 만나는 특별한 여행

우리 시대 대표 작가 100인이 내 인생의 거장을 찾아 떠난다
책에서 여행으로, 여행에서 책으로, 나의 깊이를 만드는 클래식 수업

국내 최대 인문 기행 프로젝트 - 클래식 클라우드 시리즈

025 데이비드 흄
줄리언 바지니 지음, 오수원 옮김 | 값 18,800원

026 루터
이길용 지음 | 값 18,800원

027 차이콥스키
정준호 지음 | 값 18,800원

028 쇼팽
김주영 지음 | 값 19,800원

029 가르시아 마르케스
권리 지음 | 값 19,800원

030 반 고흐
유경희 지음 | 값 21,000원

031 말러
노승림 지음 | 값 23,000원

032 헨리 제임스
김사과 지음 | 값 21,000원

033 토마스 아퀴나스
박승찬 지음 | 값 24,000원

034 로버트 카파
김경훈 지음 | 값 28,000원

035 괴테
주일선 지음 | 값 28,000원

036 윤동주
김응교 지음 | 값 28,000원

＊ 클래식 클라우드 시리즈는 계속 출간됩니다 ＊

일상에 깊이를 더하는 클래식 클라우드 유튜브!
클래식한 삶을 위한 인문교양 채널-저자 인터뷰, 북트레일러-에서 영상으로 만나보세요.

클래식 클라우드-책보다 여행
누적 재생 수 1000만 회, 네이버 오디오클립, 팟빵에서 검색하세요.

채널로 만나는 클래식 클라우드 시리즈

+ 인스타그램 북이십일 | www.instagram.com/book_twentyone
+ 지인필 | www.instagram.com/jiinpill21
+ 아르테 | www.instagram.com/21_arte

홈페이지 | www.book21.com